U0650353

秘密的女儿

Secret Daughter

[美] 希尔皮·索马亚·高达 著
孙成昊 程亚克 译

湖南文艺出版社
HUNAN LITERATURE AND ART PUBLISHING HOUSE
博集天卷
CS-BOOKY

图书在版编目（CIP）数据

秘密的女儿 /（美）高达（Gowda，S. S.）著；孙成昊，程亚克译
—长沙：湖南文艺出版社，2011. 9
书名原文：Secret Daughter
ISBN 978-7-5404-5044-1

I. ①秘… Ⅱ. ①高…②孙…③程… Ⅲ. ①长篇小说 – 美国 – 现代
Ⅳ. ① I712.45

中国版本图书馆 CIP 数据核字（2011）第 136724 号

著作权合同登记号：图字 18-2011-208
上架建议：外国流行小说

Copyright © 2010 by Shilpi Somaya Gowda
This edition arranged with Collins Literary, dba Ayesha Pande Literary through Andrew Nurnberg Associates International Limited

秘密的女儿

作　　者：［美］希尔皮 · 索马亚 · 高达
译　　者：孙成昊　程亚克
出 版 人：刘清华
责任编辑：丁丽丹　刘诗哲
策划编辑：孙淑慧
特约编辑：尹艳霞
版权支持：李彩萍
版式设计：付　莉
封面设计：天行健设计
出版发行：湖南文艺出版社
（长沙市雨花区东二环一段 508 号　邮编：410014）
网　　址：www.hnwy.net
印　　刷：北京嘉业印刷厂
经　　销：新华书店
开　　本：880 × 1230　1/32
字　　数：250 千字
印　　张：13
版　　次：2011 年 9 月第 1 版
印　　次：2011 年 9 月第 1 次印刷
书　　号：ISBN 978-7-5404-5044-1
定　　价：29.80 元
（若有质量问题，请致电质量监督电话：010-84409925）

目录
Contents

Part 2

第二部

Part 3

第三部

Part 4

第四部

序　幕

他拿出手里攥得皱巴巴的纸片，仔仔细细看了又看，想要确认纸上写的东西和门上挂着的红色标牌是否一样。他害怕自己会弄错，所以拿着纸片和门上的标牌来来回回对照了好几遍。待他确定无误，才伸手按下了门铃，门内传出尖利的铃声。在等待开门的工夫，他用手掌抚摸门旁的铜牌匾，手指感受着凸字的棱角。门突然开了，他赶紧把手缩回去，把另一张小纸片交给了来应门的女人。女人看了看那张纸，抬头扫一眼来访的男人，后退几步，领着他进屋。

女人轻轻地侧了侧头，示意他跟着穿过门厅。男人用手摸了摸衣服，确认衬衫已经牢牢地扎在啤酒肚下的腰带里，接着又捋了捋灰白的头发。那个年轻女人走进一间办公室，把纸片交给里面的人，然后指着椅子，示意男人坐下。接着，他走进办公室，坐了下来，十指紧扣。

坐在办公桌后的男人戴着窄边眼镜，瞥了瞥进来的人，说道："我知道您在找人。"

第一部

Secret Daughter

❶ 晨光熹微

1984年，印度，达哈努

卡维塔

黄昏时分，她明显感到了撕心裂肺的阵痛。于是，她一声不响，独自来到了废弃的棚屋。棚屋里空空荡荡，除了一张垫子，什么家具都没有。她躺到垫子上，曲着腿，膝盖顶着胸膛。又是一阵疼痛袭来，她全身如电击般瑟瑟发抖。卡维塔使劲攥着拳头，嘴里死死咬着树枝。隆起的腹部虽然已经没那么疼了，她还是大口大口地喘着粗气。她定睛看了看泥地上昏黄的灯影。夜深人静，只有这盏摇曳的油灯与她做伴。她一直强忍住痛苦，不让自己失声大叫，但实在是忍无可忍了。她很快明白，自己马上就要临盆了，而大喊大叫一定会招来村里的产婆。她祈祷孩子能在黎明前出生，因为丈夫很少在日出之前醒来。卡维塔不敢向上帝奢求太多，只想为肚子里的孩子许下两个愿望。第一个愿望就是孩子能在黎明前降生。

远方传来一声闷雷，看来酝酿了一整天的大雨就要下开来了。空气中水汽弥漫，卡维塔的额头上沁出了细密的汗珠。如果真的下起倾盆大雨，反而酣畅凉快。对她来说，雨季总有一种特别的气味，阴冷潮湿，又散发着泥土的芬芳。在雨季，仿佛土地、作物和雨水都在空气中水乳交融。这是雨水带来的新生活的气息。透过破裂的屋门，她看见乌云越积越密。

腹中突然又是一阵痉挛，疼得她上气不接下气。汗水浸湿了身上的薄棉纱丽[①]，留下一块块暗色的汗渍。她用一排细小的钩子把纱丽固定在乳房之间，撑得紧紧的。跟上一次分娩时相比，她的胸部丰满了不少。丈夫虽然在私下里责骂她穿得暴露；可一旦和别的男人聚到一起，就开始吹嘘妻子的胸部，把它们比作熟透的甜瓜。丈夫和其他人从她胸部的变化都认为她这次怀的是男孩，这让卡维塔觉得，胸部变成现在这样是自己的福气。

一阵恐慌突然向她袭来，整个怀孕期间她都被这种令人窒息的恐惧感所包围。*万一他们都判断错了，我这次生的又不是男孩会怎么样？*卡维塔的第二个愿望，也是两个愿望中最为迫切的——这一胎千万不能再生女孩了。她再也无法承受上次的巨大悲痛了。

① 一种主要由印度或巴基斯坦妇女穿着的外套，由一定长度的轻质布料织成，一端绕于腰部做成裙子，另一端从肩部垂下或盖住头部。——译者注

上一次分娩，卡维塔对要发生的事情根本毫无准备。产婆剪断脐带后不久，丈夫就冲进房间。卡维塔还能闻见丈夫身上果酒发酵的气味，甜腻腻的，令人作呕。贾苏瞥了一眼她怀中扭动的女婴，脸上掠过一丝阴影，然后转身而去。

卡维塔刚冒出的喜悦之情一下子转为困惑。她想说话，想把脑袋里盘旋已久的想法说出来。*这么多头发……是个好兆头。*但她听到了贾苏的声音，对，是贾苏亲口说的，一连串下流的话语让卡维塔大惊不已。她以前还从来没听过这么肮脏可怕的话。贾苏转过身，面向卡维塔，卡维塔看见他的眼睛血红血红的，充满杀气。贾苏蹑手蹑脚地朝她走了过来，一边走一边摇头。一阵莫名的恐惧涌向卡维塔的心头，卡维塔顿时惊讶不已，心中恍惚不知所然。

痛苦的分娩之后，她的身体很虚弱，神志也不是很清楚。等卡维塔发觉丈夫扑过来的时候，为时已晚。卡维塔伸出双臂尖叫着，拼命地向前扑。那叫声撕心裂肺，比分娩过程中剧痛无比时的叫喊还要刺耳。产婆紧紧拽着她，不让她动弹。丈夫飞快地从她怀里夺过刚出生的婴儿，卡维塔根本来不及反应。丈夫抱着嗷嗷啼哭的女儿冲出棚屋，这是女儿出生后刚刚呼吸到的几口人间气息。就在恐怖的一刹那，卡维塔明白过来，这也是自己苦命的女儿呼吸到的最后几口气。

产婆死死拽住卡维塔，把她轻轻放倒。“随他去吧，孩子。现在就这样随他去吧。事情已经结束了。你刚刚生完孩子，很辛苦，所以现在需要好好休养。”

接下来的两天，卡维塔依旧蜷缩在棚屋的稻草垫子上。她不敢过问自己孩子的下落。不管是被溺死，被捂死，还是被饿死，卡维塔只希望自己的孩子能死得痛快些，少遭点罪。最后，孩子的尸体会被焚化，不留下丝毫生活过的痕迹。这是她生下的第一个孩子。跟其他千千万万的女婴一样，卡维塔的女儿就这样人为地过早夭亡，重归泥土。

在这两天里，除了产婆以外，没有一个人过来看望卡维塔。产婆一天来两次，每次都给卡维塔带点吃的过来，还带点干净布料给卡维塔擦拭流出来的血。卡维塔天天以泪洗面，哭个不停，直到欲哭无泪才有片刻歇息。而这才仅仅是卡维塔伤心历程的开始。几天后，卡维塔的乳房开始泌乳；一个月后，她的头发也开始脱落。那天晚上之后，卡维塔每次看见小孩，都会想起伤心往事，悲痛欲绝。

卡维塔终于从痛不欲生中缓了过来，可是没有人对她的巨大不幸表示怜悯。村里人对卡维塔没有一句安慰和鼓励。婆家人在家里都鄙夷地瞥着她，不厌其烦地向她传授生男孩的偏方秘诀。卡维塔对自己的生活一直没有发言权，长久以来都任人摆布。她十八岁就嫁到贾苏家，每天都忙忙碌碌，汲水、洗衣、做饭，样样都做，任劳任怨。白天，她对丈夫言听计从，唯唯诺诺。到了晚上和丈夫卧榻休息时，也任由丈夫摆弄，百依百顺。

分娩过后，卡维塔比以前有所改变，但是并不明显。要是丈夫惹她生气了，卡维塔就在他的饭里多放一只红辣椒。吃饭的时候，丈夫辣得额头发汗，鼻涕如泄。卡维塔就在一旁静静地看着丈夫拭鼻擦汗，心中得到一丝满足。晚上丈夫求欢，卡维塔有时也敢于回绝，就说自己的例假来了。

对丈夫一次次反抗成功，卡维塔的信心也日渐增强。所以，得知这一次又有了身孕，卡维塔下定决心不能重蹈覆辙，任人摆布。

❷ 一干二净

1984年，美国加利福尼亚州，旧金山

萨默

萨默家的装修具有维多利亚时代的风格，门廊很长。这天她正坐在沙发上看医学杂志。突然小腹一阵阵痛，杂志从萨默手中滑落。她紧捂小腹，站起身子，一路扶着墙，跌跌撞撞地奔进卫生间。萨默疼痛难忍，连身子都直不起来，但她还是在坐到马桶前努力解开了睡袍。只见鲜血沿着苍白的大腿滴落不止。“不要，噢，上帝啊，请别这样。”她的哀求虽然轻柔，但是急迫得很。这天家里只有萨默一个人，所以没人听得见她的哀求。她用力合拢双腿，屏息凝神。挺直身体坐好，说不定这样坐就能止住血。

但血还在流。萨默把脸埋进手里，泪如雨下。她看了一眼抽水马桶里的血，双肩瑟瑟颤抖，泣不成声，哭得死去活来。自己稍微平静片刻后，萨默给克里希打了个电话。等克里希回到家时，萨默蜷缩在凌乱的四柱床上，双腿之间夹着一条擦手毛巾。这条法国香草色的长绒毛巾是五年前结婚时买的纪念物。这款颜色是他们精挑细选出来的，既不是医院里的那种白色，也不是沉闷的米黄色，而是优雅的淡奶油色。现在，这条毛巾浸满鲜血。

克里希坐在床边，把手放在萨默肩上。“你确定是小产？”他柔声问道。

萨默点点头。“跟上次一模一样。痉挛，出血……”她又开始放声大哭。“这一次出血更多。我想是因为孕期比上次长了……”

克里希拿了一卷纸巾递给她。“没事，亲爱的。我这就给海沃思医生打个电话，看看他有没有时间在医院给你诊疗一下。你还需要什么吗？”克里希把一条毯子盖在萨默身上，然后在她肩膀旁掖好。萨默摇摇头，转过身去，背对着克里希。这时，萨默急需得到丈夫的抚慰，但克里希表现得更像医生。萨默闭上眼，摸了摸小腹。她每天都要抚摸无数次小腹，每次抚摸都感觉很舒服，可现在这种抚摸竟像是一种惩罚。

萨默睁眼看到的第一个东西就是床边的静脉注射仪。她赶紧又合上眼，希望再回味一下刚才的美梦。她梦到自己在操场给孩子摇着秋千。*那孩子是男孩，还是女孩呢？*

“萨默，治疗很顺利。现在已经处理得一干二净了。我觉得，过不了几个月你们肯定可以再试试看，”海沃思医生说道。他穿着干净利落的白大褂，在床脚那里低头望着萨默。“多注意休息，出院前我会再过来看你的。”海沃思医生拍了拍罩在萨默腿上的被单，转身走出病房。

“谢谢您，大夫。”房间的另一头有人说道。萨默这才注意到克里希也在病房。克里希走到床边，弯下身子，把手放在萨默额头上。“感觉怎么样？”

“一干二净。”萨默说道。

克里希眉头紧蹙，头歪向一边。“一干二净？”

“他说‘一干二净’。海沃思医生说我现在已经一干二净了。那我以前呢？怀孕的时候呢？”萨默盯着天花板上的日光灯。男孩还是女孩？眼睛是什么颜色的？

“噢，亲爱的，大夫的意思是说……你懂他的意思。”

“是啊，我懂。他的意思是说什么都没了：孩子、胎盘，一切都没了。我的子宫又完好如初，空空如也了。一干二净。”

护士微笑着走进房间，说道：“您该吃止痛片了。”

萨默摇了摇头。“我不想吃。”

“亲爱的，最好吃点药，”克里希说道，“吃点药就会好受些。”

“我不想好受。”萨默转过头，背对着护士。他们都不明白，萨默失去的不单单只是个孩子，她失去的是自己的全部。多少个晚上，萨默躺在床上，脑中思索着该给孩子取什么名字；抽屉里放满了她收集来的育儿房间的涂料样品。萨默做梦都想在怀中抱着自己的孩子，辅导孩子完成家庭作业，在足球场边为孩子呐喊助威。而现在，这些都烟消云散了，消失得无影无踪。其他人都还不明白，护士不明白，海沃思医生不明白，甚至丈夫克里希也不明白。在他们眼里，萨默只是个等待医治的病人，拖着等待康复的病体。只是另一个需要清扫干净的病体。

萨默醒了过来，调整一下病床的高度，坐直身子。她迷迷糊糊地听到角落里的电视机传来预录好的笑声，那是克里希去餐厅前在看的电视竞赛节目。萨默在医院里连续工作了五年，从没想到会像现在这样浑身不自在。她以前总是兴冲冲地穿过消毒过的走廊，听着头顶广播的嗡嗡声。每当披上白大褂或者拿起病人的病历时，就会感到信心满满。萨默和克里希经常会分享身为医生的感受，有一种救死扶伤的使命感以及对精湛医术的自信。现在，萨默知道，有一件事情让他们两个人渐行渐远。她痛恨自己成了病人，痛恨自己对身上的疾病束手无策。

这家医院主治妇科和产科疾病，是她特意挑选的。看样子她现在还不应该来这里。每年，有八千个婴儿在这家医院出生。仅仅今天一天，就有二十个婴儿在这里出生。今天，萨默流产了。

可是，同一间病房其他孕妇的床上都添了新丁。看起来，其他人生孩子都轻而易举：每天自己接待的小孩母亲、朋友，甚至电视竞赛节目中愚蠢的参赛选手都有孩子，她们还能跟坐在观众席上的孩子挥手示意。

萨默心想，也许上苍是想用这种方式告诉她什么。也许我这辈子是没法当妈妈了。

❸ 绝不重蹈覆辙

1984年，印度，达哈努

卡维塔

又是一阵剧痛袭来，这次疼得更加钻心，如刀绞一般。一阵剧痛还未停息，另一阵紧随其后，疼得卡维塔上气不接下气。卡维塔的大腿颤个不停，后背抽搐不已。她忍无可忍，惨痛地大声哭号。听到自己的哭声，卡维塔不敢相信，这惨痛的哭号竟出自人类之口。现在，卡维塔的身子完全不听她自己使唤，完全屈服于一种原始的冲动。这冲动属于大地，属于树木，属于大气。棚屋外面，一道闪电划过，照亮夜空。闪电过后，一声惊雷撼动着卡维塔身下的大地。剧烈的疼痛使得卡维塔难以忍受，疼得她把放在嘴里的树枝都咬碎了。卡维塔的嘴里充满了新鲜绿木的涩涩苦味。她只觉得自己冒了一身热汗，然后就昏厥不醒。

再睁开眼睛的时候，卡维塔意识到产婆正在掰开自己的大腿，手正往她的下体移动。“亲爱的，你应该早点叫我的。要是那样，我早就过来了。你自己一个人在这里待了多久了？好了，现在已经看到孩子的小脑袋了。用不了多久就完事了。很快很快。女人第二次生孩子就容易得……”产婆的声音渐渐低了下去。

“产婆，听我说。无论发生什么事情，千万别让我丈夫把这个孩子抱走。答应我……答应我！”卡维塔尖叫道。

“好的，好的，都听你的，”产婆回答道，“可是，孩子，现在该使劲生了。”

产婆说得对。卡维塔没用几次力，就听到了婴儿的啼哭声，心里总算舒了一口气。产婆麻利地把婴儿清洗干净，然后包裹好。刚刚分娩完，卡维塔的头发被汗水浸得湿漉漉的。她努力坐了起来，撩开眼前潮湿的头发，把孩子抱入怀中。卡维塔轻轻抚摸着婴儿头上乱蓬蓬的黑发，好奇地看着孩子伸着小指头，在空中抓来抓去。卡维塔把孩子紧紧抱在怀里，闻着孩子的体味。接着，她开始给孩子喂奶。看着孩子嘬着乳头呼呼欲睡，卡维塔才慢慢解开孩子的襁褓。

根本没有人听到我的祷告。卡维塔合上双眼，身子不住颤抖，眼泪悄无声息地滑落下来。她凑过身子，抓住产婆的手，轻声说道：“产婆，不要告诉任何人。快，快去找鲁帕，把她叫到这里来。别告诉任何人，听到了没有？”

“好的，好的。孩子，我这就去。祝福你和孩子健康平安。你现在就在这里歇着吧。我给你弄点吃的过来。”产婆走出棚屋，融进夜色。她俯身弯了一下腰，拿起装接生工具的铁匣子，离开了。

清晨的第一缕阳光洒进小棚屋。卡维塔醒了过来，觉得骨盆一阵抽痛。她翻了个身，看看自己刚生的孩子躺在旁边，安静地熟睡。这时，卡维塔听到肚子咕咕作响。她这才感觉到，自己折腾了一夜早就饿坏了。她爬过去，抓起放在一旁的小扁豆粥和大米饭，狼吞虎咽起来。卡维塔饱餐之后感到一丝满足，却仍然疲惫不堪。她又躺下身子，聆听在沉睡中苏醒的小村庄渐渐恢复生机。

没过多久，棚屋的门被一把推开，明媚的阳光照射进来。贾苏走了进来，两只眼睛闪闪发光，充满渴望。“他在哪儿？”贾苏兴奋地搓着手。“我的小王子在哪儿呢？来，来……赶紧给我看看！”说着，贾苏就张开双臂，朝卡维塔走去。

卡维塔身体僵硬。她把婴儿紧紧抱在怀里，怯生生地使劲坐了起来。“她在这儿。你的小公主就在这里。”卡维塔看见贾苏兴奋的眼神一下子变得阴云密布。她不停颤抖的胳膊紧紧抱着怀里的孩子，死死护住孩子幼小的身躯。

“我的天哪！又是一个女孩？你是怎么搞的？给我看看！”贾苏吼道。

“不，不行，你不能带走她，”卡维塔的声音微微颤抖，紧张得四肢滚烫。“这是我的孩子，是我们的骨肉，我不能让你带走。”贾苏的眼睛直愣愣地盯着卡维塔，似乎想找到什么答案，卡维塔看到了他眼中流露出的迷惑。卡维塔从来不敢用这种语气跟别人说话，更别说公然反对丈夫了。

贾苏走近了几步，脸上的肌肉松弛下来，走到卡维塔身旁，双膝跪在地上。“卡维塔，你知道的，我们不能留下这个孩子。我们需要生个男孩帮我们干地里面的农活。而且，我们连一个孩子都养不起，还怎么养两个呢？我堂兄的女儿都二十三岁了，到现在还没有嫁出去，就因为堂兄他没钱筹备嫁妆。卡维塔，我们家也不宽裕，你应该知道我们养不起这个女儿。”

卡维塔的眼睛又盈满了泪水，直到眼泪喷涌而出，她才摇了摇头。卡维塔抽泣起来，哭得上气不接下气。卡维塔睁开眼睛，直视着自己的丈夫。“这一次，我不会让你再把孩子带走，绝对不会。”尽管疼痛难忍，卡维塔还是挺直了身板。“如果你想过来抢，你要是敢抢，那就先杀了我。”卡维塔双膝并拢，顶在身前。她用余光瞄了一下，估摸只要快跑五步，就能奔出门外。卡维塔努力让自己保持镇定，目光狠狠地盯着贾苏，一刻也不离开。

“卡维塔，别闹了，你好好想想。我们真的要不起这个女儿。”贾苏朝空中挥挥手。“她会成为我们的累赘，会榨干我们家的积蓄。难道这样你就开心了？”贾苏站了起来，咄咄逼人。

卡维塔口干舌燥，绞尽脑汁才勉强憋出了几句话。“给我一个晚上。就让我和孩子待一个晚上。明天你就能过来把她带走。”

贾苏一言不发，低头看着自己的双脚。

“求你了。”这一句哀求情真意切，在卡维塔脑中回荡。她真想大声尖叫，盖过脑中的回声。“这是我们的骨肉，是我们共同的结晶。是我怀了她，你带走她之前，就让我和她待一个晚上吧。”就在这时，婴儿醒了，大声啼哭起来。贾苏抬起头，听到哭声吓了一跳，顿时缓过神来。卡维塔抱着婴儿，凑近自己的乳房喂奶，孩子这才重新平静下来。

“贾苏，”卡维塔很少直呼其名，所以这么一叫显得格外严肃。“你听好了。如果你连这都不肯答应的话，我发誓，我会割掉自己的卵巢，这样就再也生不了孩子。我会毁掉自己的身体，你也再别指望我给你生孩子。永远都别想。听清楚没有？到那时候，我看你怎么办？就你这把年纪，谁还愿意嫁给你？谁还会给你生个宝贝儿子？”卡维塔死死地瞪着贾苏，逼得贾苏不得不把视线挪开。

❹ 轻而易举

1984年，美国加利福尼亚州，旧金山

萨默

“你好，我是惠特曼医生。”萨默走进诊疗室，看见一个女人正努力让左右扭动的婴儿平静下来。“今天又有什么麻烦事吗？”

“这孩子从昨天开始就这样了，哭个不停，脾气暴躁得很。做什么都哄不住他，我觉得他可能是发烧了吧。”女人很随意地扎着一条马尾辫，上身套着沾有污渍的运动衫，下身穿着牛仔裤。

“好吧，让我们来看看。”萨默瞥了一眼表格。“迈克尔？想看看我漂亮的手电筒吗？”萨默不断开关耳朵探针灯，孩子果然对这个灯有了兴趣，伸出手一把抓住。萨默张大嘴，露出夸张的笑容。小男孩也模仿着张大嘴，这时萨默赶紧把压舌片塞进孩子嘴里。“他饮食什么的都正常吗？”

“是的，我觉得挺正常的。他刚来我家几周，所以我不太确定什么才是正常。我们领养他的时候，他刚六个月大。”这位母亲突然灿烂而自豪地笑了，这一笑似乎把眼袋都给遮没了。

“嗯嗯，孩子，这个怎么样？想玩这个好玩的木片吗？”萨默把压舌片递给了小男孩，很快拿起孩子扔在一边的耳朵探针灯，然后又朝孩子的两个耳朵里看了看。“到目前为止情况怎么样？”

“他适应得很快，现在他总想让我们抱出去遛遛。即使你昨晚起来尿尿了三次，我们仍然寸步不离，是不是，小家伙？”妈妈一边说，一边用手指温柔地捅了捅孩子胖乎乎的小肚子。“他们说得一点都没错。”

“说什么？”萨默摸着男孩肿大的淋巴结问道。

“等你有了孩子，才能真正体会到这一点。最甜蜜的爱莫过于此。”

听到这里，萨默的胸口感到一阵熟悉的刺痛。她不再看着男婴后背上的听诊器，抬起头冲男孩的妈妈微微一笑。“这孩子有你这样的妈妈真幸福。”说着，她从口袋里取出开药方用的本子。“是这样的，这孩子的右耳严重感染，不过左耳看起来很正常。而且，小家伙的胸腔和肺部也很健康。我给你开些抗生素，孩子吃完就好了。到今天晚上，他就会舒服多了。”说着，萨默伸手把药方递给那个女人，碰了碰她的胳膊。

萨默之所以喜欢这份工作，原因就在于此。她可以把焦虑的母亲和啼哭的孩子领进诊疗室。等母亲带着孩子离开时，母子俩都会因为自己的诊疗而感觉良好。萨默在医院实习时，第一次把一个情绪异常激动的小孩哄得安静下来。那个女孩患有糖尿病，静脉曲张，需要进行血液测验。小女孩闭上眼睛后，萨默握住女孩的手，让她描述自己看到的蝴蝶长什么样。萨默只扎了一针就取出了血样。等萨默给小女孩缠上绷带时，她还在描述蝴蝶的翅膀呢。萨默的同学都竭尽全力才能在治疗过程中不让孩子哭喊闹腾。这下子，他们对萨默的表现惊叹不已。萨默本人也沉醉其中。

“谢谢您，大夫，”孩子的母亲感激道，“担心死我了。看着孩子哭，我却不知道他到底得了什么病，心里别提多着急了。我觉得他就像是个小病秧子。现在，我只能试着每天多了解他一点。”看得出来，这位母亲已经明显舒了一口气。

“不用担心，”萨默说着扶住门把手，给病人开门，“不管孩子是亲生的还是领养的，为人父母的都这样。再见，迈克尔。”虽然已经下班二十分钟了，萨默还是回到自己的办公室，关上了门。她放下医疗用具，一头趴在桌子上。一侧脸，萨默看到一颗塑料的人体心脏。这是从医学院毕业时，克里希送给她的礼物。

“我把自己的心托付给你，希望你能好好照料它。”克里希当初把这个“心脏”交给萨默时这么说道。克里希说话时饱含深情，如果这话是从别人的嘴里说出来，肯定平淡无奇。

这还得从十年前说起，萨默和克里希在斯坦福大学医学院雷恩图书馆昏黄的灯光下邂逅。每天晚上，他们都去泡图书馆。周一到周四晚上，当同学们都在学习的时候，他们在图书馆学习；每到周五，同学们都结伴外出聚餐，而周末，同学们都会出去徒步旅行，可是，萨默和克里希两个人仍然坚持泡在图书馆里。周五晚上和周末的时候，坚持待在图书馆的人并不多。这些学生都是学习最刻苦、最用功的。回首往事，萨默才明白，其实这些刻苦用功的人都想努力证明什么。周围的人都觉得萨默稀奇古怪，觉得她不合群。由于萨默的名字有点嬉皮士风格，她还长着一头脏兮兮的金发，总是蓬头垢面。所以周围的同学总是瞧不起她。周围人的冷嘲热讽，也曾让萨默感到苦恼。可是，多年以来，她已经学会如何应对外界的看法。上高中时，化学老师建议她让自己的男搭档来主持实验，萨默坚决反对。高等数学的课堂上只有她一个女生，可她还是顶住了别人的嘲弄。周围人小瞧萨默，萨默对此早已见怪不怪，习以为常：她总是把别人的鄙视转化为自己前进的动力。

“萨默，跟某个季节的拼法一样吗？[①]”萨默向克里希自我介绍时，克里希这么问道。“冬天、春天……是吗？”

“不是的。”萨默微笑着回答道，“正确的拼法应该是S-O-M-E-R。”萨默慢慢等着克里希琢磨自己的名字。她平时就喜欢有点与众不同。“这是一个姓氏。你的名字克里希，是拼作C-H-R-I-S吗？”

“没错，我是叫克里希。不过拼法是K-R-I-S。这是克里希南的简称，你可以直接叫我克里希。”

萨默被克里希浓重的英国口音所吸引。克里希说一口流利的

---

① 英文夏天的写法是summer，与萨默的英文名字Somer读起来发音相近。——译者注

英音，萨默觉得克里希的口音与自己平淡无奇的加利福尼亚口音比起来显得文雅极了。萨默很喜欢听克里希上课时回答问题，不仅仅因为他口音迷人，还因为克里希的回答无懈可击，堪称完美。

有些学生觉得克里希太过自负，可是萨默觉得聪明才智也是一种性感。有一年春天，在盖比家举行的晚会上，萨默才发现原来克里希脸上长着酒窝。在晚会上，萨默慢慢啜着掺着朗姆酒的热带水果潘趣酒。她知道这种酒的后劲很大，所以没敢多喝。克里希向她走来，好像已经喝过好几杯了。

“我听说迈耶也叫你暑假时去他的实验室工作了，是吗？”克里希说话有点含混不清。他坐在一张白色的草坪躺椅上，跷着二郎腿，身子凑向萨默。

*难道他也要去吗？*萨默的心咯噔一跳。对于大一的新生而言，最诱人的奖励莫过于接到迈耶教授的邀请。“是啊，你也要去吗？”萨默问道。虽然心里很激动，可是萨默极力表现得毫不在乎。克里希的眼睛盯着萨默衬衣领口的小铃铛，她今天特意穿了一件迷人的衬衣。萨默意识到克里希在注视自己，很庆幸自己聚会前好好换了身衣服。

克里希摇摇头，端起粉红色的酒水又喝了一大口。“不，我去不了。我暑假得回印度，这是我们去医院实习之前唯一回印度的机会了。我要是不回去的话，我妈非要了我的命不可。”克里希说完微微一笑，脸上泛起酒窝。萨默感到一阵眩晕，从自己的小腹深处一直传到脑袋里。她不禁开始怀疑自己是不是喝醉了。克里希凌乱的头发散在眼睛前面，看起来就像是个小男孩。萨默极力克制自己的手，不让它伸出去捋克里希的头发。后来，克里希告诉萨默说，他那天晚上也被她迷住了，特别是她的绿眼睛在火把的映衬下熠熠发光，还有无论克里希说什么，萨默都乐在其中。

自那以后，他们每天晚上都在一起学习。每当考试临近，他们俩都相互测验，互相激励。克里希也喜欢跟萨默进行机智的辩论。有时候说不过萨默，他就甘拜下风，毫不介意。萨默感觉和克里希在一起，比和自己的前男友在一起时高兴多了。萨默的前男友和她一起攻读了两年的医学预科，两个人都努力准备医学院入学考试。最后，萨默成功考上了斯坦福大学医学院，而那个男的没被录取上。就这样，男的把萨默甩了。萨默为此懊悔不已。过了好几年，萨默才明白过来，后悔的其实应该是那个男的才对。

萨默很喜欢在学校和克里希一起抓紧时间学习，但更喜欢克里希温柔的一面：他说话的方式；晚上躺在床上的样子；惦记家中兄弟时，或者回忆和父亲沿着海滨石墙散步时流露出的思念之情。“是什么样的感觉呢？”萨默总爱问克里希这个问题。印度听上去那么令人神往。萨默脑袋里开始想象高高的椰子树左右摇摆，热带暖风拂过脸庞，还有充满异域风情的水果。萨默除了去加拿大看望过祖父母，就再也没有离开过美国。萨默一直渴望有一个大家族，就像克里希描述的那样：有两个兄弟可以相伴左右，还有一大堆堂兄妹、表兄妹，每次家庭聚会时都能临时凑出两支板球队。萨默是家里的独女，所以和父母关系很特别，但总觉得缺少了兄弟姐妹的那种手足情谊。

早先在医学院的日子虽然平淡，但是很幸福。他们整天都和朋友待在一起。他们俩只有一个共同的目标，而且都过着质朴的学生生活。他们全身心地刻苦学习，不问世事，知足地生活在斯坦福大学的校园里。那时候，“越战”结束了，尼克松下台了，性解放运动也轰轰烈烈地上演了。萨默花了好几个小时，才教会克里希应该靠马路右侧开车。后来，克里希告诉萨默，自己很感谢她，没有让自己觉得因为与众不同而局促不安。但萨默却不以为然，她觉得自己和克里希的相同点多于不同点，因为自己是闯入男人世界的女人，而克里希是闯入美国的外国人。此外，撇开别的不谈，他们俩还都是努力学习的医学院学生。

他们第一次参加临床考试时，萨默已经和克里希深深相爱了。这是她人生中第一件轻而易举就做到的事情。他们很快就融入对方的生活，萨默无法想象没有了克里希，自己的未来会是什么样。他们终于迎来了最后一个学年，两个人开始讨论起该选择什么样的医生培训计划。萨默选择了儿科，克里希选择了神经外科。加利福尼亚大学旧金山分校在这两方面都有一流的培训计划，但竞争很激烈。

“我们有多少把握？”克里希问萨默。

“我不知道。我那个培训计划有六个名额，也许会有五十个申请人？那就有十分之一的概率，肯定比你那个还要低。”

“要是我们一起申请呢？”他说道，“作为一对夫妇申请，已婚夫妇。”

萨默看着克里希。“那……我们的把握会大些。”萨默轻轻地摇摇头。“等等，那么……你这是想要……”

克里希淡淡一笑，耸耸肩。“我想，难道你不愿意？”

“愿意，”萨默也笑了。“我知道我们已经谈过这件事了，但就现在吗？”

“嗯，我觉得没什么问题，你觉得呢？如果我们两情相悦，结婚只是时间问题而已。”克里希抓起萨默的双手，深情凝视着她。“我很肯定你就是我要娶的那个人。对不起，没能准备些正式点的东西表达我的真心诚意。我知道，这样的求婚算不上浪漫。”克里希微笑着说道。

“没关系，”萨默说道，“我不需要那些东西。”

“我知道。”克里希亲了亲萨默的手，“这就是为什么我那么爱你。”

他们匆匆去了一趟法院领结婚证，准备领完证再操办一场像样的婚宴。毕业以后，他们在加利福尼亚大学医院附近找到一间小公寓，急急忙忙掀开了二人世界的新篇章。

萨默办公室的门响了。“惠特曼医生？”

“请进，”萨默把心脏模型放回桌子上，站了起来。“我在呢。”

❺ 漫漫长路

1984年，印度，达哈努

卡维塔

卡维塔和鲁帕从村里起程出发时，天刚刚破晓。卡维塔的伤口还没愈合，身体还很虚弱。尽管姐姐忧心忡忡，卡维塔还是执意要上路。昨天，卡维塔要姐姐鲁帕带自己去城里的孤儿院。鲁帕六年里已经生了四个孩子，所以去年生下第五个孩子时，只好把孩子放到孟买的一家孤儿院里。虽然村子里谁也不说，但卡维塔知道这件事。尽管风险不小，鲁帕最后还是拗不过卡维塔。即使她们能够走到城里，回村后也得忍受丈夫的满腔怒火。

天气已经暖和了，大部分雨水都渗到沙土路里了，路边零星积着小水洼。到了今天晚上，连这些小水洼也看不到了，全都被太阳炽热的光芒晒干了。要是一路走到城里得好几个钟头，不过她们很幸运，走到邻村时，正好有一个男人赶着牛车往城里运甘蔗，所以可以搭个顺路车。她们俩坐在车后面，两旁放着十几个麻布袋。拉车的老牛将路面踢得尘土飞扬，她们撩起纱丽的一角遮住眼睛和嘴巴。这条没修好的路坑坑洼洼，火辣辣的太阳越升越高，肆无忌惮地照射在她们身上。

“妹妹，你躺一会儿吧，休息一下，”鲁帕一边说着，一边伸出胳膊去抱孩子。“把孩子给我吧。来，让她大姨抱抱。”卡维塔脸上露出淡淡的微笑。

卡维塔摇摇头，眼睛盯着四周的田野。她知道姐姐这是在安慰自己，因为自己马上就要失去刚出生的女儿。鲁帕已经生了四个孩子，她跟卡维塔提过，她当初把亲生女儿放到孤儿院时也很痛苦。鲁帕私下里向卡维塔吐露过心声，说自己知道亲生女儿就这样消失得无影无踪，晚上躺在床上还会常常挂念。卡维塔绝不会放弃剩下的每一分每一秒。事已至此，她必须承受到孟买后将要面临的一切。

小时候，卡维塔就表现得比其他孩子更成熟。每当雨季的第一场甘霖来临时，别的孩子都跑到雨中嬉戏撒欢，而卡维塔则是跑到院外的晾衣绳收衣服。有时候，她和鲁帕会发现田间地头有人落下一捆甘蔗。每当这时，鲁帕总是能拿多少就拿多少，一边往家走一边嚼甘蔗。卡维塔就不一样了。她每次只拿一根甘蔗，留着给父母做下午茶用。卡维塔长相平平，没有什么过人之处。

到了该相亲的时候，一家人想方设法把她打扮得漂漂亮亮的。鲁帕一边仔细地给妹妹抹上深色的眼影，一边耳提面命："别忘了，相亲见面的时候，稍微抬点头，但是别抬得太高了。让他能看见你的眼睛就行了，别和他对视。"鲁帕希望，妹妹的身材和迷人的褐色眼睛能打动来相亲的男人。

有些家庭对卡维塔感兴趣，就到家里来相亲。卡维塔按照家里人的要求故作扭捏，可总是笑不出来。相亲结束后，男方总是以各种理由回绝。卡维塔的父母把给卡维塔找婆家当成头等大事。他们东拼西凑了一大堆嫁妆，这才给卡维塔谋得了一个婆家。虽然贾苏可能很穷，但是卡维塔已经谢天谢地了。村子里的男人不是好吃懒做，就是爱打自己老婆，要不就是酗酒成性。没有哪个年轻姑娘愿意当可怜的老处女，过着没有男人保护的孤独日子。

牛车在路上不停颠簸，卡维塔的骨盆阵阵作痛。今天早上没走多远，卡维塔就开始出血。鲜血沿着腿流下，她不敢让鲁帕看见，所以赶紧用自己的纱丽遮住。把乌莎送到城里的孤儿院，这是那孩子生存下来的唯一希望。乌莎在印地语中是拂晓的意思。黎明前，也就是产婆离开不久，卡维塔想到了这个名字。她死死盯着自己刚刚生下来的女婴，想要记住这孩子的一切。她盯着女儿，脑海里一直回响着"乌莎"这个名字。公鸡鸣晓，清晨的第一缕阳光洒进棚屋，卡维塔决定就给女儿起名为“乌莎”。

卡维塔看着自己的孩子，这才意识到能给另外一个生命起名字，这是多大的权力呀。贾苏娶了她之后，就把她的名字改成了卡维塔。她在娘家的时候本来叫蕾莉塔，可是婆家人和村里的占卜师都觉得卡维塔这个名字更好。蕾莉塔是她父母起的名字，她跟父亲的姓。嫁人后，她本来只需要把姓改成丈夫的即可，可是贾苏连她的名字都给改了。卡维塔一直对贾苏耿耿于怀。

“乌莎”这个名字是卡维塔一个人起的名字。这是她给秘密的女儿起的秘密名字。想到这里，卡维塔的脸上不禁浮现出一丝微笑。和女儿待在一起的那一天是极其宝贵的。虽然筋疲力尽，可是卡维塔却舍不得合眼。她不想错过和女儿在一起的分分秒秒。卡维塔把女儿紧紧抱在怀里，看着女儿的身子随着呼吸一张一弛，抚摸着女儿细嫩的眉毛和柔嫩的肌肤。女儿要是哭了，卡维塔就给她喂奶。女儿有时醒上一会儿，卡维塔在女儿晶莹透亮的眼睛里清晰地看见了自己的影子，觉得女儿眼睛里的影子比真实中的自己更加美丽。她几乎不敢相信眼前这个可爱的小生命就是属于自己的。但过了那一天之后的事情，卡维塔一点也不敢多想。

起码，这个女婴能活下来，有机会长大成人。她将来能读书上学，也许还会结婚生子。卡维塔心里很清楚，现在抛弃女儿，就意味着自己永远不可能在女儿的成长道路上给予任何帮助。乌莎将永远不知道自己的父母是谁。只要能活下来就够了。卡维塔纤细的手腕上经常戴着两只细银镯子。她从手腕上摘下一只，戴到乌莎的脚踝上。“宝贝，妈妈能给你的就只有这只镯子了，妈妈对不住你。”卡维塔对着女儿纤弱的身躯轻声说道。

❻ 合情合理的假定

1984年，美国加利福尼亚州，旧金山

萨默

萨默紧蹙眉头，望着镜子。她想理顺身上的裙子，但怎么也弄不好，裙子仍然紧紧贴着腰部和臀部。虽然已经过去几个月，但是萨默的身材也没能恢复如初。残酷的现实让萨默再次想起流产的痛苦。一头金发软绵绵地垂在肩上，她都记不得最近一次洗头是什么时候了。萨默决定最后努一把力，把平底鞋脱下，换上高跟鞋，然后抹上口红。即使心情再不好，也可以打扮得漂漂亮亮的。

萨默来到屋子前，门廊栏杆上系着两束淡蓝色的气球，仿佛在大声宣告："是个男孩！"萨默深吸一口气，按响了门铃。门一下子就打开了，出来一个身穿花裙子的女人。这个女人皮肤白皙，有一头褐色的头发。"你好，我是丽贝卡，大家都叫我贝姬。快进来吧，东西给我吧。"她伸手去接萨默胳膊下的盒子，盒子上用彩色蜡笔写着字母表。“这肯定会让加布里埃拉[1]兴奋不已吧？”贝姬啪地合上双手，脚尖微微踮起。萨默环顾四周，发现起居室里满是像贝姬一样的女人，手里都拿着装饰有蓝色婴儿袜图片的盘子。

“你是怎么认识加比的？”萨默问道。她心想，自从上医学院的第一天起，就没有听别人叫过朋友的全名。

“噢，我们是邻居。这个地方太适合与孩子一起生活了，你知道吗，这儿比市区生活轻松多了。加布里埃拉和布莱恩搬到这里来的时候，我们可高兴了。理查德有更多小玩伴了。”贝姬哈哈大笑，用手理了理棕色的鬈发。“你们是怎么认识的呢？”

“在医学院认识的，”萨默回答道，“我们是同班同学。”萨默想找机会躲开贝姬，眼睛盯着自助餐桌，桌上摆着盛潘趣酒的大碗，里面似乎装满了蓝色的调制饮料。萨默看见加比一摇一摆地走过来，终于松了口气，并且极力克制自己不要瞪着加比圆滚滚的大肚子。

“好呀，萨默，”加比边说边歪过身子，想拥抱萨默。“谢谢你大老远跑到这穷乡僻壤来。我见你刚才跟贝姬聊上了呢。”

“加布里埃拉，我正和你朋友说我们多喜欢住在马林呢，”贝姬说道，“萨默，你结婚了吗？”

“结了。她对我们班某个同学大发慈悲……下嫁给了一个没出息的神经外科医生。”加比微笑着替萨默回答了这个问题。萨

① 英文名字，是加比的全称。——译者注

默已经料到还会有一个无法避免的问题，但没想到来得那么快。

“有孩子了吗？”

萨默狠狠地咽了一下口水，那种感觉就好像闷热难耐之时，有人冲着你的脸打开了冰箱门。“还，还……没有。”萨默喉咙一紧，回答道。

“噢，真够可惜的，”贝姬说道，脸上的五官全都走了形，遗憾的表情十分夸张。“生孩子可是头等大事。等你准备好跨越这一大步时，就可以过来找我们啦。”这时又有人敲门了，贝姬赶紧去应门。就在那一瞬间，萨默恨不能一把揪住贝姬的棕色鬈发。

“萨默，我很抱歉……”加比扶住萨默的手肘。

“没事的。”萨默抱着双臂说道。她觉得喉咙里堵得慌，脸也涨得通红。“我得去趟洗手间，失陪一下。”萨默快步走向门厅，不过她在洗手间门口没有停，而是径直走向前门。萨默跑过蓝色气球时还被绳子缠住了，最后她走过车道，一屁股坐在路边。萨默无法面对这一切，无法忍受品尝婴儿食物的比赛环节，或者什么“猜猜加比肚子有多大”的游戏；她没法看着大家对着每一件可爱的婴儿服装大呼小叫，自己还无动于衷；她也没法听那些女人讨论妊娠纹，讨论什么分娩阵痛是人生阶段不可或缺的仪式。大家的表现似乎都在说明，做女人肯定能当妈妈。萨默过去也是这么想的，觉得这个假定合情合理。但现在她明白了，这不过是个弥天大谎罢了。

萨默第一次流产时，反而觉得是种解脱。当时，他们才结婚几年，还都在医院实习。萨默在家用验孕棒测孕，结果棒上出现了粉色线，于是他们激烈地讨论起来。他们俩原本打算等萨默完成儿科实习项目后再生孩子，因为那时就有一个人能拿到稳定的收入，也能挤出合适的时间照顾孩子。所以，几周后萨默流产时，他们还宽慰自己这样最好不过了。但那次意外流产和意外怀孕一样，都改变了一些事情。萨默发现，自从流产之后，无论走到哪里都特别关注孕妇，关注她们的大肚子，这些人就好像在挺着大肚子向周围的人自豪地炫耀。

萨默流产之后感到很愧疚，因为自己怀孕后竟然还有过心理斗争。当然了，作为一个儿科医生，萨默知道矛盾的心理和流产没有一丁点关系。但是，关于产科的教科书从来没提到过她现在的心情，肚子里不再有慢慢长大的胎儿，取而代之的是悲痛欲绝的伤心。教科书也从没解释过，孕妇如果失去了刚发育一个月的骨肉，竟然会如此失落。第一次怀孕唤醒了萨默体内的声音，那是埋藏在内心深处声嘶力竭的呐喊，已经埋藏了很久很久的呐喊。萨默从小就认为，没必要因为自己是女人就放弃理想和抱负。她工作时觉得自己和其他女人不一样。现在，她头一次觉得，自己和其他女人也没什么区别。

萨默的业余时间全部用来研读医学期刊上关于生育方面的文

章，想消除一切可能导致流产的因素。萨默还制作图表，记录自己的排卵周期，并且根据周期调理饮食。每次一有新发现，她就兴奋地告诉克里希。但她很快意识到，克里希对此毫无兴趣。克里希还在做神经外科的实习医生，没法和萨默分担怀孕带来的焦虑。不过好在萨默对两个人的生活充满动力。第一次失败算不了什么，毕竟他们不会重蹈覆辙了。

现在，萨默放下蓝色的潘趣酒，独自坐在市郊的人行道旁。萨默知道，三年前的那一天成了她生活的分水岭。那次流产之前，她的生活充满快乐。工作顺利，在家里就能看到金门大桥，周末和很多朋友一起聚会玩乐。看起来生活已经别无他求了。可是，流产那天以后，她就怅然若失。这种强烈的失落感让萨默压力倍增，感觉生活一下子失去了色彩。一年又一年，总是检测未孕。一次又一次的打击，使得生活越来越空虚，困扰不断，这甚至成了夹在萨默和克里希之间的另一个家庭成员。

有时，萨默真想回到以前，过上无忧无虑的快乐生活。更多的时候，虽然自己并不情愿，她只得忍痛继续前行。

❼ 珊迪孤儿院

1984年，印度，孟买

卡维塔

牛车晃晃悠悠进了城，车夫把卡维塔和鲁帕放下。时值正午，她们俩都口干舌燥，饥肠辘辘。萨默和卡维塔淹没在城市的喧嚣之中：路上车来车往，轰鸣不断；街头小贩叫卖吆喝成片。马路上卡车熙熙攘攘，各种牲畜成群走动，自行车横冲直撞，黄包车和小摩托来回穿梭。路边的小吃摊上，一群人都在吃着小吃，喝着椰子汁。道路两旁是一排排简陋的铁皮棚屋，妇女蹲在棚户前，有的在生小火炉做饭，有的在脏水盆里揉搓衣服。

鲁帕找了一个街边卖小吃的小贩，打听往珊迪孤儿院怎么走。小贩打量了一下这两个穿得土里土气的光脚妇女，一看就知道她们是乡巴佬。小贩轻蔑地冲她们俩摇摇头。接着，鲁帕又找到一个出租车司机问路。那司机悠闲地靠在车上，往地上吐了一口槟榔饮料。他上下打量着卡维塔，摇摇头。这些人都很好奇，想知道卡维塔怀里的孩子是不是畸形儿，或者卡维塔是不是未婚生子，抑或是穷得养不起孩子。最后，一个在街角炒花生的大胡子男人帮了她们，他一边吆喝着“花生，花生，热乎乎的花生”，一边给她们俩指路。

鲁帕紧紧抓着卡维塔的手，穿梭在熙熙攘攘的大街小巷。卡维塔也加快脚步，紧追慢赶。卡维塔路上只停了一次，要给孩子喂奶。鲁帕抬头望望渐渐暗下来的天色，看看四周穿梭的人群，心中不安起来。她侧过身子，跟卡维塔说道：“妹妹，咱们不能停下来。你得这样抱住孩子。”说着，她帮卡维塔摆好抱孩子的姿势，这样卡维塔就能一边走路一边给孩子喂奶了。“我们得抓紧点了，要是天黑了，咱们俩在这儿可不安全。”

卡维塔连忙答应，加快了脚步。她心里清楚，过不了几个小时，等贾苏吃完饭，他就会和其他男人围坐在火炉旁喝酒抽烟。等这些事都做完了，贾苏就会四处找她了。卡维塔只能跟贾苏说，让他不要操心这个孩子了，因为已经找到收养的地方了。贾苏可能会发火，甚至会动手打她。可为了孩子能有一个好的着落，再大的委屈她也愿意承受。将近两个小时，鲁帕和卡维塔马不停蹄地赶路，一句话也没说。最后，她们终于找到了那栋刷着蓝漆的两层小楼。小楼显得有点破旧，上面的漆已经开始剥落。站在大门外，卡维塔的腿像灌了铅一样，一步也不想挪动。可她还是得拖着步子往里走，一边走，嘴里一边重复着：“不……不……不……”

“妹妹，别这样，难道除了这个还有什么法子吗？”鲁帕轻声安慰着卡维塔，“我们这样也是走投无路了。还有什么别的法子吗？”鲁帕把卡维塔往前推了推，走到门口按了一下门铃。卡维塔盯着大门上的红色标牌，这模糊的字迹将永远印入她的脑海里。“珊迪”在印地语中象征着心灵的平和。一个驼背的老年妇女给她们俩开了门。这个老妇人身着一条退色的橘色棉质纱丽，手里拿着一支短把笤帚。

卡维塔站在边上，看着鲁帕和那个老妇人交谈，可是无心听她们谈话的内容。卡维塔的心里只盘旋着一个问题：*谁来照顾我的孩子？这个妇人吗？她会喜欢我的乌莎吗？*卡维塔口干舌燥。老妇人示意鲁帕和卡维塔跟进去。她们俩跟着妇人走到门廊的尽头，看见办公室门口站着一个高个子女人，身上穿着一件蓝色的丝绸纱丽。

“谢谢，谢谢您。萨拉太太，再见。”从这间小办公室里传来一个男人的声音。高个子女人转身离开。她身上的纱丽很扎眼，还戴着钻石耳环，她从孤儿院走出去就好像一只孟加拉虎似的，气势汹汹。她看见鲁帕和卡维塔，微微点头一笑，接着往外走去。

办公室里坐着一个长着一头黑发的中年男子，鼻梁上架着一副框架眼镜，眯眼盯着打字机。“先生，”鲁帕对他说道，“我们给您的孤儿院送来一个婴儿。”

男子抬头朝门口望了一眼，先是看着鲁帕，然后又盯着站在她身后的卡维塔，最后目光落在卡维塔怀里的婴儿身上。“好，好，当然没问题，”他说道，“请坐吧。我是阿伦·德什潘德，你们肯定走了不少路才过来吧，”男子注意到她们凌乱不堪的衣服。“请问你们要喝茶还是白开水？”男人招呼老妇人拿来茶水。

“随便来点喝的就行，谢谢您。”鲁帕回答道。

就在男人寒暄的时候，卡维塔默默地流下眼泪，两行泪水顺着灰扑扑的脸颊滑落。没错，她很渴，她确实很渴。她又热又饿，头皮跳个不停。在城里走了这么长的路，卡维塔的脚划伤了，还磨出了水泡，现在隐隐作痛。刚生过孩子，还有生孩子前的挣扎，加上又走了这一路，卡维塔早已筋疲力尽。过去几天卡维塔几乎没有合过眼。她早就对这一切厌烦了，但今天碰到这么多鄙视的眼神，她不由得更加厌烦。

“就问几个问题，”男人拿起纸夹子和钢笔，说道，“孩子叫什么？”

“乌莎。”卡维塔嗫嚅道。鲁帕抬头望着妹妹，只见卡维塔眼中流露出浓重得惊人的伤感。

阿伦记了下来。“出生日期？”

听到这几个字之后，卡维塔就跟掉了魂似的，什么也听不进去了。她紧紧抱着乌莎，孩子的头紧紧依偎着卡维塔的下巴，轻轻摇晃。卡维塔听见身旁的鲁帕回答了男人的问题。卡维塔闭上眼睛，哭得更厉害了，阿伦的提问和鲁帕的回答仿佛都成了嗡嗡的背景声，最后卡维塔甚至忘记了他们俩的存在，忘记了自己身在何处。卡维塔就这样恍恍惚惚地抽泣，全身颤抖。虽然骨盆一直很疼，脚底也磨破流血了，但她浑然不知。最后，鲁帕摇了摇她的肩膀，卡维塔这才缓过神来。

“妹妹，好了。”鲁帕一边说，一边轻轻伸出手想接孩子。现在，卡维塔耳边除了尖叫声什么声音也没有。感到乌莎脱离自己的双手时，她脑子里嗡嗡的，只能听见凄厉的惨叫声。卡维塔听见乌莎的哭声，看见鲁帕冲着自己大喊大叫，嘴巴一张一合，把刚才的话说了一遍又一遍，但卡维塔什么也听不见。她能感觉到鲁帕用力扶着自己的肩膀，把她推向门厅，朝前门走去。卡维塔仍然伸着胳膊，但怀中什么也没有了。等到身后的金属门哐当一声关上时，乌莎的痛哭声仍在卡维塔的内心回荡。

❽ 别无选择

1984年，美国加利福尼亚州，旧金山

萨默

“亲爱的，听见我说的话了吗？”克里希握住萨默的双手，放在自己的大腿上。他们俩面对面坐在起居室的沙发上。萨默努力回想克里希刚才说的话。

“我说，我们还有别的选择。”克里希说道。

萨默环顾四周，发现克里希点起了几支蜡烛，拉上了窗帘。咖啡桌上摆着一瓶红酒和两个玻璃杯，旁边放着一个棕色的厚信封。窗外的街上车水马龙，还能听见有轨电车尖利的声音。这一切都是什么时候发生的？一小时前我们不是还坐在医生的办公室里吗？

此前，萨默终于点头答应去看看生育方面的专科医生，她已经厌倦了自然受孕，厌倦了每个月孕检未果后都得开一瓶红酒安慰自己。萨默觉得，如果医生知道问题出在哪里，就能对症下药。

萨默总怀疑是自己生育方面出了问题。克里希出生于一个大家庭，每个兄弟都有好几个孩子。萨默是家里的独生女，不过，她的父母倒从来没谈过这个问题。

那天下午，他们来到医生办公室，做了萨默一直不敢做的诊断。确实是萨默的问题。卵巢功能早衰。也就是说，萨默很早就出现了持续闭经。现在，一切都说得通了。过去这一年里，萨默月经很不规律，有时候出血量特别大，但接着就好几个月都不来。她原以为是怀孕早期的激素分泌紊乱，但这却是因为生殖系统慢慢功能衰竭。医生说，再有一年，她就会彻底闭经。等到三十二岁时，萨默就再也没法生育小孩，就不能成为真正的女人。那时候，我算什么？萨默花了一辈子和男孩竞争，想弥补作为女性的劣势，与看似已经安排好的命运相抗争。

“你想没想过我们商量过的那个问题？”克里希问道，“有关领养孩子的事？我妈妈说，那个孤儿院很快就要搬，没准不到九个月就会搬。”克里希笑着说道。他近来一直很关心他妈妈资助的那家位于孟买的孤儿院。领养程序很简单，只要领养夫妇中有一个是印度人，并且夫妇中有一个人能提供足够抚养孩子的财产证明。

“一点都不好。”萨默把头靠在沙发靠垫上。“你这就相当于放弃自己生孩子了。”

“不，亲爱的，我不是……”

“那你为什么还要提这个？我们可以接着尝试。医生说了……”

“医生说成功的概率极低。”

“概率低，并不是说没有可能啊。”萨默把手放回到自己的大腿上。

“亲爱的，能试的我们都试过了。海沃思医生说你的体质不适宜进行新发明的体外受精。就算你能接受体外受精，我也不愿你拿自己的身体冒险。亲爱的，看看你现在都成什么样子了。这样对我们都不好。你看，你也想要个孩子，是不是？”

萨默无奈地点点头，紧攥拳头，强忍住泪水。

“现在，你要不就接着糟蹋自己的身体，自己怀孕，可这几乎没有什么成功的希望。要不就开始走领养程序。要是这样，明年的这个时候，你就可以抱上孩子了。”

萨默又点了点头，使劲咬着自己的下嘴唇。“领养别人的孩子，会跟自己生的孩子感觉一样吗？”

“你看，要孩子的方式有很多，”克里希说道，“现在你想要有个跟自己有血缘关系的孩子，几乎是不可能的。再说了，你真的不怕咱们的孩子将来长着像我这样的大鼻子，还是个左撇子吗？”克里希笑着答道。他平时就喜欢开玩笑哄萨默，可是这次萨默一点都不觉得好笑。

“萨默，你将来一定是个模范妈妈，不信就等着瞧吧。”克里希说着，向萨默身边凑了过去，想看看萨默的眼睛，好像希望从萨默的眼神中找出答案。“你觉得呢？”

我觉得呢？萨默一点都不知道自己是怎么想的。“给我点时间考虑考虑，好吗？我一下子还接受不了。”萨默答道。说着，她用手指了指那个棕色的信封。“现在，我想出去跑跑步，清醒清醒。好吗？”萨默说完就起身往外走，根本不给克里希回答的机会。

萨默从房子的台阶跑下来，向葱郁的金门公园跑去。她本来不想跑步的，但她不得不想办法脱身。几个月来，克里希一直都在跟她谈领养孩子的事情。虽然一拖再拖，可是萨默知道自己早晚要考虑这件事。不管怎么说，要放弃亲自生孩子，萨默总是觉得难以接受。她多么想怀孕、分娩、哺乳自己的孩子，然后在孩子身上看到自己的影子。*我怎么能说放弃就放弃呢？*这对克里希来说也许算不得什么，毕竟生不了孩子又不是他的问题。

萨默气喘吁吁地跑到公共饮水处，这才意识到自己已经跑了将近五公里。平时萨默跑步只是沿着肯尼迪车道跑上三公里左右，今天竟然想要一路跑到海边去。萨默停下来，到饮水处解解渴。她先是慢慢喝了几口，然后拧开龙头冲了一下脸。黄昏时分，路上车水马龙，人来车往：留着脏辫雷鬼头的轮滑小子、相互追赶的自行车手、推着婴儿车的妇女，还有骑自行车的小孩。萨默三年前就开始在这条道上跑步了。三年来，萨默一直想有个孩子。要是第一胎没有流产的话，现在萨默也该推上婴儿车了。要是那样，她现在应该和其他妈妈一样，在教自己的孩子骑儿童三轮车呢。

卵巢功能早衰。想着想着，萨默的眼睛湿润了。她赶紧撩起袖子，擦干眼泪，接着跑下去。她今年刚刚三十一岁呀，怎么就不能怀孩子了？在医学院苦读四年，在医院里临床实习三年。为了实现自己的梦想，萨默该做的都做了。直到现在，萨默唯一的希望就是做一名好医生。她怎么能知道自己的身体竟会背叛自己呢？残酷的事实就像水龙头里的水，哗哗地冲向萨默。克里希是正确的，大夫也是正确的。萨默找到了问题的答案：她确实无能为力。

萨默回到家时，克里希已经走了。克里希走之前在咖啡桌上留了一张便条，原来是医院那边有事找他。萨默坐在硬木地板上，两腿叉开。她弯着身体，鼻尖碰到膝盖上，一下子哽咽得喘不上气来。萨默泪眼模糊，连实木地板都看不清了。内心深处积聚的剧烈惨痛的哭喊声如泄洪闸门一般洞开。心中的泪水就像潮水一样翻滚，不断上涨。每当听到孩子的哭声，或者给小孩子看病的时候，萨默的泪水总想喷涌而出。她只好下意识地竭力压抑自己不哭出来……一次又一次，次次如此。可是泪水总在萨默最意想不到的时候一泄而出：有时洗着洗着咖啡杯，眼泪就出来了；有时解着解着鞋带，泪水就莫名其妙地喷涌而出；就是梳头的时候，眼泪也不肯放过萨默。每一次莫名落泪，萨默都痛哭流涕，哭得死去活来，仿佛那股力量来自身体里难以名状的最深处。

萨默到浴室冲了个澡，然后坐到沙发上。她看见红酒瓶开着，于是倒上一杯。她顺手拿起克里希妈妈从印度寄来的那封信，从棕色的信封中甩出信，打开，看了起来。原来，在印度的孤儿院里，很多孩子其实并不是孤儿。他们都是被自己的父母抛弃的。他们的父母不是养不起，就是不想养这些孩子，然后就把他们扔到了孤儿院。孤儿院只把孩子养到十六岁。它们会把年满十六岁的孩子赶出孤儿院，让他们自谋生路，以便给别的孤儿腾出空间来。十六岁？

萨默的耳畔回响起克里希说的话。你能成为一个模范妈妈，不信就等着瞧。萨默又把酒杯倒满，继续看起信来。

❾ 一丝慰藉

1985年，印度，达哈努

卡维塔

卡维塔没天亮就起床了，其他人还在梦乡，她就开始洗澡，做礼拜[①]。几个月来，卡维塔天天如此。从孟买回来后，每天清早的这些事情成为她唯一的慰藉。

卡维塔和鲁帕从孤儿院回来后，变得阴郁而冷漠。她几乎不再和贾苏说话，每次贾苏想碰她，卡维塔就躲开身子。以前还是新婚夫妇时，两个人难免觉得有些尴尬。现在，他们俩互相躲避是因为低头不见抬头见，早就没有新鲜感。卡维塔放弃两个孩子后，对丈夫只剩下满腔的仇恨和怀疑。从孟买收养乌莎的孤儿院回来后，卡维塔想让丈夫也感受到自己的那份羞愧和悔恨。卡维

---

① 印度教礼拜仪式的一种。包括简单家常仪礼和隆重的寺庙仪礼。典型的礼拜对待神像如同尊贵的客人，神被温柔地从睡梦中唤醒，行仪式上的沐浴和着装，一天侍奉三餐，最后再行以仪式上床。——译者注

塔知道，自己对丈夫的违逆，哪怕只是一时的，也能让丈夫知道自己不甘懦弱无能。接下来几个月，虽然贾苏表现得很不自然，但还是允许卡维塔拥有自己的时间和空间。这是结婚四年来，丈夫第一次真正尊重卡维塔。贾苏的父母却毫不妥协，他们原本埋在心底的不满情绪一下子爆发出来，冷酷无情地指责卡维塔没给他们家生个孙子。

卡维塔走了出去，把垫子摊在坚硬的石阶上。她坐下来，面朝东方升起的旭日。她点燃酥油灯和一炷细细的香，闭上眼睛静静祷告。一缕青烟袅袅升起，环绕着卡维塔。卡维塔深深地吸了一口气，像往常一样想念自己失去的女婴。她摇了摇小银铃，轻轻地吟诵起来。她仿佛看见了两个孩子的脸蛋和弱小的身躯，仿佛听见了她们的啼哭，仿佛感受到她们的小手指正紧紧地抓着自己的手。孤儿院大门后乌莎凄厉的哭喊声常常在卡维塔耳畔回响。卡维塔沉浸在无尽的自责深渊中不可自拔。她一边吟诵，一边流泪。过了一会儿，她努力想象着孩子无论身处何地，现在正平静地生活着。卡维塔想象着乌莎已经长成了小女孩，头上扎着两条小辫，每一条上都系着白丝带。乌莎的样子在她脑中再清晰不过了：她微笑着和其他孩子追逐打闹；她在孤儿院与其他孩子一起用餐，也许安静，也许热闹；晚上，也许她并没有那么快睡着，就在熄灯后趴在窗台边看星星。

每天早上，卡维塔都会坐在屋外的同一个地方，闭上双眼，直到内心情绪激荡，然后再慢慢消散退去。她静静地等着，等着自己心平气和，重新恢复正常。那时她才会睁开眼睛，脸上湿乎乎的，香也烧得只剩下短短的一截，很快就化作灰烬。太阳已经跃出地平线，像一个闪闪发光的橘黄色球体，村里的人也开始走动起来。礼拜的最后，卡维塔总会轻轻地吻一下手腕上还剩下的那只手镯，接受女儿已经离她而去的事实。这些日常的宗教仪式给卡维塔带来了些许安慰，久而久之也多多少少能愈合一点内心的创伤。早上做完这些仪式之后，卡维塔想象乌莎过着平静的生活，自己也有动力撑过一整天。就这样，卡维塔发现一天比一天好受些。日复一日，月复一月，她觉得自己也没有那么恨贾苏了。几个月后，卡维塔又让贾苏碰自己了。接着，晚上睡觉时也不再拒绝贾苏了。

卡维塔又怀孕了，她努力不像以前那样老想着肚子里的孩子。她不再费时间琢磨柔嫩的乳房，也不会时不时摸摸越来越大的肚子。有什么新变化她也不会立马告诉贾苏了。每当开始想肚子里的孩子时，卡维塔就赶紧把这些想法抛到脑后，令其化为尘灰。自从孟买之行后，卡维塔经常这么做，所以早就养成了习惯。

卡维塔最终还是把自己怀孕的事情告诉了贾苏。“这一次，咱们最好还是去诊所看看吧，行吗？”贾苏对卡维塔说道。虽然贾苏嘴上没说，不过，卡维塔能从贾苏的语气中听出他急切的心情。

邻村新开了一间诊所，可以给孕妇做B超。表面上来看，做B超是为了检查胎儿的健康情况。可是大家都知道，其实那些做B超的人都是为了鉴定胎儿的性别。去诊所做一次B超，不仅要走一天的路程，还要花掉两百卢比——相当于做一个月农活的收入。他们需要花光攒下来准备置办农具的钱。虽然做一次B超如此艰难，卡维塔还是答应了。

卡维塔知道，万一这次检测出来自己肚子里怀的又是女孩的话，后果肯定不堪设想。贾苏要是身上带钱的话，肯定会在诊所当场要求她堕掉这个孩子。或者贾苏会直接休掉她，让她承受独自抚养孩子的耻辱。村里人会像避瘟疫一样躲避她，就好像那些没人要的可怜女人似的。但就是被家庭和社区抛弃也比最坏的结果要好得多。她可不想把孩子生下来，再眼睁睁地看着怀里的孩子被人抢走。卡维塔实在无法再承受这种痛楚了。

卡维塔心里明白，要是再那样的话，自己肯定没法再活下去了。

⑩ 一件伟大的事情

1985年，美国加利福尼亚州，旧金山

萨默

萨默坐在浴缸边，光着脚踩在冰凉的淡青色瓷砖地板上。她的手上紧攥着那根熟悉的塑料测孕棒。虽然泪眼模糊，可是萨默依然能清清楚楚地看见上面两条平行线。就跟八个月前知道自己怀孕时看得一样清楚。要是没有流产的话，今天本来应该是萨默的预产期，这本该是个值得她和克里希两个人庆贺的日子。可今天只有萨默一个人独自伤悲。刚刚流产那会儿，还不断有人过来安慰。过了几个星期，大家都渐渐淡忘了。流掉的孩子唯一存在过的证据就是萨默手里的那根测孕棒，还有那无尽的空虚感。

从远处港口传来航海雾笛的鸣响，萨默缓过神来。她听到另一个房间里响起了克里希的收音机“闹钟”，传来全国广播电台的早间新闻。萨默从浴缸边站了起来，把手里的测孕棒塞进旧棉质浴袍的口袋里。她知道，克里希现在已经对她失去耐心了，越来越受不了她这么执迷不悟。克里希现在迫不及待地要领养孩子。见克里希推开了浴室门，萨默赶紧抓起自己的牙刷。

“早安，”克里希说道，“这么早起来干什么？”

萨默打开淋浴喷头，解开浴袍，回答道：“我订的九点的航班。”

“嗯，代我向你爸妈问好。”

萨默走到喷头下，开始放水，直到水热得发烫。

一辆灰色的沃尔沃轿车开进了圣地亚哥的接站台，萨默一眼就认出了这辆车。萨默的母亲从车上下来，走了过来。

“宝贝女儿。见到你真是太高兴了。”

萨默从行李包上迈过去，钻进妈妈的怀抱，一头扎进妈妈柔软的羊毛衫里，沉浸在妈妈身上淡淡的玉兰油香味中，顿时感觉找到了依靠。她就像小孩子，躺在妈妈的怀抱里哭了起来。

“哦，宝贝，别这样。”妈妈一面安慰萨默，一边抚摸着萨默的头。

刚进家门，妈妈就说道：“我先去给你泡点茶，我还准备了香蕉面包呢。”

“听上去真不错。”萨默走到餐桌前的一张靠椅旁，坐了下来。

“这么说，克里希这个周末得在医院接诊？真糟糕，我们会想他的。”

萨默的爸妈都很喜欢克里希。毕竟克里希是印度人，头一次带克里希回家的时候，萨默还很担心父母会反对呢。不过还好，爸爸妈妈都很欢迎克里希。萨默的父母都是在多伦多长大的。他们成长的年代，正值二战结束后的移民高潮。所以，萨默父母周围有来自世界各地的邻居，有说俄语的，有说意大利语的，也有说波兰语的。在种族包容成为大众潮流之前，萨默的父母就养成了开阔的心胸。萨默的爸爸本人就是内科医生，跟克里希一见如故。因为克里希选择当外科医生，所以萨默的爸爸对他格外尊敬。

“你爸爸本来说晚上不去坐诊的，可是没过多久就说一周值一次夜班，接着就成了一周值两次。瞧，现在又回到以前那样了，一天都没多歇。”妈妈一边摇头，一边往水壶里加水。

自从开始记事起，萨默就记得父亲在房子一楼的改装屋里接诊病人。有的病人是他白天看过的，在下班期间有突发状况就直接来家里了。来找他父亲的病人，大多数都是那些去不了医院的人：没有医疗保险的新移民、因未婚先孕而被赶出家门的少女，还有害怕晚上去医院的老年人。消息不胫而走，说是惠特曼大夫家的接诊室总是开着，而且免费给穷人看病。萨默的童年记忆里充满了门铃的响声：不管是正在吃饭，还是玩拼字游戏，总有人过来找爸爸看病。

“萨默，查一下这个词，”父亲写下一个由七个字母拼成的单词，准备去应门。“我回来时，用这个词造个句。”

他们在门前的走廊上总能发现，除了晨报，旁边还摆着刚烤好的馅饼或者水果篮子，肯定是病人为了表达谢意留下的。对于萨默的父亲来说，救死扶伤不仅仅是一种职业，更是一种使命的召唤。父亲这辈子都这样无私奉献，而萨默很小的时候就把父亲当成自己的榜样了。萨默八岁时，父亲教她挂上听诊器，听一听自己的心跳。萨默十岁时已经会使用血压袖带了。萨默唯一的梦想就是成为一名内科医生，她从没有想过别的。父亲就是她心目中的英雄。萨默每次都盼着周末赶紧到来，这样父亲看书时，她就可以一起依偎在皮制的大扶手椅上。

“妈妈，您最近怎么样？图书馆的工作还顺利吗？”萨默注意到了母亲眼角的鱼尾纹。

“噢，老样子，还是那么忙。我们在整理参考文献的书架，好给捐来的家具腾出地方。另外，我还在组织一系列研讨会，明年秋天就要开了。这个研讨会是关于一些女性名人的传记，像什么埃莉诺·罗斯福[①]和凯瑟琳·葛兰姆[②]之类的。”

“挺好的。”萨默微笑着说道，不过她从来不明白，母亲为什么会对如此平淡无奇的生活充满兴趣。

母亲拿着两个热气腾腾的杯子放在桌上，还拿来了一片片厚厚的香蕉面包。“宝贝，你最近怎么样？怎么看上去心事重重啊？”

---

① 美国的第一夫人和外交家，是西奥多·罗斯福的侄女。1905年与远房堂亲，也就是后来成为美国总统的富兰克林·罗斯福结婚。——译者注

② 《华盛顿邮报》前董事长，是美国新闻界第一夫人。——译者注

萨默握住杯子，抿了一口茶。“嗯，妈妈，我们……我……生不了孩子了。”

“噢，宝贝，”母亲一只手搭在萨默的胳膊上。“会怀上孩子的，别着急。流产也很常见呀，很多……”

“不，”萨默摇摇头。“我没法生育了，已经找专家查过了。我提前闭经了，卵巢没法排卵了。”萨默望着母亲盈满泪水的双眼，似乎母亲能告诉萨默其他医生无法解释的事情。

母亲清了清嗓子。“就这样了？没有别的什么法子了？”

萨默摇摇头，眼睛垂下来，看着茶水。

“宝贝，别难过，”母亲抓住萨默的手。“那你最近怎么样呢？克里希怎么样？”

“克里希……对整件事都很冷静，像医生一样。他觉得我太情绪化了。”说到这里，萨默顿了顿。她不能告诉妈妈，说自己已经不能和克里希谈这件事了，她担心如果没办法解决这件事，可能还会失去克里希。

“男人很难理解这种事情，”母亲一边说，一边也低头看着杯子。“你爸爸当初肯定也难以接受。”

萨默抬起头来。“当初你们生了我之后没有再要孩子，是不是也是因为这个呀？”

母亲抿了口茶，慢慢回答道：“生你之前我也流过一次产，生完你以后，我就再也没有怀孕过。那时候还没有先进的检查手段，所以我们只好接受事实。能平安生下你，我们就觉得很幸运了。但是没能给你生个弟弟或者妹妹，我确实觉得很遗憾。”母亲伸手抹了抹眼泪。

萨默顿时感到很愧疚，因为以前老吵着要一个弟弟或妹妹。“妈妈，这不是您的错。”萨默说道。不是您的错。不是我的错。她们俩就这样沉寂了一会儿，然后萨默抬起头，望着妈妈。“妈妈，您对领养有什么看法？”

母亲笑了。“我觉得这个主意很棒。你是在考虑领养孩子吗？”

“可能会吧……在印度有很多小孩等着被领养，他们需要亲人，需要温暖的家庭。”萨默低头看着自己的手，扭动起手指上的婚戒。“一想到没法生孩子，没法养育小生命，我就难受得不行。”泪水又涌了上来，萨默有些哽咽。

“宝贝，”母亲说道，“你会做一件和生育孩子一样重要的事情——救死扶伤，挽救生命。”

萨默的脸拧成一团，像一张皱巴巴的纸巾，失声大哭。“我只想做一个妈妈。”

“你一定会是个好妈妈。”母亲说着拿起萨默的手，放在自己手上。“等到了那一天，我敢保证，你人生中最重要的事情就是做个好妈妈。”

在回家的飞机上，萨默仔细翻阅印度领养机构的宣传资料，孩子诚挚热情的脸深深地吸引了她。能改变其中一个孩子的命运，一定是一件伟大的事情：创造出原本没有的机会，让某个孩

子生活得更好。这不禁让萨默想起自己当年从医的原因。宣传册子里印着甘地的一句意味深长的话：想要世界有所改变，就必须先改变自己。

也许所有的痛楚并非毫无意义。或许这就是人生的真谛所在。

⑪ 花小钱，省大钱

1985年，印度，塔内

卡维塔

到了准备做B超的那天上午，卡维塔忐忑不安，胃里翻江倒海。在往诊所去的路上，卡维塔一直用手托着自己的大肚子。诊所门上贴着一张宣传帖子：今天多花两百卢比，将来就能省下两千卢比。一看就是说如果生女儿的话，将来还得为她准备大批的嫁妆，还不如早点打掉。如果不是门口贴着这张宣传帖子的话，这家诊所的门和裁缝铺或者鞋铺没什么区别。诊所里男男女女成对地站在那里等着。看看周围的孕妇，卡维塔这才发现原来自己的孕期算是最长的了——已经有五个月了。

贾苏走到办公桌前，跟诊所接待人员交谈了几句，然后从口袋里掏出一沓钞票和一堆硬币，交给了那个人。接待人员数了数钱，放进一个金属盒里。他一边往盒子里放钱，一边侧侧脑袋，示意贾苏到排队区等待。卡维塔靠在墙上，移动身子给贾苏腾出地方，让贾苏靠到她身边。卡维塔排队等着，眼睛盯着粗糙的水泥地板。一阵闷声哭泣的声音吸引了她的注意，她抬头看见一个女人从诊所后间冲向前门。那个女人用纱丽蒙着脸，一个脸色沉重的男人跟在后面。卡维塔低下头，重新凝视刚才看着的那块地方，余光瞥见贾苏的脚趾在局促不安地扭动。

那个刚才收钱的接待员终于点到了贾苏和卡维塔的名字，并且扭头示意他们往诊所里间走。穿过诊所里唯一一扇门，里面有一间巴掌大的小屋，只能放得下一张简陋的检测床和一辆装着检测机器的小推车。操纵机器的专家递给贾苏几张纸，他和卡维塔谁也看不懂。接着，专家让卡维塔躺倒在桌子上，开始往她的肚子上涂一些药膏似的黏东西。这些黏糊糊的东西很凉，让卡维塔感觉很不舒服。还好有贾苏站在旁边陪着她，卡维塔突然对贾苏充满了感激之情。那个专家开始在卡维塔鼓鼓的肚子上移动仪器，贾苏和专家一起看着颗粒状的黑白图像。贾苏歪着脑袋盯着屏幕上的图像，焦急地瞥着专家，想从专家那里找到点线索，看看卡维塔肚子里怀的究竟是男是女。过了几分钟，专家说道："恭喜恭喜，是个健康的男孩。"

"哇！"贾苏大声惊呼，开怀大笑。贾苏用手拍了拍医师的肩膀，吻了一下卡维塔的前额。要知道，在当地很少有人会当众亲吻示爱。卡维塔没有反应，只是觉得松了一口气。

做完B超好几个星期之后，卡维塔才渐渐意识到，这次自己终于可以留下肚子里的孩子了。她这才开始感觉到和孩子之间的亲近感。做B超之前，卡维塔心里还满是惴惴不安的揣测，现在已经没有疑虑了。丈夫欣喜若狂，这也让卡维塔的心情舒畅起来。自从那天在诊所做完B超之后，贾苏的行为举止也发生了变化。吃完晚饭后，贾苏省下自己的煎饼给卡维塔吃。一看到卡维塔用手托着后腰，贾苏就赶紧让她休息。到了夜里上了床，贾苏就拿椰子油给卡维塔搓脚，还冲着卡维塔不断鼓起的肚子轻声哼唱。

卡维塔心里清楚，丈夫之所以对她这么好，主要是因为自己怀上了男孩。可是，卡维塔希望这并不是贾苏对她体贴的唯一原因。到了孕期最后几个月，卡维塔发现自己对贾苏不再冷淡了。卡维塔看得出来，贾苏也可以做一个体贴的丈夫，当一个好爸爸。两年前的那个晚上，也就是在小棚屋生下孩子后，贾苏也变了。卡维塔也知道，孩子的事情也不能全怪贾苏。村里的男人都一样，重男轻女，贾苏比他们坏不到哪儿去。

卡维塔和贾苏的这个儿子和其他人家的男孩一样，全家上下

无不期待着他的到来。这次生孩子跟前两次可不一样了。家里人精心照料卡维塔，生怕照顾不周。卡维塔第一次阵痛时，家里人赶紧把产婆找来。卡维塔分娩的时候，贾苏就在门外等着，一步也不敢离开。听到婴儿的第一声啼哭后，他就迫不及待地冲了进去。产婆还没来得及把脐带剪断，贾苏就按着习俗，拿起一只蘸着蜂蜜的金匙碰了一下孩子的嘴唇。弄完之后，贾苏俯身轻吻了卡维塔的前额。他兴奋地把刚生下来的儿子抱在怀里，眼睛里闪烁着泪光。

卡维塔的眼睛也湿润了，她赶紧擦干眼泪。虽然她和丈夫、儿子一起完成了美好的仪式，很感动，可是却无法弥补她内心的痛楚。几年来，她朝思暮想，盼望着这一天能够到来。现在，这一天终于来了，以前的辛酸苦楚却不禁又泛上心头。

⑫ 入乡随俗

1985年，美国加利福尼亚州，旧金山

萨默

信寄来的那一天起，一切都不再是纸上谈兵了。萨默在一堆信件里发现这封信时，心怦怦直跳。她把一只香槟酒瓶藏在冰箱里，然后跑下台阶，冲向医院。她和克里希说好要一起打开信封，但现在手里攥着信封，萨默心里痒痒的。等了那么多个月，真恨不得立马拆开信封。

一开始，他们光在餐桌旁就花了无数个夜晚，仔细研究一沓沓文件，填好表格，收集整理教育记录、税收记录、财务报表和医学报告。接着，他们得接受领养机构的审核，包括面试、登门拜访以及心理评估。社工几乎踏遍了家里的每一个角落，不仅看了看婴儿房条件怎么样，还瞥了几眼他们的药柜，甚至小心翼翼地闻了闻冰箱里的味道，萨默差点就大发雷霆。

他们放下强烈的自尊心，请以前了解自己的教授、同学和同事帮忙，证明他们有能力领养孩子，就连当地警方都得出具证明。这太不公平了，要接受这么多测试，仿佛把灵魂都晒给别人看，而其他夫妇却不需要任何证明，顺理成章就能当上父母。不过，萨默和克里希老老实实地把手续都走了一遍，提交了申请，然后就静静地等待着。别人告诉他们，领养的孩子可能岁数会大一点，身体可能也不是特别健康，而且十有八九是个女孩。

萨默气喘吁吁地赶到医院，直接走向克里希常待着的病房。“你看见他了吗？”萨默问护士站的护士。还没等护士回答，就跑去看了一眼医生休息室，里面一个人也没有。萨默又把头伸进值班室，叫醒了一个睡着的实习生，最后又回到了护士站。

“我用广播喊他吧，”护士说道。

“谢谢。”萨默坐在旁边的硬塑料椅子上。她的脚轻轻敲击着带斑点的地板，强忍住不去看手中的信封。萨默听见了克里希的声音，看见他从过道里向自己走来。克里希眼神冷酷，下巴肌肉不住抽动，萨默一眼就能看出他正在斥责身边垂头丧气的年轻住院医生。克里希看到萨默时，神情依然十分严肃。萨默站起身，举起大信封，克里希冷峻的神色才渐渐消逝，脸上浮起一丝微笑。他打发走了住院医生，走到萨默跟前。“是那个吗？”

萨默点点头。克里希握住萨默的手肘，带着她来到最近的楼梯井。他们并排坐在最上面的台阶，打开信封，抽出一沓纸，纸的最顶端夹着一张拍立得相机拍的照片。照片上的婴儿一头黑色鬈发，褐色的杏仁眼令人称奇。她身上穿着普普通通的裙子，戴着银脚镯，一脸好奇。

“噢，天哪，”萨默轻声感叹道，一只手捂住嘴巴。“她真美。”

克里希胡乱地翻阅资料，说道：“阿莎，这是她的名字。她才十个月大。”

“这个名字在印地语中是什么意思？”萨默问道。

“阿莎？希望。”克里希抬头望着萨默，面露微笑。“是希望的意思。”

“真的吗？”萨默笑了，可眼泪也流了下来。“那她肯定是我们的希望。”萨默紧紧抓住克里希的手，两个人十指紧扣。萨默吻了吻克里希。“太棒了，真的太棒了。”萨默把头靠在克里希的肩膀上，两个人一起凝视着照片。

这么久以来，萨默终于觉得心中的大石头落了地。*明明仍然相隔半个地球，我怎么会已经爱上这个孩子了呢？*第二天上午，萨默和克里希给孤儿院拍去电报，告诉孤儿院他们准备来领养女儿了。

尽管去印度要飞很久，但他们心情愉快，情绪高昂，对漫长的旅程毫不在意。很多事情都让萨默兴奋不已：第一次去印度；要见到克里希的家人了，这么多年来一直听他说自己长大的地方，现在终于可以亲眼看一看了。但最重要的是，只要萨默闭上眼睛，眼前就会浮现出第一次拥抱自己孩子的场景。萨默把阿莎的照片放在口袋里，时不时拿出来瞧瞧。就是这张照片，把她所有的疑虑都一扫而光，让一切都变得有了盼头。萨默晚上也睡不着觉，总在脑海中勾勒女儿甜美的脸蛋。她上班时看了看婴儿成长图表，有点担心阿莎的体重。现在，他们已经把房子收拾好了，和领养机构合作过的父母也向他们传授了经验，但是他们还是不知道抵达印度后会发生什么。别人提醒他们，孩子会因为身处异乡而局促不安，会出现“文化冲击”，发育会延迟，还会营养不良。反正只要领养孩子就会遇上很多头疼的问题。在飞机上看到其他父母紧盯着大喊大叫的孩子时，克里希和萨默紧紧地捏着手，兴奋地望着对方。

他们抵达了孟买，走出机舱。萨默感到一股混合着海水、香料和汗臭的刺鼻气味迎面扑来。入境口前排着歪歪扭扭的队伍，大家都推推搡搡，萨默努力克服自己的困乏往前走。他们还没走到托运行李传送带时，几个男人就围了上来，拽他们的衣服，叽里咕噜地说着话。萨默有些惊慌失措，赶紧跟上克里希，在乱糟糟的人群中穿梭。克里希冷静地带着她穿过人群和队伍，一路上有时还得打点打点，给点好处费。

他们走出机场后，闷热潮湿的天气就像给萨默裸露的肩头罩上了披肩。机场车道上到处都晃着汽车前灯，汽车喇叭也响个不停。萨默和克里希坐上一辆似乎快要散架的出租车，后排的塑料车座也全是裂缝。萨默看丈夫摇下车窗，于是把自己那一边的窗户也摇了下去。克里希深吸一口气，转过身，面带微笑地看着萨默。“孟买，”他神采奕奕地说道，“多么光辉灿烂的城市，你觉得怎么样？”

萨默只是不住地点头。一路上，克里希不断介绍路边的名胜：远处造型优美的清真寺，著名的赛马场。可萨默眼前只有简陋不堪的房屋和肮脏的道路。这些破败的景象就像放电影胶片一样在车窗外闪过。到第一个红灯停车时，衣衫褴褛的乞丐蜂拥而至，将车子团团围住。车窗没关，那帮乞丐就把脏兮兮的手伸进车里。克里希赶紧扭过身子，把车窗摇上。

“别理他们。你不搭理他们，他们自然就会走了。”克里希说道。说这话的时候，他两眼盯着前方。

萨默看见车外站着一个女乞丐，背着骨瘦如柴的婴儿。克里希听不到女乞丐说什么，只见她不断用手指着嘴巴。这个女乞丐离萨默不过三十多厘米。虽然隔着玻璃，可是萨默仍然能感觉到那个乞丐的饥饿与绝望。萨默实在不忍心看下去，只好把头转开。

“你会习惯的，这儿到处都这样。”克里希说着拉住了萨默的手。“别担心，我们马上就到了。”

克里希从来没对萨默详细谈过自己家里的情况。萨默只知道克里希的爸爸是一位受人尊敬的内科医生，妈妈是私人教师，而且热衷于慈善事业。萨默一直很想亲眼看看克里希小时候住的房子。萨默和公婆只见过一次面，那还是五年前她和克里希在旧金山举行婚礼的时候。

虽然克里希的父母和他们在旧金山一起待了整整一个星期，可那一周确实忙得不可开交。除了上班，他们还要忙着筹备婚礼。萨默跟他们只聊过天气、婚礼筹备和吃饭用餐的问题。说到天气，无非就是谈谈为什么旧金山的夏天这么凉快；谈到婚礼的筹备，无非就是说要宴请四十位客人，在金门花园举行简单的仪式；至于吃饭，无非就是说说附近哪家饭店提供素食。每天清晨，克里希的妈妈总是在灶台上煮茶，并且打量他们家柜橱里仅有的几件餐具。克里希的爸爸则会读读报纸，似乎想要读懂报上的每一个单词。萨默去上班的时候，虽然松了一口气，可是内心却有几分愧疚。有一次，她问克里希是不是自己有什么地方做得不对。克里希父母给人的感觉好像不太自在，有点拘束似的。

“那是因为他们还不太适应这里的情况，”克里希回答道，“他们只是想入乡随俗。”

现在，来到了孟买。萨默盯着窗外，看着这座城市的轮廓，心想在这块陌生的地方，自己是否也能入乡随俗。

⑬ 远大抱负

1985年，印度，孟买

萨拉

萨拉·塔卡尔一面照着镜子，一面盘起自己齐腰的长发。她把头发习惯地卷成圆发髻，紧紧扎牢，然后轻轻捋了一下两鬓的银发。为什么不行呢？不管怎么说，我现在都是当奶奶的人了。萨拉从床上拿起刚刚熨好的黄色纱丽，熟练地穿在身上，把粉色的丝绸绣边平展地搭在左肩上。

萨拉凑近镜子，拿起一个金黄色的吉祥痣粘到额头正中央。涂上口红之后，她后退了几步，突然想起该让迪瓦史把镜子上的脏东西清理一下了。几天来，她一直安排家里的仆人忙个不停。仆人们也知道，东家的大儿子就要从美国回来了，上上下下都得好好收拾收拾。虽然萨拉总是对别人抱怨，克里希定居的地方离家太远，可她内心还是很自豪的。克里希从小就有远大的抱负。

克里希很小的时候就跟着爸爸在医院里来回跑，总是缠着他问这问那。不管脑袋里冒出什么问题，克里希都会拉着爸爸的白大褂刨根问底。萨拉家的三个孩子都聪明伶俐，不过最聪明的还数克里希。克里希在自然科学课上经常考最高分，数学竞赛上也屡屡获奖。每当这时，他总是一口气从学校跑回家报喜。在学校里不断取得骄人的成绩，克里希的雄心壮志也与日俱增，他开始想要出国留学。当得知克里希被美国的医科大学录取后，家里人开始东拼西凑给他筹钱：他们家的钱换不了多少美元。外国留学生无法申请助学贷款，而且家里人不想让克里希勤工俭学，怕耽误他的学业。十年前，一家人送克里希坐上了赴美求学的飞机，萨拉简直不敢相信时间过得如此之快。

克里希去美国留学那年，家里十六个人乘着四辆有篷卡车去机场送他。最后一辆车装满了克里希的行李，包括一大箱用塑料袋密封的茶叶、五香粉和其他干货。萨拉最担心的自然是儿子出国后这几年的饮食。飞机起飞前，大家都陪着克里希。孩子围成圈玩卡巴迪[①]，玩得很开心，嬉闹声回荡在天花板很高的走廊里。萨拉带来了半打不锈钢午餐盒，这样大人就可以享用热茶和点心了。如此重要的时刻，如果没有美食做伴，那就算不上完美。萨

① 卡巴迪源于印度，是一种类似中国民间的“老鹰抓小鸡”游戏的运动，是印度和巴基斯坦青年男子的民间体育运动项目。——译者注

拉忙着给大家分吃的，组织大家拍合照，盯着时间，尽量不让自己过于伤感。如果那时候她就知道儿子会永远离开印度，肯定会更伤心。倒是萨拉的丈夫动情地和儿子告别。平时他可是个坚忍内敛的大男人，这次他抱了儿子很久才松开，松开时眼睛也湿润了。其他家庭成员都礼貌地把脸转向别处，就连孩子也安静下来。

“爸爸，别担心，儿子会让你自豪的。”克里希用颤抖的声音说道。

“你已经是我的骄傲了，儿子，”父亲说道，“今天，我感到很自豪。”克里希转身朝其他前来送别的亲戚挥挥手。他越洋赴美，肩负的不只是自己的梦想。

本来，克里希从医学院毕业后肯定要回印度，去父亲的医院工作，然后结婚。克里希有美国的学位，又有客观的收入潜力，所以肯定可以随意挑选合适的年轻姑娘。但萨拉想给儿子物色媳妇时，克里希却拒绝了，说自己在医学院太忙，无暇考虑婚姻大事。毕业前的一天，克里希突然给家里打电话，说自己已经有女朋友了，是一个美国人，而且打算和她完婚。家里人也听明白了克里希的意思，为了这个美国女人，克里希还要在美国定居。

萨拉和丈夫是知书达理、思想进步的人，他们不反对儿子自由恋爱、自主结婚，但两个人进展得似乎有些快。他们生怕儿子犯错误，毕竟女方的文化背景与儿子截然不同，两个人甚至都不了解对方的身世背景。萨拉和丈夫飞赴美国参加儿子的婚宴时，更加确定了对克里希和新娘的担忧。婚礼简单而朴实，他们住的房子平淡无奇，食物也乏善可陈。萨拉和丈夫在儿子家里受到了客人一样的招待，儿子和儿媳对他们客气得都不像是一家人。他们不明白儿子这是怎么了。

不过，既然儿子已经结婚，萨拉和丈夫就得全力支持儿子和媳妇。所以，去年克里希向他们打听领养问题时，萨拉看到了和儿子重新亲近的机会。在和美国抢夺儿子的过程中，她不至于一败涂地。萨拉每次去孤儿院，只要有人送来新的婴儿，工作人员就会私底下告诉她。萨拉第一次看到那个女婴不平凡的眼睛时，就冲主管指了指她。那双眼睛让萨拉想起了克里希的妻子。萨拉觉得，这个孩子可能很适合儿子和儿媳妇。

萨拉总想要个女儿，因为家里都是男人，缺少女人味。当然了，她肯定不会用自己的儿子和别人换。不过，儿子很小的时候，萨拉特别希望能有个女儿，可以和她分享首饰，还能把人生经验传授给她。印度女人的经历和别处的女人都不同。你很难发现会有女人掌握大权，而这里却不大相同，萨拉是一家之主。萨拉在做女人的道路上并非一帆风顺，她积攒了很多心得，但苦于没有学生。她想，或许可以传授给某个儿媳妇，但那些儿媳妇都和萨默一样，没法承担起这项任务。等她们生了孩子，又都去依靠娘家人的母亲，所以萨拉身边还是只有男人。不过现在，萨拉一边看着钟，期待克里希的到来，一边琢磨，自己终于可以抱上孙女了。

⑭ 雨季

1985年，印度，孟买

萨默

在孟买的第一天，萨默刚醒过来就感觉肚子不舒服。不管她在床上怎么来回翻滚，都无济于事。*该死！*虽然昨天晚上跟克里希的家人一起吃饭时，萨默已经很注意了，可还是受不了辣味十足的印度饭。让萨默不习惯的还不只是辣味。在餐桌上，克里希的家人都用手指抓饭，只有萨默怯懦地要了一把勺子。他们在餐桌上的对话，萨默也似懂非懂，因为克里希的亲戚经常插几句古吉拉特语。这就好像滑雪时，人突然绊到草团上了。这下可把萨默难住了。更可气的是，在一旁的克里希竟然懒得给她翻译。

萨默对自己说，不管怎么样，这都不重要。毕竟，这次跟克里希回印度只有一个目的，那就是把阿莎接回家。*专心致志，别为其他事情操心。*那天下午，他们就要走完领养批准程序的最后一步，即政府领养部门的面试。萨默突然感觉腹部一阵翻滚，于是赶紧往厕所跑去。

他们提前十分钟赶到了领养办公室，在接待室等了四十分钟。萨默看看手表，然后抬头望了望门墙上的时钟。

“别紧张，他们知道我们到了，”克里希说道，“在这里都是这样的。”

终于，他们被叫进了办公室。办公室里面弥漫着难闻的香烟味，还夹杂着一股臭汗味。

“哦，这就是塔卡尔先生、塔卡尔太太吧，你们好，”办公室里的男子说道，他身穿黄色的短袖衬衣，打着短领带。他冲萨默和克里希微微鞠躬，指着办公桌前的两张椅子说道：“请坐，别客气。

“塔卡尔先生，您是本地人，是吗？”

“是的，”克里希答道，“我就住在教堂门那边。我在圣泽维尔大学拿的理学学士学位。”

“哦，教堂门。我姑姑就住在那儿。”接着，男人用另外一种语言问了克里希一个问题。印地语？克里希也用同一种语言回答。就这样，他们一问一答好几个来回，萨默在一边什么也听不懂。那个工作人员看了看他们的申请材料，意味深长地看着萨默，然后扭头对克里希说：“这是你的妻子吗？”他还略带几分得意地问道，“是在美国认识的吗？是加利福尼亚的姑娘，对吗？”

萨默听到了克里希的回答，不过唯一能听清楚的就是“医生”这个词。

工作人员又看了看材料，面无表情地问道：“你们没有孩子？”接着，他盯着萨默又问了一句，“你没生孩子？”

要知道，在印度，大家都很看重女人的生育能力。每个印度女子基本上身边都拉扯两个孩子。听到如此尖锐的问题，萨默不禁羞愧得脸红了，摇了摇头。克里希又和工作人员交谈了几句，然后工作人员让他们明天上午再来更新一下材料。克里希拉住萨默的胳膊，走了出来。

刚走出领养机构的大门，萨默就问克里希，“这到底是怎么回事呀？”

“没什么，”克里希回答道，“这就是印度官僚机构的作风，什么事情都这样。”说着，克里希挥手叫了辆出租车。

“什么叫‘都这样’？刚才到底是怎么回事？他们平白无故让我们足足等了一个小时。那个家伙根本没有看我们的材料，而且几乎没跟我说话！”

“这是因为你是……”

“我是什么？”萨默打断克里希的话问道。

“你要明白，这里跟美国不一样。我知道该怎么处理，你只要相信我就行了。你不能用美国人的思维来看待这里的事情……”

“我来这里之前又不是白痴。”萨默说完猛地关上出租车门，整个车子都晃动起来。

第二天上午，萨默和克里希回到领养机构的办公室，结果被告知领养程序需要延后。萨默心中的疑虑又涌了起来。萨默极力克制自己，可是这种疑虑就像路边水果摊上的苍蝇，在熟芒果边嗡嗡叫个不停，驱之不散。为了尽快办完手续，他们天天往办公室跑，有时候甚至一天得跑两次。不去还好，萨默去一次就绝望一次。她能从工作人员的表情看得出来，他们很怀疑她是否有能力做个好母亲。每去一次，他们跟克里希说话的语气都会有所变化。

他们去孟买的时候，正值雨季。瓢泼大雨不断，小巷子总是雨水湍急，垃圾横流。自从到了孟买之后，萨默就有了很多前所未有的体验，这连绵大雨就是其一。令人窒息的气味以及蒸笼般的闷热使萨默的感官遭遇了猛烈的冲击。让萨默感到绝望无助的，除了印度的官僚机构，还有那把他们困在克里希父母家的瓢泼大雨。真是活受罪!

在克里希父母住的公寓套房里，来来往往挤满了人：克里希的祖父母、父母、兄弟家的老婆孩子——老老少少十四口人。大厅对面住的是克里希的叔叔，叔叔家上上下下也有不少人。两间公寓套房的门都没怎么锁过，基本上永远开着。这个地方简直跟迷宫一样，成群结队的人来回走动。克里希的亲戚都很礼貌，不断给萨默端茶倒水，送她小首饰。不过，萨默发现只要她一进屋，家里人就立马不说话了。不管怎么努力，萨默还是觉得跟克里希的家人待在一起很不自在。

除了克里希的家人，公寓里还住着几个用人。其中有一个总是毛着腰，小心翼翼地在屋里穿梭，用芦苇缠的笤帚打扫地板；另一个每天都过来，帮着用手洗衣服，然后晾在阳台上；还有厨子、邮童、报童和送牛奶的小男孩也都会过来。萨默已经渐渐习惯了门铃一个小时响好几次，最后把这声音当成日常生活外的小插曲，一点也不在乎。印度的现实生活和萨默脑中想的完全不一样，也和自己的期望差了十万八千里。一天天过去，萨默倍加思念美国简单舒适的家：来一碗麦片，喝一口冰凉的可口可乐，然后和丈夫一起度过美妙的夜晚。

萨默自以为十分了解丈夫，现在却看得越来越清楚，克里希身上有与自己截然不同的一面。他是印度人，而自己是美国人。现在的克里希从早到晚都穿着宽松的白色长套衫，只喝奶茶，也不喝清咖啡了，而且会灵巧地用手抓食物吃。虽然毫无隐私可言，不过克里希一点也不觉得不自在。萨默觉得很奇怪，克里希似乎很喜欢待在吵吵闹闹、人来人往的家里，这和她在斯坦福遇见的安静男生简直判若两人。那时候，克里希住在朴素的卧室里，地板上只放了床垫和旧桌子。萨默有点迷惑了，自己真的了解克里希吗？

⑮ 胜利

1985年，印度，达哈努

卡维塔

卡维塔往孩子乱蹬的小胖腿上抹芥子油，孩子开心得咯咯直笑。他扭来扭去，在空中用力地挥舞双臂，好像在表扬妈妈每天的例行公事。卡维塔温柔地按摩孩子柔嫩的肌肤，先轻轻地摊开他的一条腿，然后是另一条。卡维塔在孩子的小腹上划着圈，小腹差不多比卡维塔的手掌大那么一点。每天这个时候，能仔仔细细看看孩子的身体，卡维塔都会高兴不已。她对自己的孩子百看不厌，想把每一个细节都看个够：柔软弯曲的睫毛、手肘和膝盖上的小肉窝。卡维塔用木桶给孩子洗澡，把热水小心翼翼地倒在他身上，生怕洒进孩子眼睛里。等给孩子穿完衣服，卡维塔的母亲会过来，告诉她饭菜已经准备好了。自从生了儿子，卡维塔就一直在娘家住，尽情享受和孩子的亲密时光，不用考虑烦琐的家务事。

卡维塔走进客厅，看见贾苏坐在那里，头发梳得整整齐齐，油光发亮。贾苏起身迎接妻子和儿子，脸上露出灿烂的笑容。卡维塔发现，他们俩之间的桌子上摆着新编的茉莉花花环，这一定是贾苏给她买的，好让她戴在头上。昨天，贾苏还拿来了一盒糖。快两周了，贾苏几乎天天都过来，而且总是带点小礼物。现在，贾苏的笑容也感染了卡维塔，她情不自禁地走了过去。贾苏张开双臂，乐得合不拢嘴。“跟爸爸打个招呼。”卡维塔一边说，一边把孩子交给贾苏。贾苏轻轻地抱起孩子，似乎还有些犹豫，不知道怎样抱刚出生的婴儿才合适。

贾苏狼吞虎咽地吃着饭，大口大口地嚼着食物，根本顾不得品尝饭菜的滋味。卡维塔怀疑贾苏这一天都没怎么吃东西。不过，贾苏也没有逼卡维塔回家。贾苏告诉卡维塔，生完孩子的头四十天她可以按照习俗回娘家住。并不是所有的丈夫在这段时间都会很有耐心。卡维塔望着儿子躺在父亲怀里，觉得这个男孩真是太幸运了，一定会过上幸福的日子。明天，亲戚都要来参加孩子的命名仪式。他们生了第一个儿子，大家都欣喜若狂，带来了糖果和小孩衣服，还拿来茴香茶帮助卡维塔催奶。他们按照习俗，塞给卡维塔一大堆礼物，好像这真的是卡维塔的第一个孩子，是她和贾苏的第一个孩子。*前几次我怀孕的时候，我怀抱孩子的时候，他们都去哪里了？*

不过没人提起这个，就连贾苏也闭口不提。只有卡维塔的内心会因为失去两个女儿而隐隐作痛。贾苏抱着儿子时，卡维塔看见了他眼中的自豪之情，不由得自己也跟着笑了起来，心里默默为孩子祈祷。她希望自己能给予孩子应有的生活。她祈祷自己能当个称职的好妈妈，祈祷心里还留有足够的母爱给予儿子，祈祷自己的母爱不会因为女儿的离去而消逝。

第二天早上，家里热闹非凡。卡维塔的母亲很早就起来煎印度甜点，这是专门为庆祝活动准备的黏黏的精致小点心。家人亲戚鱼贯而入，每个人都恭贺卡维塔和贾苏喜得贵子，然后送出自己的礼物。贾苏的父母也来了，他们把卡维塔拉到一边，交给他一个用棕色纸张包好的东西，外面还系着绳子。

“这是一件宽松的家居便服，是崭新的，”贾苏的母亲说道，“给孩子在命名仪式上穿的。”她笑得那么灿烂，连嘴里少了一颗臼齿都看得一清二楚。卡维塔小心地打开包裹，抽出那套褐色的丝质衣服，上面还镶着金线。还有一件布满小圆亮片的奶油色小背心和一双乳白色的尖头鞋，鞋子小得难以置信。这一套行头配上衣服真是恰到好处。卡维塔轻轻抚摸着光滑的衣服，纯丝绸料子，装饰物也是手工一针一线缝上去的。这套衣服太漂亮了，简直超凡脱俗，让人爱不释手。贾苏的父母肯定花了不少钱。卡维塔抬头感谢婆婆，看出了这位老人眼中的自豪。“亲爱的，我们很高兴，”贾苏的母亲情不自禁地把卡维塔揽入自己宽厚的怀中。“祝愿你儿子能够健康成长，可以给你带来很多快乐，就像贾苏给我们带来快乐一样。”

“好的，婆婆。谢谢您老人家，我这就给他穿上。”在卡维塔印象里，婆婆从没有这么大方热情过。卡维塔转身时，只觉得两腮通红，胸部微微膨起。一群人都在围着喝茶，不断赞叹卡维塔的儿子。卡维塔从人群中挤了出去。和儿子独处的这几个星期里，卡维塔只感觉到深深的舐犊之情。可是现在，别人的阿谀奉承让她觉得很厌烦。看到这些人厚着脸皮为儿子庆贺，卡维塔不禁感到一丝心酸，又想到了当初嚼嫩绿木头的苦涩滋味。

客厅里面挤满了人，二十四个亲戚把刚请过来的印度教祭司围得严严实实。贾苏和卡维塔按习俗站在祭司两边，贾苏把孩子抱在大腿上。祭司点燃仪式的火把，参拜火神阿耆尼①，以净化仪式进程。祭司的吟唱声旋律优美，祈求祖先的魂灵祝福和保护这个孩子。卡维塔盯着火焰，神情恍惚，又想到自己以前每天早起做祷告的石阶。香火味夹杂着奶油味在空中弥漫。卡维塔闭上双眼，以前的种种情景又浮现在面前：膝盖前产婆的表情、门上的红字以及咣当关上的孤儿院大门。

“孩子确切的出生日期和时辰是什么？”卡维塔听到祭司的问话，仿佛声音离自己很远似的。贾苏答完话，祭司取出占星表，确定孩子的星座。卡维塔感觉更加紧张了。占星的结果将决定儿子一生的命运：健康、财运、姻缘。而且儿子的名字也要由今天的占星来确定。祭司思忖片刻，抬头看看贾苏。“给你儿子

① 阿耆尼是印度婆罗门教的火神。该词本身即是梵文“火焰”的名词，象征了火焰永恒不朽的奇迹。古印度人就相信供奉给阿耆尼火的祭品会被净化并传达到其他神祇，从而使得阿耆尼带有净化和送信者的属性。——译者注

想一个字母‘V’开头的名字吧。”一屋子人的目光齐刷刷都转向贾苏。贾苏沉思片刻，脸上露出微笑，俯到儿子耳边轻声说出了自己选好的名字。接着，贾苏抱起孩子，走到人群中，让大家欣赏自己的儿子。

“维贾伊。”贾苏笑吟吟地说道。祭司点点头，表示认可。客厅里其他人都欢呼起来，交相说着这个名字。在嘈杂的人群当中，卡维塔仿佛听到从远处传来的一阵刺耳的婴儿啼哭。卡维塔赶紧看看儿子，可是儿子正在熟睡。卡维塔迫切地想找出哭声的源头。她焦急地扫视屋子，可是整个屋子除了儿子并没有其他孩子。贾苏把儿子放到摇篮里。这个摇篮装扮得可漂亮了，上面挂着鲜艳的橙色金盏花，还有红菊花和白菊花。贾苏高兴地摇了起来。屋子里的其他女人都慢慢凑了过来，围观贾苏和他儿子。卡维塔沉浸在这些人的低声吟唱之中，但是尖锐的婴儿啼哭声仍然挥之不去。卡维塔忽然觉得儿子的未来对她来说将是喜忧参半。

卡维塔盯着维贾伊的脸庞，想看看这个名字是否适合他。维贾伊在梵语里是胜利的意思。

⑯ 冒犯

1985年，印度，孟买

萨默

萨默还迷迷糊糊时，听到了微弱的敲门声。接着，她听到克里希咕哝了几句，门就开了，地板上传来脚步声。萨默眯着眼睛看见一个男佣正端着碟子向床头走来。我们还没起床呢，这家伙跑过来干什么呀？萨默突然意识到自己的睡衣太暴露了，赶紧抓起床单盖在身子上，想等克里希醒来把男佣轰走。没想到的是，克里希竟然从床头坐了起来，拿枕头垫着后背，从用人的碟子里拿起一杯茶。

“你想喝点吗？”克里希问道。

“什么？我不想喝。”萨默翻过身去，蒙上眼睛。她只听到瓷茶杯跟茶匙的碰撞声。克里希和用人说了几句话，随着又是一阵蹭地的脚步声，门关上了。

萨默用枕头蒙住脑袋。你们家就没有一块个人的私密空间吗？难道我们生活的每一块空间都要随时被你的家人和用人随意闯入吗？不过萨默还是把到嘴边的话咽了回去，说道：“咱们今天做点什么呀？”周日，政府机关是不办公的。

“几个朋友邀请我去打板球比赛，你不介意吧？我肯定打得特别烂，不过能见见老朋友也很不错。他们都是我的高中同学，有些人都十年没见了。你要是愿意的话，我妈妈会带你去逛逛商场或者做点别的什么事情。”

萨默站在阳台上，眺望远处昏暗的海水，灰色的海浪拍打着木板路。天气闷热而潮湿，但至少雨水还带来了些许的凉意。今天是几周来第一次放晴，克里希独自一人出门了。想着今天还得窝在家里，萨默觉得有几分烦闷难耐，而且她更不想和克里希的母亲待在一起。于是，萨默决定离开这个沉闷压抑的公寓，自己出去走走。

萨默走出克里希家的公寓楼，穿过高高的大门。远离了看门人警惕的视线，她顿时觉得自在了不少。教堂门火车站就在这条街的尽头，对面角落有一家三明治商店，店前打出“火腿汉堡”的广告海报。萨默连续吃了两周印度食物，现在汉堡对她来说无疑是巨大的美食诱惑。萨默走向点餐窗口，说道：“请来两个火腿汉堡，加点奶酪。”她想现在吃一个，然后留一个晚点吃——终于可以摆脱单调的咖喱和米饭了。

“没有火腿汉堡了，女士，只有羊肉汉堡。”

“羊肉？”就是羔羊肉？

“是的，女士，可好吃了。我保证您会喜欢的。”

“好吧，”萨默叹了口气，“那就来两个羊肉汉堡吧。”

虽然这里的汉堡和在美国吃的截然不同，但萨默不得不承认，这里的汉堡还真挺好吃的。萨默高兴地吃饱了肚子，朝海边的木板路走去。现在那里人头攒动，街上小贩和行人川流不息。男人成群结队地走着，有说有笑，嘴里嚼着槟榔，在路边随地乱吐。萨默看见一个满脸络腮胡的男人盯着自己，厚颜无耻地看着自己的胸部，然后还推了推朋友，让他也转过脸来看。萨默不自觉地抱起双臂，挡在胸前。男人竟然哈哈大笑起来。恶心的猪。

萨默一边走，一边深呼吸，眼睛望着那片海。身边都是来来往往的人，拥挤得很，所以萨默还得不住地回头看看身边穿梭的人流。她希望这些人能侧开身子，给自己让出一条道来，为自己腾出点地方，但谁也不理会她。每一次穿过人群萨默都很费劲，不得不挤来挤去。大家都不愿意给她让路，萨默突然觉得有人紧紧贴着自己的屁股，甚至还有人摸她的胸。萨默尴尬地往前钻行，看见两个年轻人正偷着乐，其中一个人牙齿上沾着污渍，还撇嘴对她做出亲吻的口型。

一阵恐惧感不禁涌上心头，萨默加大了往前挤的力度，想赶紧杀出一条血路。虽然海滨大道是六车道，但路上车水马龙，热闹非凡。萨默在来往车辆中穿插而行，汽车喇叭响个不停，有几辆车差点就撞上她了。她沿着辅路快步朝家走去。她现在没那么害怕了，但愤怒之情又涌上心头。这些人真可悲。克里希怎么会是这里的人？

萨默很想找克里希说说话，但回家时，克里希还没回来。谢天谢地，其他人似乎都在打盹，于是萨默把剩下的汉堡藏在冰箱里，回到自己的房间。她在浴室灌满了两桶水，把全身上下洗了一遍，换上干净的睡衣，躺在床上等克里希回来。

卧室门外传来哐当的响声，萨默一下子醒了过来。她看了一眼手表，发现自己不知不觉已经睡了好几个小时。她听见门外克里希正踏进走廊，说话声越来越响。克里希的母亲从萨默身边匆匆而过，也没有打招呼。萨默走进客厅，看见克里希正和一个用人争执。外面的阳台丢满了乱七八糟的厨具，锅碗瓢盆、碟子杯子，另一个用人正卖力地擦洗每一个厨具。萨默走向厨房，又看见一个用人正把一罐罐面粉、米饭和豆子倒进垃圾堆。萨默看着用人又把一大盘调味品倒得一干二净，觉得难以置信，因为这些调味品最起码也能把十二个小钢碗装得满满的。

“克里希？”萨默说道，“怎么了？”

克里希转过身，满脸怒气。他一言不发，抓住萨默的胳膊，领着她走进卧室，关上门。“你在想什么？”

“你什么意思？”萨默的心怦怦直跳。

“你把肉带到屋子里来到底是什么意思？你知道我父母是严格的素食主义者。你把整个厨房都给污染了。”

“对……对不起，我没想到……”

“我妈妈差点就犯心脏病了。她想把所有的锅碗碟盆都扔出去，还好被我劝住了，我跟她说可以消毒。”

“克里希，我不知道，”萨默从床上站起来。“我过去帮忙收拾……”

“犯不着。”克里希说着抓起萨默的胳膊。“别去。你做得已经够多的了。现在什么也不用你管。”

“对不起，我真的不知道。”萨默回到床上，啜泣起来。

“什么叫不知道？难道你就知道活在自己的小世界里，不知道现在是在哪里吗？我告诉过你，他们是素食主义者。他们去美国看我们的时候，我们烧过肉吃吗？你见过我们家吃肉吗？”克里希一边说一边摇摇头。

“我应该去向你妈妈道个歉。”萨默说着站了起来。

“是的，”克里希说道，“你当然应该道歉。”

萨默找到了克里希的母亲，她和克里希的弟妹坐在一间卧室的床上。床上垂着五颜六色的丝绸。萨默礼貌地敲了敲门。“嗨？”她说道，“我能进来吗？”

“进来吧，萨默。”克里希的母亲应道，仍然纹丝不动地坐着。

萨默坐在床沿，用手抚摸着一沓红色的绸子，说道：“这料子真漂亮。”

“我们正在挑选婚礼用的纱丽。这周末，塔卡尔大夫的同事要结婚了。”

“哦，原来是这样啊。我过来只是想跟您道歉，厨房的那件事情……真是不好意思。我当时没想到……我一点都没有冒犯您的意思，请您原谅。”

克里希的母亲不住地点头。“过去的就过去了，不用往心里去。”

“我那个时候一点都没有多想。我当时心里不太好受。”萨默深吸了一口气。“今天我出去走了走，在路上遇见了不开心的事情。有个男的……也有可能是两个男的，他们摸我，就在光天化日的大道上。”萨默见婆婆眉头一皱，瞥了自己一眼。“他们摸我，”萨默边说边用手指着自己的胸部，“您知道，摸不该摸的位置。”说完，萨默舒了一口气，看她们听懂什么意思没有。

克里希的弟妹开口了，这是她第一次跟萨默说话。“克里希竟然让你一个人出门？”

“嗯，不过也不是。确切地说，他也没有让我一个人出去。他出去打板球了，所以我就想一个人出去走走。”

“不会的，克里希才不会让你一个人出去呢。他比你了解这里的情况。”婆婆接着说道。她转过身来，对萨默说道，“像你这样的女人，单独走在大街上不太合适。为了你的安全起见，要出门的话，应该叫上我们中的一个人陪着你。”

“像我这样的女人？”萨默不解地问道。

“你是外国女人。你露着胳膊和腿，而且长着一头金发。像你这样的女人独自上街，简直就是自找麻烦。”说着，婆婆很无奈地摇摇头。

萨默回想起今天早上穿的那条露着半个小腿肚的裙子，还有那件T恤衫。这有什么不合适的吗？“我……下次一定注意。”萨默抱着双臂，站了起来。“不好意思，打扰了。”萨默箭步走到门厅，钻进自己的卧室，把门关上。萨默想竭力克制自己对这个地方的憎恶。在她看来，这个地方没有一点让人舒心的地方，简直糟糕透顶：充满歧视的领养程序、不明不白的文化习俗，还有令人窒息的鬼天气。萨默不想觉得自己与丈夫的祖国格格不入，她想跟克里希的家人和和气气地待在一起。这是家的感受吗，我怎么觉得自己像个外人呢？阿莎的长相会随克里希，他们都是一个祖先的后人。虽然萨默对印度如此陌生，可是她女儿永远都是印度人。萨默从行李箱里翻出自己在飞机上穿过的运动装，一把套到睡袍上，也不管天气热不热。

⑰ 缘分

1985年，印度，孟买

克里希

克里希回来了，他顾不得等电梯，沿着楼梯一路往自家的公寓跑去。往楼上跑时，他滴下了一路的雨水。今天早上，克里希说要自己一个人去领养机构，萨默一点都没有反对。克里希知道，要完成领养程序的最好办法就是自己一个人去政府机关跑一趟。走进公寓，克里希看见萨默一个人待在房间里，坐在床上，躬着身子，双臂抱膝。萨默正在凝视窗外的倾盆大雨。浑身湿透的克里希走到萨默跟前时，萨默才看见克里希。她抬起头望着克里希，他的脸颊湿湿的。“有消息了。”克里希说道。他们两个人喜极而泣，迟到的好消息让他们又累又喜。于是，他们决定到泰姬玛哈酒店吃一顿庆祝晚餐。

他们点的酒还没喝到一半，萨默就有点微醺了，终于忍不住把自己到印度以来的满腹牢骚一吐为快。她说自己对印度的领养程序失望透顶，而且深深感觉自己身在异国他乡，格格不入。她还说觉得自己跟克里希以及他家人之间很生疏。克里希一边听着萨默的哭诉，一边一杯又一杯地给自己灌酒。喝完之后，克里希又点了一杯苏格兰威士忌。克里希一开始就很担心萨默会在印度感觉不适，可没想到比他预期的还要坏很多。克里希强忍着听下去。虽然萨默嘴上并没有埋怨克里希，但他还是感到了深深的内疚感。克里希早知道终究会有这么一天。

在医学院读书时，就算克里希和萨默正式谈恋爱以后，克里希也绝口不提自己的家人。家人也从来不过问他的恋爱问题，因为大家都觉得克里希不会有什么课外兴趣，更别说恋爱了。克里希也在等待，他觉得可以让萨默见一下家人了，于是教了她一点点古吉拉特的梵语，让她尝尝印度食物。不过，克里希还是很少跟萨默讲自己在印度的生活。毕竟萨默是个地地道道的美国姑娘，克里希不知道她会对这样一个大家族作何反应，也不知道她能不能接受整个夏天客厅的窗户都开着，时不时还有鸽子飞进来。这份爱情既新鲜又令人沉醉，克里希那时可不想冒险。他才二十五岁，要想把两个人的生活合二为一，还需要双方的共同努力和更大的勇气才行。而要两人分离，却很简单。

克里希希望父母能够支持自己，不过如果要在满足父母要求和娶萨默二者中做出选择的话，克里希还是会选迎娶萨默。他对萨默的爱真挚而浓烈，如果要父母给他挑选的某个女人，肯定不会有这种感觉。萨默就是他心心相印的伴侣，毕竟他们有着共同的生活经历。在印度，这样的关系虽然有，但寥寥无几。所以，克里希选择留在美国，决定彻底接受美国的生活方式。他觉得这样可以融入萨默的生活，对两个人来说路都会好走些。但现在，克里希显然伤害了萨默。萨默见了克里希的父母后虽然表现得恭谨有礼，但表面的客套显然无法遮掩他们之间的巨大差异。

如今，克里希面前的这个女人一点也不像那个初次见面时自信满满的医学院学生。流产、不孕症、领养程序，还有这趟印度之行，每一件事都狠狠地打击了她的自信。不过，克里希明白，萨默总能调整过来，而现在自己的任务就是好好安慰鼓励她。

“这次我们都经历了情绪上的跌宕起伏，就像坐过山车一样。”克里希说道，“尤其是你，西方人在印度真的很难适应。但这一切很快就会结束的，我们带上孩子回家后就能过上完整的家庭生活了。”克里希面露微笑。“再稍微忍一忍，行吗？”

萨默舒了口气，摇摇头。“回家再好不过了。在这个国家不知道还会发生什么，我已经疲倦了。我觉得这都不像我自己了，我只想回我们的家，回到以前的生活。我想把印度的一切都抛在脑后。”

克里希不愿意看到萨默如此受伤。他既失望又内疚，自己的国家和家人竟然让萨默这么不自在，而自己也没有做好充分的准备保护萨默。他必须治愈萨默受到的伤害，弥合婚姻中已经出现的裂痕。他们得全心全意建设在美国的家，好好在那里生活。他想，事情总会变好的。

出租车开到油漆剥落的灰色大楼前，楼房的大门也铁锈斑斑。萨默抓住克里希的手臂，轻声说道："从图片上看可没这么糟糕啊。"

"来吧。"克里希一把揽住萨默。他们走向前门，听见院子里传来孩子们嬉戏的声音。

他们在外面和宾度见了面。宾度是这家印度领养机构的代表。"您好，欢迎，"她双手合十，微笑着说道，"我知道你们等了很久，现在终于盼到了这一天。来，我们进去吧。"宾度领着他们走进大楼。克里希看了一眼萨默，萨默的脸上绽放出灿烂的笑容，好像门后有人拿着相机准备给她拍照似的。走进大楼，一群身材不一的孩子和他们打招呼。他们脚上都没穿鞋，好奇地围在萨默身边，显然这些孩子从没见过白人。

"夫人，您好！"

"夫人，您是从美国来的吗？"

"夫人，您说英语吗？"

孩子伸出手，抚摸萨默白皙的手臂，又摸一摸她的针织衬衫。这些孩子一个个都衣衫褴褛，但满面笑容。宾度领着萨默和克里希穿过这群孩子，走进一间小办公室。一个结实的中年妇女站在那里，穿着纱丽，双手在身前紧握，看样子正在等他们。

“您好，”她双手合十，微微鞠躬，“我是院长助理。今天是个喜庆的日子，但是德什潘德先生有事抽不开身，没法欢迎你们了，他让我代他向你们致以最美好的祝福。我们最后还要签一些文件，然后你们就可以把孩子带走了。”

办公室里有两把椅子，萨默坐了下来，接过中年妇女手中的纸夹子。她注意到第一页最上面的字眼。“乌莎？”她疑惑地说道，“这上面说孩子叫乌莎。难道她不是叫阿莎吗？”

“不是的，夫人，”助理回答道，“她的本名就叫乌莎，只是我们叫她阿莎而已。当然了，您想怎么叫她都可以。”

“我以为……我们以为她的名字就是阿莎。这段时间以来，我们一直这么称呼她。”萨默哀求般地看看克里希。

宾度翻了翻手中文件夹里的纸张。“是啊，我们的文件上写的也都是阿莎，肯定是什么地方弄错了，要不就是有人认错了笔迹。不过别担心，这不会有什么问题。您可以继续叫她阿莎，她很快就能接受这个新名字。”

“亲爱的，没关系的，”克里希站在萨默身后，把手放在她肩上。“孩子不会知道有什么区别的。别担心了。”

萨默摇了摇头。“就这一次，下不为例。我真希望能有什么东西把这个国家的不良作风彻底推翻。”萨默把纸夹子递了回去，深吸一口气。“没关系，我们已经准备好了。”助理说着点点头，走出了办公室。

助理抱着孩子一回到办公室，屋子里所有人都立刻站了起来。克里希离得最近，所以第一个凑了上去。他抱住孩子，孩子一点也不认生，立刻就抓住克里希的眼镜玩了起来。“嗨，可爱的小丫头。嘿，看着，阿莎。”克里希一边用手抚摸着婴儿的小脑袋，一边轻声地说道。阿莎开始伸手去抓克里希的耳垂。萨默走了过去，三个人围在一起。萨默伸手想抱阿莎，可是孩子却转过身，像考拉抱树一样牢牢搂住克里希的脖子。

“看，一点都不用担心，”助理说道，“这孩子跟你真有缘，刚一见面，就缠上你了。”

⑱ 银铃

1985，印度，孟买

萨拉

“多漂亮的女孩啊。你好啊，亲爱的阿莎，”萨拉凑过去抚摸小孩的脸颊。“多机灵，多好奇呀——看看她正四处张望呢。哈，小宝贝？”萨拉冲孩子点点头，夸张地笑了。“嗯，今天还顺利吗？”

“别提啦，累死了。”克里希放下茶杯。“一大堆没完没了的文件要签：孤儿院的文件、法院的文件，还有政府机关的文件。我们今晚得早点睡觉了。”

“当然得早点睡了，听起来你们很累呀。”萨拉摇头晃脑，也不知道是点头还是摇头，让人觉得有点不耐烦。“还好有我们在这儿帮着你。晚饭马上就好了。”萨拉一边说，一边看着正抱孩子的萨默，说道，“亲爱的，你还需要给阿莎准备什么吗？比如说婴儿床、毛巾什么的。跟我来。”说完她们站了起来，萨拉轻轻地推着萨默的后背，领着她走到门厅。萨拉看得出来，儿媳妇对照顾孩子还不自信。萨默两只胳膊紧紧抱住孩子，就是抿一口茶也不愿意松手。当然了，这也没什么可奇怪的：大部分的新妈妈都不知道该怎么做，不过她们有足够的时间来学习养育婴儿。阿莎已经快满一周岁了，不久就要学会走路了。也就是说，萨默得在短时间内建立起当妈妈的信心。

当年生克里希时，萨拉还是新婚少妇，刚刚二十二岁。萨拉经常说这个家庭里所有的女人都是克里希的妈妈。从克里希生下来的第一天开始，就一直有人在萨拉旁边教她怎么抚育孩子：从怎么给孩子擦鼻涕，到孩子睡觉怎样掖好被子都有人教。除了妈妈、姨妈、姐姐和保姆之外，邻居也很热情，都乐于帮忙。克里希刚生下来的前六个月，萨拉身边一直有人陪着。大家七手八脚地过来帮忙照看孩子，让萨拉有点透不过气来。这么多人瞎搅和有时会让人受不了，但也是一笔财富，因为像萨默这样的新妈妈永远没有机会得到那么多人的帮助。萨拉听说，在美国，新妈妈生完孩子没过几天就会被送回家里去，也没有人会过来帮忙。

“好吧，萨默。我去给阿莎的澡盆里加点热水……这儿，摸摸这里。水温行了吗？”萨拉在浴室里喊道。“好了，澡盆已经满了。这是毛巾和爽身粉。”萨拉准备出去的时候，看见萨默有些惴惴不安。“给阿莎洗澡的时候，我想在旁边看着，你不介意吧？”萨拉问道，“像我这把年纪的老太太很久没有看过婴儿了。我很想在旁边看看。”

萨默绷紧的脸舒缓了下来。“当然不介意了，您就在这儿待着吧。这样就多了一双手帮忙。”萨拉和萨默两个人一起给阿莎洗完澡，擦干身子后，又给孩子擦上爽身粉，穿上衣服。整个过程持续了半个小时。

“我最喜欢闻刚洗完澡的婴儿了，”萨拉边说边笑。“还有刚破开的椰子。新鲜椰子也是我的最爱。”萨默梳着小阿莎卷曲的头发，也跟着萨拉笑了起来。就在这时，有人礼貌地敲了敲卧室门。她们听到外面的门厅传来迪瓦史小心翼翼的声音。

“太太，大夫先生[①]回来了。我们现在是不是可以上晚饭了？”

一家人全都围坐在长长的桃木雕桌旁，用人围着桌子来回忙活，不断俯身从纯银的盘子里为主人上菜。萨默把阿莎放在大腿上，拿着奶瓶给她喂奶。克里希大快朵颐，吃着烤菜花、煎酿茄子、奶酪菠菜咖喱、蔬菜拌米饭和烤饼。“妈妈，其实您用不着这么操劳。”克里希在狼吞虎咽时终于腾出嘴说了一句话。

“你哪来那么多废话！这是我乐意的。”

克里希吃完饭后，伸出手抱起阿莎，好让萨默吃口饭。萨默盘子里就盛了一点食物，每个菜也就一两大勺的量。她手持叉子，细嚼慢咽起来。“啧啧，真好吃，让我想起了旧金山的印度皇宫酒店。真希望自己也能烧出这么好吃的菠菜，我得向你们的

① 此处指的是克里希。——译者注

大厨取取经。”

萨拉对萨默的奉承报以微笑，也没有纠正萨默错误的发音。萨默是个好姑娘，而且从理论上来说，她也是萨拉家的一员。然而，萨默和其他人截然不同。在印度，就连十二岁的小女孩都不用看菜谱就能做出菠菜奶酪咖喱。萨拉心里暗暗叹了口气。既然萨默是自己独孙女的妈妈，那她就必须努力缩小和萨默之间的隔阂。

阿莎坐在克里希的大腿上，调皮地望着他，伸手去抓桌上的银制大盘子和小碗。“给你，小可爱，想要点米饭吗？”他抓起一些散落的饭粒，喂给阿莎吃。

萨拉偷偷看了看他们，一眼就看出克里希和阿莎相处得很融洽。作为老人，这也是生活的乐趣，可以看着一个个儿子慢慢成熟，生儿育女。克里希是这个大家族的长子，从小到大身边都是比自己小的堂弟、表弟。所以他很自然地就能扮演好父亲的角色，这一点也不奇怪。萨默也会做得很好，萨拉祈祷道，只要慢慢习惯了母亲的角色就好。

吃完饭后，用人把桌子擦干净，大家都走进了客厅。“你们俩看上去都很累，”萨拉说道，“在你们睡觉前，我和你爸爸有东西送给你们。”萨拉走向一个精致的木制储藏柜。柜子靠着客厅的墙边，上面还镶嵌着象牙装饰。萨拉打开柜门时，发出了吱呀呀的响声。她把手伸了进去，等她回到他们身边时，手里拿着两个包裹。她把第一个紫红色的天鹅绒小盒交给了克里希，盒子上还系着金色的橡皮筋。“这是给阿莎的。”

“妈……您这是干什么？”克里希说道。他笨手笨脚地解开橡皮筋，打开盒盖。“啊……真可爱。”他把盒子拿给萨默看。盒子里是两只装饰精美的银镯子。萨默用食指挑起一根来，镯子发出清脆的叮当声。她凑近一看，镯子下垂着一排小铃铛。

“亲爱的，这个叫银脚镯。这里的风俗就是小女孩都得戴……有人说，这样你就能知道小孩在哪儿了。”

“这镯子可真漂亮，”萨默把阿莎放在克里希的大腿上，腾出手掰开镯子，套在阿莎的脚踝上。“来……噢，快看这个。”萨默拉直阿莎的小腿，两只手握住孩子的小脚：和左脚上精致闪亮的镯子相比，右脚的银脚镯显得有点相形见绌。“我看得把这只镯子摘下来。”萨默说道，手指抚摸着那只简朴的镯子。“我不想让两个不配套的镯子缠在一起。”

“亲爱的，你看着办吧。”萨拉又凑过身，双手递上第二个包裹给萨默。“亲爱的，这个是给你的。”

萨默脸上先是流露出惊讶的神情，不过很快就挂上了笑容。“噢，谢谢妈妈。”

“希望你能喜欢，是我亲自挑选的，”萨拉说道。“我不知道你喜欢什么……”萨拉没有再说下去。这时，萨默打开盒子，里面装着一条光滑闪亮的孔雀绿丝绸披肩。披肩边缘绣满了金色和水蓝色的装饰物。“儿媳妇当妈妈后，按照我们的习俗就得送一件特别的纱丽。我知道你没什么机会穿纱丽，所以我选了一件披肩。看到这条披肩，我就想起了你可爱的眼睛。”萨拉看见儿子脸上转瞬即逝的神情。是失望的神情吗？儿子告诉过我，不要指望这个女孩穿印度服饰，他是这么说过吧？

“谢谢妈妈，这披肩真漂亮。”萨默抓起叠好的丝绸披肩，紧紧贴在胸前。

萨拉坐了下来，为自己的表现和今晚的氛围而高兴。生活的经验告诉她，有时候，想要什么样的心情就得先做什么样的事情。

⑲ 母性的本能

1985年，美国加利福尼亚州，旧金山

萨默

从印度回美国的航班上，阿莎躺在萨默和克里希中间的座位上睡着了。萨默就和克里希轮流照看阿莎，倒班睡觉。萨默和克里希手拉手，搭在阿莎微小的身躯上。一想到阿莎真的成了自己的孩子，萨默不禁心潮澎湃。

回到旧金山后，萨默开始遵循婆婆的教诲，不断满足阿莎的需求，找寻自己母性的本能。可不管怎么样，萨默好像总做不对：萨默想哄阿莎睡觉，可是小丫头闹着就是不肯睡；她想喂阿莎点吃的，可是小丫头竟然全都吐了出来。萨默知道阿莎这种行为反应有发育方面的原因。不过阿莎竟然把萨默给她准备的午餐全都扔到地上，这还是让人觉得阿莎对萨默有点抵触。萨默建议其他母亲发生这些事情时不要着急，可真正到了自己身上才发现说起来容易，做起来难。

回家后的第三个晚上，克里希要在医院值夜班。萨默迎来独自照看阿莎的第一个晚上，心里感到焦虑不安。午夜过后，阿莎醒了过来，啼哭不止。萨默起来给她热了一瓶奶，不过阿莎喝完奶后仍然哭个不停。

没问题的，我是儿科大夫，我能应付得来。孩子啼哭不止是吧，那就给她量体温，看一下尿布，看看是不是有头发丝缠住孩子的手指或者脚趾了。萨默一下子惊慌失措。她是不是泌尿道感染？还是得了脑膜炎？萨默从头到脚地给阿莎做检查。不过还是找不出阿莎啼哭的医学原因。在这种情况下，萨默也只是一个母亲，不再是大夫。她感觉很无助，开始唱歌给阿莎听，并且试着给她摇晃摇篮，抱着她在地板上来回走动。整整两个小时，阿莎都啼哭不止。无论萨默怎么做，都不能让她静下来。萨默坐在摇椅上，急得浑身冒汗，阿莎的眼泪打湿了她的肩膀。不可思议的事情发生了，阿莎在凌晨三点左右竟然趴在萨默的肩膀上睡着了。萨默吃了一惊，一动也不敢动地坐在椅子上。一直挨到天亮克里希回家，萨默仍然保持着那个姿势。

克里希走过去，轻轻把萨默叫醒。萨默轻声说道："我做不来，我不知道该怎么看孩子。阿莎昨天哭了整整一夜。"萨默一直相信，并不是所有女性都天生懂得如何做母亲，她经常发现有些病人对"女人生来会当妈"深信不疑。上天已经剥夺了萨默做妈妈的生理机能，不过她现在也开始怀疑这些病人说的是不是正确。虽然萨默竭力想给自己找到合理的解释，不过还是无法打消心中的疑虑。

“你这是什么话？你现在不正在看孩子吗？”克里希回答道，“你看阿莎这不是挺好的嘛。”

萨默低头看看阿莎，阿莎正躺在她怀里睡着，微微张着小嘴。克里希抚摸了一下阿莎的头发，冲着萨默微微笑了笑。萨默想回笑一下，不过脑子里想的却是克里希下一次值夜班自己该怎么办。在印度的时候，萨默还可以应付得过来。毕竟有克里希的家人帮忙：有人给阿莎准备吃的，有人帮着给阿莎洗澡，就是阿莎啼哭的时候也有人帮忙哄着。可是现在，虽然萨默努力了那么久，学着做个好妈妈，可还是什么都不会。萨默不由得担心自己永远也体会不到母性的本能。

后来，萨默回医院上班了。她本想这样可能会好一点，但是新问题也接踵而至。回到儿科临床部门上班后，她每天只能在下班后见阿莎一个小时。萨默终于又找到自己擅长的事情，这让她感到几分轻松。不过，眼看着阿莎跟家里的爱尔兰年轻保姆一天天亲近，特别是每天晚上回家都看见阿莎缠着小保姆，萨默心里多少也有几分矛盾。

上班时，每当看到阿莎这么大的小病号时，萨默总是想到女儿灿烂的笑容和蹒跚学步的样子。临床看病时，带孩子来看病的母亲都和孩子甜甜蜜蜜。萨默心想，这是不是因为他们之间的血缘关系使然呢？还是因为她们跟孩子在一起待的时间更久一些？难道是因为自己把时间都花在工作上，而这些妈妈却在陪孩子？要是阿莎是亲生的，自己会不会能更好地照顾她呢？毕竟在阿莎这么短暂的生命里，见到的人都是印度人，如果自己不是长得跟印度人这么与众不同，阿莎是不是会更容易亲近自己呢？萨默心里犯起了嘀咕。

克里希对于萨默内心的痛苦并不知晓，而且萨默现在也不想让克里希知道。好不容易把孩子接过来了，萨默可不想功亏一篑。虽然萨默仍旧热爱自己的工作，但她也担心自己对工作是不是过于投入了，担心自己过分地看重学以致用，所以会全身心投入到工作中去，而忽视了生活中其他的东西。要知道，萨默从来都不仅仅满足于自己的工作。

第二部

Secret Daughter

⑳ 沙克蒂[1]

1990年，印度，达哈努

贾苏和卡维塔

贾苏看见卡维塔盘腿坐在远处的炉火前，于是驻足看了一会儿。卡维塔把薄煎饼扔在炉灶上的平底铁锅里。她神情认真地给全家人做饭烧菜，每天都为家务活忙得不可开交。贾苏更喜欢看卡维塔笑，但要让卡维塔分神可比登天还难。贾苏向卡维塔走去，吹起了口哨，模仿清晨鸟儿的叫声。“嘿，我的小鸟在这里呢。”他微笑着开玩笑道。小鸟。以前这个昵称屡试不爽，总能逗得卡维塔露出微笑。

“饭马上就好了，饿了吗？”卡维塔问道。

“是啊，饿坏了，”贾苏边说边拍拍肚子。“我们今天要吃什么呀？”他掀开不锈钢锅盖。

---

① 印度教中湿婆神之妻，是自然及生殖力的化身。——译者注

“卷心菜、薄干脆饼、扁豆汤。”卡维塔断断续续地回答道，搅拌了一下卷心菜。

“又是卷心菜？”贾苏问道，“还好我老婆是个好厨师，可以把卷心菜烧得一天比一天好吃。神啊，我好想念茄子、南瓜、黄秋葵……”

“我也是，等收了庄稼再吃吧。”

“小鸟，”贾苏压低了嗓音，不想让隔壁的父母听见。“今年收成好不了。能熬过今年就不错了。”贾苏尽量不流露出焦虑不安的神情。贾苏和卡维塔结婚后，收成和市场行情就一年不如一年。贾苏都没钱雇用工人，所以过去两年里，卡维塔和维贾伊都帮着贾苏干农活。

“维贾伊！”卡维塔朝敞亮的拱廊喊道。五岁的儿子正在外面和堂兄弟玩耍。“该吃饭了，进来洗手。”

“卡维，”贾苏突然觉得沉重起来，“我想不出别的法子。我们必须走。”他摩挲着额头，似乎想把抬头纹抹掉。“我们得去大城市赚钱，我会找到一份好工作。你也不用像这样起早贪黑地忙碌了。”

“忙一点没关系，贾苏。如果能帮到你，我们……我什么都不在乎。”

“但是我在乎，”贾苏说道，“去孟买的话，我们就不用每天都日夜操劳了。想想看，卡维，你可以烧烧饭，做做针线活……不用在田里做体力活，也不会有……这个！”贾苏抓起卡维塔瘦削的手指，抚摸着她布满老茧的指尖和擦破的关节。卡维塔饱经折磨的双手让贾苏觉得自己很失败。

“我们肯定能做些什么，可以像你堂兄弟那样种种棉花。”

贾苏看着地面，摇了摇头。*我怎么配做她的丈夫？*身上的每一个细胞都告诉他，必须赶紧离开这个地方，尽管这里是他们俩唯一熟悉的家。他们必须远走高飞，远离这片田地，因为这里时时刻刻提醒贾苏，自己是个失败的男人；得远离其他家人，因为贾苏似乎也无法原谅他们；得远离这栋与父母共同居住的房子，虽然从小在这里长大，但贾苏已经无法忍受。孟买就像闪闪发光的珠宝，伸手召唤贾苏，承诺能给予他更好的生活，尤其是能为儿子创造更好的成长条件。

“卡维，孟买和这里不一样，在这里，大家都在熬日子。我听说，每天都有很多人涌向孟买。成千上万的人都在那里安居乐业，而且都能赚到钱，都能养家糊口！”

“可是咱们认识的人都在这儿啊。孟买不是我们的家。如果连家都没有，我们就算有再多的钱又有什么用啊？”卡维塔说着哭了起来。

贾苏凑近卡维塔，说道：“我们在孟买会有家的。你、我，再加上维贾伊，咱们三个。到了孟买，维贾伊可以上好学校，接受好的教育。这样，等他长大了，他就不用像我们这样劳累，也不用过这样的苦日子……”贾苏说着用手指了指陈旧的房子，就这还是跟自己的父母和家人挤在一起住的。“到了孟买，维贾伊能接受完整的教育，没准还能坐办公室，从事体面的工作。你能想象到吗？我们的小维贾伊有朝一日会在办公室上班？”贾苏挖空心思，想要哄卡维塔开心。别这样，好吗，卡维。贾苏用手捧起卡维塔的脸，用粗糙的拇指拭去她的眼泪。“早上好，尊敬的先生，您要用茶吗？”贾苏滑稽地模仿着，用手指轻轻拉开卡维塔的嘴角，勉强掰出了一个笑脸。

“在孟买人生地不熟的，维贾伊怎么能做到你说的那种情形呢？”卡维塔说道，“在这里，大家都很关心他。整个村子就像大家庭一样。我们在这里得到全村人的关爱，我想让儿子也能得到乡邻的关心。”

“卡维，我想儿子得到的不只这些。家里人永远都在这儿，他们还会很爱维贾伊的。”

“那我们呢？万一我们有什么事情的话，谁来帮我们呢？”卡维塔越说越激动。“在村里，最起码碰到庄稼歉收，或者维贾伊有个头疼脑热的，至少还会有人过来帮我们。”

“村里去孟买的人会越来越多。”贾苏抓住卡维塔的小手。“我表哥的邻居，还有塞纳的种植甘蔗的农民，我们到孟买后会找到他们。卡维，我只是想让咱们家过上好日子……”贾苏放缓思绪，额头贴上他们紧扣的双手。贾苏灵光一闪。他知道该怎么劝服妻子了。孩子就是卡维塔的头等大事，没有什么比孩子更重要了。想到这里，贾苏猛地抬起头。“看看你父母为你做的一切，他们为你付出了多少心血呀。为了维贾伊，难道我们不应该去孟买吗？难道不应该为维贾伊提供最好的成长条件吗？这是我们为人父母不容推卸的责任。现在轮到我们自己做父母了，该给孩子做点什么了，宝贝。”

贾苏这番话正刺中了卡维塔的痛处。只见卡维塔羞愧得脸色通红，失声痛哭。

“能好好想想吗……宝贝？能想象一下新生活吗？相信我，卡维。”

贾苏两眼放光，充满了希望，而卡维塔却是泪光闪闪。

卡维塔第一次跟父母说，自己要跟贾苏搬到孟买去时，简直泣不成声。“爸爸、妈妈，”卡维塔双手蒙住脸，“我怎么忍心离开你们呀？我到孟买可怎么活呀？”卡维塔还记得上一次去孟买时的情形：脚下踩着滚烫的人行道，城里人向她投来鄙夷的目光。

卡维塔母亲也抹了抹眼泪。她一边擦眼泪，一边清清嗓子，把卡维塔揽在怀里。“亲爱的，你不会有事的。贾苏是个好丈夫。他这么做肯定深思熟虑过。”

“好丈夫？那他还要把我和你们分开，还有鲁帕，还有我所有的朋友和其他亲戚，我的家园，我的村子。”

“亲爱的，我们永远都会在这里等着你。不过你早就是贾苏的人了，你得信任他。你的丈夫和儿子需要你。‘如果当妈的垮了，整个家就完了’。”卡维塔的妈妈边说边背起了谚语。“为了他们，你一定要坚强点。”

卡维塔依稀记得第一次与妈妈告别时的情景：当年结婚礼

过后，她就站在寺庙外面，穿着好几层丝绸衣服，头戴花环和首饰。当时，卡维塔身上化着婚礼浓妆，这让还是姑娘的她看起来更像成年女子。往婆家走的时候，卡维塔感觉以后再也见不到父母似的，婚礼那天竟然哭了起来。每次回娘家，卡维塔都满怀期待。现在，维贾伊出生以后，卡维塔又开始期望妈妈的呵护，好学习怎么才能当个好妈妈。

妈妈用透凉的手托起卡维塔的脸，从自己的大腿挪开。此时，卡维塔已是泪流满面。“我很高兴要离开的是你。”妈妈轻声说道。

听到这句话，卡维塔不禁吃了一惊，抬头看着妈妈。

“我不会担心你的，卡维塔。你是个坚强的人。你很有毅力。愿沙克蒂保佑你！孟买的日子不会很好过。不过，亲爱的，你肯定有毅力挺过去的。”

妈妈鼓励的话语和温柔的手掌让卡维塔感觉到了……沙克蒂，一股神圣的女性力量从圣母传到每一个追随者身上。

在一个凉爽的九月夜晚，卡维塔和贾苏把亲朋好友都聚到一起，向他们告别。夜空湛蓝，几颗繁星刚刚爬上枝头，就好像乌黑鬓发后瞥见的钻石耳环一样隐隐闪烁。为了这个特殊的送别仪式，卡维塔特意穿上了自己最好看的纱丽。这条纱丽是用鲜亮的蓝色薄绸子做的，衣服边上用银线绣着微小的金属亮片。天色渐渐暗了下来，卡维塔从小一起玩到大的表姐妹都过来了。卡维塔和她们好得就跟亲姐妹一样。她们每个人都带来了一大罐吃的。过来之后，她们用勺子把吃的舀到几个大香蕉叶子上，在地上围成一圈。到场的每个人，家人、儿时玩伴、左邻右舍都围坐在香蕉叶子前。和以往一样，男女落座两侧：男的都围在贾苏一侧，女的都围坐在卡维塔一侧。

男人群里不时传来贾苏爽朗的笑声。卡维塔转脸时，正好看见贾苏仰头大笑，一个兄弟拍打着他的后背。卡维塔脸上泛起了羞涩的微笑。准备往孟买搬家的这几个星期里，贾苏一直兴高采烈。卡维塔也受到贾苏的感染，觉得格外开心。父母美好的祝福，还有他们的劝解，让她嫁夫随夫，这些都改变了卡维塔的看法。卡维塔已经开始在心里描绘美好的未来生活了：生活舒适，不用干费劲的活，而且还能远离婆家人。要知道，平时卡维塔最受不了婆家的这些人了。

“贾苏兄弟到孟买之后干什么活呀，卡维塔？”女人堆里有人问道。

“到那儿之后，他先干点跑腿的活，比如送信或者送外卖，”卡维塔回答道，“孟买那里，这种活儿到处都是，而且都是每天现结工资。一旦安顿下来，他就去商店或者办公楼找点清闲的活。”

鲁帕赞同地点点头。“再说了，他们在孟买已经认识那么多人了。就在昨天晚上，贾苏兄弟还在跟我们说呢。妹妹，真令人兴奋。”鲁帕一边说，一边捏了捏卡维塔的胳膊。

卡维塔一想到就要离开姐姐了，内心不禁泛起痛楚之情，赶紧压抑住自己。“是啊，贾苏说我们会有自己的大公寓，里面带卫生间和大厨房。维贾伊也会有自己学习和休息的房间。”说到这，卡维塔看了一眼维贾伊，他正和堂兄弟追逐打闹，他们都想抓住对方的衬衫。一旦有人不小心摔倒，就会扬起一阵尘土，其他人则哈哈大笑。“我最担心的就是他。他肯定会想念堂兄弟的，”卡维塔说道，“如果一切顺利，我们会在孟买大赚一笔，然后很快就回来，很快很快。”

等大人都吃完后，维贾伊和其他男孩也回来了，衣服上沾满尘土。贾苏走向卡维塔，跨过了整晚都分隔男女的界线。“我们走吧，时间已经晚了，最好还是和大家告个别吧。”贾苏的这几句话彻底刺穿了笼罩整晚的氛围：仿佛这只是一场平平常常的亲朋聚会。一群人慢慢地围了过来，对他们俩说再见。他们一个接着一个紧紧地拥抱，悄声说上一句一路平安，然后相约很快重逢。祝福的人渐渐散去，最后只剩下卡维塔的父母。

卡维塔跪了下来，额头触碰母亲的脚尖。母亲抓住卡维塔的肩膀，一把拉了起来，紧紧地抱住她。母亲只对卡维塔反复说了一个词：沙克蒂[①]。

① 这里指的是沙克蒂象征的力量，这是母亲在鼓励女儿要坚强。——译者注

㉑ 不安的平静

1990年，美国加利福尼亚州，帕罗奥图

萨默

萨默朝露西尔·帕卡德儿童医院大厅的接待台走去，想看一眼病人的房间号。

“萨默·惠特曼？”一位高个子医生走近萨默，身后还拖着行李箱。“萨默，最近怎么样？”男医生伸手招呼道。

“彼得，”萨默认出了他，是加利福尼亚大学的同学。萨默是资深医师时，彼得还是个实习医生。“我的天哪，有多少年没见你了，差不多十年了吧？”

“是啊，应该有吧。”彼得说道，摸了摸浓密的棕色头发。

“我听说你去了传染病科，现在怎么样？”萨默想起来彼得过去就很聪明，也很活跃。看到彼得，萨默不禁想起过去的自己。

“嗯，这几年我过得怎么样？我在波士顿拿到了传染病研究员资格，还在哈佛研究热带病，这几年可有趣了。现在，这家医院把我找来了，让我当部门主管，所以能回来真不错。”

“哇，彼得，你可真厉害。”萨默说道。

“谢谢啦。我正准备去伊斯坦布尔几天，要做个报告。下周就得倒时差了，但是，嘿……这份工作很有意思，而且总比整天跟咳嗽、感冒打交道要好吧，对不对？你现在怎么样了？还对心脏病学感兴趣吗？”彼得好奇地盯着萨默。萨默想起当年他们俩相处得多么愉快，自己还鼓励彼得投身喜欢的次级专业[1]。

“嗯……”萨默支支吾吾地说道，已经准备好面对彼得的反应，“我在帕罗奥图的社区医疗诊所工作，所以有很多咳嗽和感冒的患者。”这份工作可真是没法吹得天花乱坠。每天治疗的病症都很普通，没什么后续的患者护理，诊所的资源也十分有限。“但是，嘿，我可以每天去接六岁的女儿放学。”萨默笑了笑，耸耸肩膀。彼得眼里流露出了失望的神情？还是只是萨默自己的臆想而已？

“真好啊，我有两个儿子，一个六岁，另一个十岁。孩子总是让你忙前忙后，对吧？”

“那当然啦。”

“嘿，萨默，我得去机场了，见到你真高兴。顺便说一句，我仍然记得自己刚刚当上住院医生时，你准确地诊断出了一例新生儿红斑狼疮。这几年我老跟别人提这件事，最该称赞的就是你，惠特曼医生。”

① 医学等专业中狭窄的研究领域或工作领域，例如小儿皮肤病学或老年心理学。——译者注

萨默笑了。“现在该叫我塔卡尔医生了，但很高兴听到还有人这么叫我。彼得，见到你真的很开心。”

萨默走进电梯，看着上方的楼梯指示数字逐个亮起。这些年都是怎么过来的？原来那个野心勃勃的医学院学生跑到哪里去了？萨默记得当年自己充满渴求，满腔热情地研究临床案例，做研究，在学术领域攀登高峰。而如今，她连医学期刊都很少看了。萨默的职业选择不仅让自己落后于同辈，甚至连以前自己的实习生都不如了。即使在诊所当朴实的医生，萨默都觉得有些力不从心了。病人只能看见萨默挂着名牌的白大褂，却不知道她内心潜伏着惶恐与不安。

每当萨默急匆匆跑去学校接阿莎时，她就能脱下伪装的面具。在学校，老师都叫她塔卡尔太太，其他孩子的母亲则简单地称呼她为“阿莎的妈妈”，这些母亲经常待在一起。她们看上去身心轻松，无忧无虑。萨默没时间参加家长教师联谊会和家庭糕饼义卖活动。她连留给自己的时间都没有。工作不再是萨默的全部，抚育孩子也不是她的全部。无论是工作还是家庭，萨默都无法两全其美，而且这两方面还没法融为一体。萨默总以为自己能处理好，其实却一样也干不好。她总是安慰自己，生活就是有舍有得，以为这样想心情会平静下来，但事实往往并非如此。

萨默坐在长椅上，一边抿着香甜的热咖啡，一边看着阿莎在儿童游乐场玩吊杠。这一年来，阿莎的胆子大了起来：不管见到什么东西都敢上去爬一爬，吊一吊，摇一摇。阿莎已经不再像小女孩那样谨小慎微了。小丫头膝盖上累累的小伤疤就是证明。

萨默喜欢带阿莎来这家公园玩。几年前，阿莎刚刚两岁时，他们搬家来到了这个社区。毕竟他们是在旧金山慢慢找到一家人的感觉，所以当初离开旧金山的时候，他们也是恋恋不舍。经过几年来的痛苦与矛盾，萨默和克里希有了阿莎后开始享受新鲜的家庭生活。每到周末，他们都带阿莎去贝克海滩。小阿莎踮着脚尖走到水边，看到海浪迎面冲来，吓得大声尖叫，赶紧往后跑。萨默和克里希找到了新的沟通方式。平常聊天时，他们不再关注医学领域的事，而是通过阿莎在两个人破裂的关系中搭建了沟通的桥梁。

他们俩的朋友一个个都搬出了旧金山，萨默和克里希本没有打算跟着搬出去。可是，眼看阿莎一天天长大，他们开始不断抱怨后院空间太狭小了，也开始嫌当地学校的教学质量低下。后来克里希收到门罗帕克市一家医院的聘请，条件待遇很好。门罗帕克位于旧金山以南，距离旧金山有三十分钟车程，而且有教学质量很好的校区。于是，他们开始在附近找房子。萨默也在当地一家社区医疗诊所找到了一份工作。

“阿莎，再让你多玩五分钟，咱们就走啊。”萨默一边喊，一边看了一眼太阳。

“这女孩真可爱，”坐在萨默身旁的妇女说道，“我之前好像见过你。你们几乎每天都来这里，”妇女边说边用手指指前边正在沙箱玩耍的小男孩。“这孩子喜欢在这儿玩，每次带他出门我都特高兴。”

“没错，阿莎也很喜欢这里。待会儿我们就要回去了，她肯定又缠着不想走。”萨默笑着说道。

“你应该在周五中午的时候过来，”那个妇女说道，“每周我都会和社区里的其他几个保姆过来野餐一次。孩子们可以在一起玩，我们也可以互相认识认识。”

保姆？为了表示礼貌，萨默没有马上发作，而是在椅子上又坐了一会儿。接着，她站了起来，收拾一下东西，说道：“我不是孩子的保姆，我是她的妈妈。”

“哦，实在不好意思。我只是感觉……我是说，我这么想是因为……”

“没关系。”虽然萨默嘴上这么说，可是语气却很恼怒。“她长得随他爸爸，不过她也是我的孩子。”说着，萨默大步走向阿莎，对那个妇女说道，“玩得开心，失陪了。”

阿莎骑着儿童自行车，萨默在后面跟着。回家的路上，萨默寻思为什么公园里的事情会让她如此恼怒。别人一看就觉得萨默和阿莎没有血缘关系，萨默现在早该适应了。每到一家三口外出的时候，人们总是回头打量萨默。不管是阿莎骑在克里希的脖子上时，还是大家在餐厅挨着坐在一起时，克里希和阿莎看起来自然极了。每当遇到这种情况，萨默就会有一种挥之不去的感觉，觉得自己才是被领养的。

萨默和克里希几年前参加过一个关于领养孩子的研讨会。在会上，有人说领养只能解决没有孩子的问题，但是并不能治愈不育不孕症。萨默这才明白这句话的含义。虽然阿莎的到来给家里带来了很多东西——满足感、爱和快乐，但却无法弥合萨默因流产而萌生的痛苦，也无法完全排遣她对亲生子女的渴望。

萨默和阿莎两个人待在一起时，萨默感觉阿莎就是自己的孩子，像亲生母亲一样地疼爱她。她没有告诉别人阿莎是领养来的。倒不仅仅因为没必要说，更是因为萨默不想让阿莎意识到这一点。阿莎长着乌黑的头发和棕色的皮肤，萨默对这些明显的区别视而不见。现在，萨默看见阿莎在前面的角落里等她，刚才公园里那个妇女的话才让她注意起自己和阿莎明显的区别。只见阿莎一只脚踩在脚踏板上，另一只脚微微着地。她头戴一顶瓢虫形状的头盔，一条乌黑的马尾辫从头盔后面冒了出来。萨默看着眼前的女儿，可怎么看也不觉得像自己的女儿。

㉒ “金点”

1990年，印度，孟买

卡维塔

卡维塔走下敞篷大巴，长长地舒了一口气。刚刚过去的三个小时里，她和贾苏、维贾伊，还有过道里几十个满身臭汗的人挤在一起。大部分人对沿途的风景毫无兴趣。很多人每周都乘车去城里卖东西。虽然他们买了三张票，但只有卡维塔找到了座位，一路上都把维贾伊抱在自己的大腿上，结果大腿渐渐失去了知觉。贾苏只好全程都站在另一个男人旁边，那人铁丝笼子里的鸡不停地扑腾，拍打着贾苏的膝盖。可是没有一个人抱怨，有的乘客紧紧扒着车门，还有的人死死抓住车顶。

现在，他们拎上装着所有家当的三个包，站在公交车站外面。维贾伊靠着卡维塔，眼皮直打架。他们想在市中心找个地方安顿下来。别人告诉他们，在那里可以找个便宜的地方睡一两个晚上。他们急需好好睡上一觉。明天，他们得安排好住宿的地方，找到工作。贾苏领着他们往前走，双手各提着一个行李箱，时不时停下来问问路。

卡维塔跟着贾苏，一只手拎着箱子，另一只手牵着维贾伊。他们穿过孟买灰蒙蒙的市区，卡维塔不由吃了一惊，和六年前第一次来时相比，这里变了许多。人更多了，路上的车也更多了，空气中到处弥漫着噪音和烟雾。卡维塔脑海里冒出两个念头：喷涌而出的思乡之情，还有把乌莎丢弃在孤儿院的痛苦回忆。这两个想法在脑中来回翻滚，互不相让，她还得极力压制对贾苏愈演愈烈的仇恨。*是他让我抛弃女儿的。现在，他又逼我来这个城市，离开我深爱的一切。*有那么一会儿，卡维塔已经看不清混杂在前面人群中的贾苏，于是赶紧加快脚步追了上去。在这个奇怪的新地方，只有他们两个相依为命。卡维塔耳畔回响起了母亲的安慰。*你必须信任他。为了他们，你必须坚强点。*

他们来到达拉维[①]时，别人告诉他们的那个地方可能已经拆掉了，而这时天色已经渐渐黑了下来。他们本以为这里会有一排大楼，却惊愕地发现只有一大片贫民窟，两边是高速公路和铁路。前面有一长排简陋的棚屋，都是用粗制滥造的波浪形锡铁皮、硬纸板和泥浆盖的，简直就是垃圾弄出来的小房子。他们小心翼翼地走着，生怕一脚踩到屋旁肮脏的污水上。卡维塔紧紧抓住维贾伊的手，用力拉了一把，好给那些赤身裸体、奔来跑去的小孩让路。一个安着假腿的乞丐朝卡维塔伸出瘦骨嶙峋的胳膊。还有一

① 位于印度的商业之都孟买的中心地带，是仅次于肯尼亚内罗毕的基贝拉，排名世界第二、亚洲第一的贫民窟。——译者注

个男人明显是喝醉了，不怀好意地看着卡维塔，还伸出舌头想舔卡维塔的嘴唇。卡维塔低头看着脚下，毕竟随处可见的垃圾和到处乱窜的老鼠更危险。

“你们想找个地方住吗？想找个屋子吗？”一个男人紧跟着贾苏问道。这个人身着艳丽的黄色纱丽，打扮得像个女人。他面目俊美，笑的时候露出两颗金牙。贾苏和男人低声说了几句话，卡维塔听不清他们说了什么，但很快他们三个人就跟随男人沿着小路走下去。这个人在一间泥浆砌成的小棚屋前停了下来，屋顶上盖着塑料薄板和生锈的锡铁屋顶。男人刚想伸手打开歪歪扭扭的门，里面突然有什么东西把门撞开了。借着昏暗的光，他们看见一条白毛狗，瘦得皮包骨头，每一根肋骨都清晰可见。身着纱丽的男人撕下了女性的一面，狠狠地把狗一脚踢开，礼貌地伸出胳膊，请他们三个人进屋。

“今天早上住这里的人家刚走，”男人说道，“如果你们愿意，可以住在这里。只需要交一点房租。”他伸出手，摊开手掌，冲贾苏羞涩地微笑。贾苏扭过头看着卡维塔。

“就住一个晚上。”卡维塔说道，反正贾苏总要做出选择，卡维塔不想让他负担太重。再说，外面天已经黑了。他们走了很长的路，维贾伊似乎都快站着睡着了。贾苏放下行李箱，从口袋里掏出几枚硬币，甩到了男人摊开的掌心里，然后支走了他。贾苏弯下身子踏进棚屋，卡维塔和维贾伊紧随其后。这间小棚屋没有窗户，密不透风，布满灰尘的地板上几乎什么家具也没有，只有腐烂发臭的食物残渣。一股屎尿的恶臭味差点没让卡维塔窒息，她好不容易才克制住呕吐的冲动。

卡维塔挽住贾苏。“来，要不你带维贾伊去弄点吃的，我来收拾一下？”于是，贾苏带着维贾伊去附近街边的货摊。卡维塔走出棚屋，深深地吸了一口还算清新的空气，然后用纱丽的一端捂住鼻子和嘴巴。她回到屋里，开始打扫，把食物残渣和粪便弄到一起，然后在角落里找到揉成一团的小塑料袋，把垃圾倒了进去。她出去扔垃圾时，又驻足喘了一口气，突然瞥见旁边的棚屋那里靠着一把扫帚。她四下张望，见没人就箭步冲了过去，抓起扫帚，用纱丽裹住扫帚柄，回到棚屋里。

卡维塔使尽浑身解数，恨不得马上打扫干净。她蹲在地上，又横穿整个小房间，用力挥舞扫帚，打扫尘土。她这么一使劲，反而扬起了一阵灰尘，呛得她咳嗽不止，眼睛也直冒泪水。不过，卡维塔不顾一切地继续打扫。如果能把这层恶心的地面掀掉，能把以前房主留下的食物、垃圾和屎尿都弄走，如果可以轻轻松松就把这些东西清理掉，那地面应该能变得干净整洁，那样才是卡维塔所习惯的居住环境。她的喉咙开始火烧火燎，没法再继续打扫了。她把一大堆尘土扫出房间，然后把扫帚放回原处。卡维塔站在屋外，大口大口地喘着气，排出那些污浊的空气和灰尘。接着，她踏进棚屋，吸了一口气。现在，空气似乎清新一点了，还是因为自己习惯了这里空气的味道？最后，她拿出带来的铺盖卷，铺在三个行李箱旁边。

贾苏和维贾伊回来时带着热乎乎的小馅饼和几瓶冰凉的“金点”饮料。这是维贾伊第一次喝橙汁汽水。他细细品着汽水的味道，卷起舌头，让泡沫在舌尖停留片刻才咽下去。与此同时，小家伙竟然对周围破败的建筑一点都不在乎。吃东西时，他们听到外面嗞嗞作响的收音机里传来刺耳的音乐声。接着响起了一首老电影里的爱情歌曲，贾苏跟着调子瞎哼了起来，自己也不知道唱的是什么。他抓起卡维塔的手，拉着她在这个漆黑的小屋里跳起舞来。卡维塔跟着贾苏的步伐跳了起来，刚开始还觉得别扭。不过她看见维贾伊也在一旁拍着手，跟着唱了起来。卡维塔脸上露出会心的微笑，一家三口放声笑了起来，还一起翩翩起舞。在条件如此恶劣的地方，一家三口人紧紧抱在一起，慢慢进入梦乡。

第二天一大清早，他们就被门外喧闹的卡车声吵醒了。卡维塔第一个听到了车声，马上醒了过来，接着就再也睡不着了。她刚醒来不久，贾苏也醒了。两口子互相依偎着，睁着眼待了几分钟，接着都从铺盖卷上起来了。卡维塔出门找厕所，看见一群人排着长队，她上前一问，才知道原来大家都是在等着接公共自来水。这个地方根本没有固定的厕所，卡维塔感到羞愧不已。她硬着头皮在铁轨边处理完私事，就匆匆赶回贫民窟。

“那个地方等着接水的人已经排起了大长队，”卡维塔向贾苏指了指接水的方向说道，“可是我们手头什么也没有，连个水桶容器什么的也没有。”

“今天肯定需要用水。今天天气会很热。有了，这些东西怎么样？”贾苏说着拿起昨天晚上喝完的两个“金点”饮料空瓶子。

“我去吧。你就在这儿待着吧。”贾苏指了指睡熟的维贾伊。

贾苏过了一个半小时才回来，一脸震惊。“怎么了，亲爱的？为什么这么久才回来呀？”卡维塔只有在晚上亲热的时候才这么称呼贾苏，平常很少这么叫他。可是看见丈夫脸上的惊慌神情，卡维塔忍不住这么叫了。

“这个地方太乱了，卡维。有个妇女觉得另外一个妇女想插队，就冲那个女的大喊大叫，让她到后面排队。那个女的不肯往后面走，所以她们就大打出手，拳打脚踢把她赶到后面去了。一帮女人家，竟然为了接点水就拳脚相加。”贾苏摇摇头，想起来仍然有几分后怕。“明天，我早点过去接水。”说着，贾苏把灌满水的饮料瓶子递给卡维塔，然后就出去了，走之前说好晚上之前回来。

刚第二天，卡维塔就对这片贫民窟绝望了。等维贾伊醒来后，卡维塔决定带着儿子到伯斯蒂区外面走走。卡维塔随身带着最值钱的家当，把其他东西藏到铺盖下面。她走在孟买的大街上，紧紧拉着维贾伊的手。坑坑洼洼的马路上堆满了垃圾和动物粪便，人挤人透不过气来，大家都身不由己地跟着人流涌动，就好像赶鸭子似的。街边小贩呼声不断，叫卖自己的商品。

“热茶！热乎乎的茶水呀！热茶！”

“太太，快看啊。旁遮普民族装[①]啊！只要一百卢比。什么颜

① 这种服饰一般有三个套件，分别是上衣、围巾与长裤，上衣下摆有长有短，长的会在腰部两侧岔开，穿时走路会随风飘摆，又能遮住腰部的部位，因这种衣服可修饰身材，不管身材好坏的女性穿上去都很好看，因此非常受到印度女性的喜爱。——译者注

色的都有!

“新上映的电影。只要五卢比就能看两场电影啦! 绝对物超所值，走过路过，不要错过呀! ”

眼前的场景让卡维塔回想起几年前的那天。那一天，鲁帕拉着她的手走在这些街道上，就跟自己现在拉着维贾伊一样。卡维塔试着回想以前熟悉的每一个角落。我当年有没有在这个公交站横穿马路? 那个报刊亭是不是很眼熟呀? 这是不是我当年看见的那家水果摊? 卡维塔只来过一次这个喧嚣的地方，如今城市里挤满了一千多万人。她有点不知所措，想努力搞清楚周围的情况。穿过熙熙攘攘的人群，卡维塔突然瞥见一张熟悉的小女孩面孔，看起来跟自己印象中乌莎的样子简直一模一样: 头上扎着两只蓬松的小辫，一张小圆脸还露出甜蜜的笑容。这个小女孩拉着身穿绿色纱丽妇女的手。这是她吗? 会不会真是她呀? 小女孩看起来跟维贾伊的年纪差不多。卡维塔挤过人群，硬拉着维贾伊快步跟了上去。跟着跟着，身穿绿色纱丽的女人就消失在了茫茫人海之中。卡维塔停在人行道中间，累得气喘吁吁，四处张望，却不见那人的踪迹。

“妈妈? ”卡维塔感到维贾伊在拉自己的手。低头一看，只见儿子疑惑地看着自己。

“哎，宝贝儿子。走，咱们走。”卡维塔担心自己会在来回涌动的人群中弄丢儿子，也很害怕那个跟在后面的没牙乞丐。她继续搜寻那件绿色的纱丽，回想起当年贾苏说乌莎的话: 她会成为我们的累赘，会榨干我们家的积蓄。难道这样你就开心了? 也许当时贾苏说得对，而且很明智。现在他们两口子连一个孩子都快养不起了，很难想象有两个孩子会是什么样？卡维塔领着儿子走了整整一天，累得够戗，所以晚上很快就睡着了。就这一天，卡维塔就厌烦了热闹喧嚣、人声鼎沸的孟买。她在乡下呼吸惯了新鲜空气，到这里却要忍受污浊的烟雾。她的脚也走惯了家乡田地那潮湿结实的土地，现在觉得很不适应。

他们沿着定居点一路走着，穿过与他们住的地方一样破旧的贫民窟。卡维塔绕过一只脏兮兮的山羊，这只山羊正在拱一堆冒烟的垃圾。走过的每一家破棚户前都摆着同样的东西：烧牛粪饼的做饭炉子，每天定量供给的一桶水，还有挂在绳子上的破烂衣服。一些当地人发明了新奇的方法挂电视机天线，还有的人家会有晶体管收音机，这些总能吸引更多的人聚在旁边。卡维塔十分渴望能得到一丝安慰：妈妈双手的抚慰，或者鲁帕咯咯的笑声都行。

卡维塔和维贾伊回到棚屋时，贾苏已经在屋里了。他正坐在铺盖卷边上，用拇指来回揉搓脚跟。贾苏听见他们俩进来了，抬起头，面露微笑。“怎么了？”卡维塔问道。

“我穿着那破玩意儿走了得有十多公里路。”贾苏冲门旁的凉鞋点点头。卡维塔坐在他身边，握住他的脚。

“我今天去了三家快递公司，”贾苏闭上双眼，躺在铺盖上，“他们都说没有适合我的工作。他们想雇用熟悉孟买路线的人，比如黄包车夫或者出租车司机。你说说看，要是我已经是车夫或者出租车司机，还去他们快递公司找工作干什么呀？”

“是啊，谁说不是呢？”卡维塔缓缓地说道。她同意丈夫的说法，但其实也不明白究竟是什么意思。

“然后，我想去找份送外卖的工作，”贾苏继续说道，“正如我想的那样，在城里送餐能赚不少钱。一天能拿到一百卢比。你能相信吗？但是，有太多人想当送餐员了。他们让我每个星期都过去打听打听消息，说可能得等上三四个月才能有空闲的职位。”

听到这个消息，卡维塔不知道该作何反应，只好看着维贾伊用手指在布满灰尘的地板上画着圈。你必须信任他。

“但好消息是……我在送餐公司总部外面遇见一个伙计，他认识公司的大老板，可以把我的名字放在应聘送餐员名单的最上面。托了他的后门，我可能等上两三周就能得到这份工作。不过给了他两百卢比的好处费。”

卡维塔惊恐地看着丈夫。他们一共才带来了一千卢比，这些都是他们多年的积蓄，还有些是家里人给的钱。

“别担心，小鸟！”贾苏咧嘴笑了。“没关系的。那个男人给我看了证件，他是个靠得住的人。他还要帮我弄一辆自行车，工作的时候骑。而且他会让我免费骑一段时间。所以，我一开始挣的钱就得用来买自行车。等最后买下这辆自行车了，我就可以把挣的钱存下来。”贾苏坐了起来，握住卡维塔的肩膀。“别这么愁眉苦脸啦。小鸟，现在情况不错，非常好！”贾苏用宽厚的手掌摸了摸卡维塔的头，亲了亲她的头顶。“跟我预想的一模一样，很快就会好起来。不用过很久，我们就能拥有自己宽敞的公寓，还能给你一个大大的厨房。怎么样？”

卡维塔见贾苏这么乐观，只好微微一笑。现在，轮到她说话了。“好吧，送餐员先生，我们先吃饭吧。”

两个星期后的一天早晨，卡维塔躺在铺盖上，醒来时看见贾苏端着一小盆凉水走到房间角落，有条不紊地开始洗漱刮脸。近来这个星期，他每天都会去送餐公司打探消息，但还是没有空余的职位。而那个拿了他两百卢比的男人再也没有出现过。贾苏仍然每天早早就起来，排队等待打自来水。虽然通常都是来自伯斯蒂区的女人排队接水，但贾苏坚持要自己来做这件事。今天，贾苏回来时带来了一个消息，贫民窟北面的地方爆发了伤寒症。已经有三个孩子死了，还有很多人患上了这个病。“别让维贾伊碰脏水，”他告诉卡维塔，“这些人随地大小便，就像畜生一样，真不要脸。”贾苏小心翼翼地穿好衣服，梳了梳头发。他有点着急，好像和别人约好时间见面一样。每天早上，他都满怀希望地出门；而每天晚上，他都沮丧失落地回到暂时的栖身之地。

卡维塔走出屋子，用昨晚火堆的余烬热了热茶。昨天还剩了点扁豆粥，卡维塔把粥分成两份，一份给贾苏，一份给维贾伊。卡维塔准备早饭时，左邻右舍也从棚屋里走出来，开始弄早饭。女人都把皱巴巴的纱丽夹在双膝之间，方便自己蹲下来和其他人聊天。这些邻居都在这里住了很久。卡维塔没有和她们一起聊天，不过还是竖起耳朵听她们在炉火旁都聊些什么。她们说的内容着实把卡维塔吓坏了，比如孩子失踪了，前一晚又有哪个妻子被丈夫打了。有些男人在自己家酿了酒，会拿出来买卖。他们喝醉的时候，就会把怒气撒在邻居或者家人身上。

这片贫民窟似乎就是一个小城市。有放债的人和借债的人，有房东和房客，有朋友和敌人，还有罪犯和受害者。与自己熟悉的村子不同，这里的人就像动物一样生存：住在狭小的空间里，为了生计拼死拼活。然而更可怕的是，许多几年前就过来的人已经把这里当做自己的家。他们在市里做着最肮脏、最令人憎恶的工作，清洁厕所、回收废料、捡破烂。不像送餐员这样的职业，和普通人一样，住在得体的房子里。等到贾苏得到了那份工作，他们就立马离开这个地方。卡维塔知道，他们没法在这里一直生活下去。

那天晚上他们都睡着后，屋外突然传来巨响，把他们都惊醒了。有人正在大声呼喊。贾苏赶紧跳了起来，冲向门口。门旁还放着金点饮料的空瓶子，准备早上接水用。贾苏双手各抓起一个瓶子。卡维塔坐了起来，抱住睡眼惺忪的维贾伊。等他们定下神来，外面的声音越来越响，也越来越近。贾苏打开一条门缝，朝外张望。很快他又把门关上，轻声对卡维塔说："是警察！他们正挨家挨户敲门，进屋查看，手里还拿着警棍和手电筒。"贾苏站在门前，用后背顶着门。卡维塔的身子挡在维贾伊前面。维贾伊双眼圆睁，惊恐万分。

他们听见了重重的敲门声，还听见瓶子砸墙碎片掉下的声音。又传来几声愤怒的吼声。接着，只听见一声女人的尖叫，凄厉而响亮，仿佛还带着哭腔。似乎过了很久，愤怒的吼叫声渐渐平息，取而代之的是阴险的笑声，声音渐渐远去。最后，一切都归于平静。贾苏仍然在门旁守着。卡维塔招呼他过来。等她抱着贾苏时，卡维塔才发现警察这一来不仅把他们惊醒了，还把他们吓得胆战心惊，直冒冷汗。

“妈妈？”维贾伊说话了。说这话时，维贾伊的身子不住地颤抖。卡维塔低头一看，儿子正用手捂着裤子。原来裤子已经湿了。卡维塔给儿子换了一件衣服，用旧报纸把铺盖上湿掉的那块地方盖住。一家三口重新躺下，贾苏用胳膊揽着卡维塔，卡维塔则用胳膊搂着儿子。黑暗中，维贾伊轻声说道：“我想纳尼了。”卡维塔没有做声，也没有挪动身子，默默地流下了眼泪。维贾伊的呼吸渐渐地恢复得很均匀，不过卡维塔和贾苏两个人整夜都没睡着。

第二天早上，贾苏排队打水回来，打听到了关于昨天晚上警察突击检查的消息。很显然，这样的事情在伯斯蒂并不少见。一个附近的邻居告诉他说，警察是过来搜人的。搜的这个人从上班的工厂里偷了东西。警察弄醒了几十户邻居，可还是没有在那个人的家里找到他。

不过，这些警察在这人家里看见了他的妻子和几个儿女。街坊四邻惊慌失措时，这些警察当着他家人的面强暴了他才十五岁的女儿。

㉓ 又到感恩节

1991年，美国加利福尼亚州，门罗帕克

克里希

“克里希！你把土豆捣好了没有呀？”

克里希正在专心致志地看《海外印度报》[①]，几乎没有听到萨默在喊他。

“你得把土豆捣好了。火鸡再过半小时就熟了。记住了，这次可不能再往里面加辣椒了。我爸可不喜欢吃辣的。”

克里希大声叹了口气。辣的东西？只有美国人才会觉得土豆泥有点辣，土豆泥可能算得上世界上最平淡无味的食物了。其实才不是呢，最辣的食物应该是克里希妈妈做的炸土豆。这道菜是由煮透的土豆丁放上香料，然后撒上青椒，放到锅里炸透，直到它变成棕黄色。每一次做这道菜，妈妈刚把炸土豆放到盘子上，

① 在北美出版最早的一种印度报纸。——译者注

克里希就会忍不住伸手去拿着吃。克里希已经很久没有吃过美味的炸土豆了。他一边拿起大碗，开始捣土豆泥，一边长叹了一口气。萨默允许克里希偶尔出去吃吃印度菜。不过萨默对印度饮食没有什么兴趣，而且她的厨艺也很平常。有一次，克里希教萨默学做三角豆玛沙拉。这是一道简单的印度菜，由鹰嘴豆和一些香料烹饪而成。现在，萨默翻来覆去就会做这一道菜，再配上点从超市买的皮塔面包[1]。克里希父母从印度寄来了几瓶昂贵的番红花粉，不过萨默承认自己不会用。结果，这些东西一直静静地躺在冰箱里，连盖儿都没有打开。

克里希又往碗里加了几汤匙的黄油，倒了些牛奶搅拌了一下。碗里调好的东西看起来就跟医院病床的床单一样平整发白，也有几分诱人。怎么能吃得下这种无色无味的东西呢？每当感恩节来临，克里希都要负责做土豆泥。有一年，他稍微发挥了一下，往里面加了点剁碎的胡荽叶作为作料。接下来的一年，克里希往黄油里掺了一茶匙妈妈寄来的五香粉。今年，克里希没有发挥，只是往里面加了点盐和黄油。

“我还得把馅饼放到烤箱。”说着，萨默跑过去打开烤箱，一次次拿着温度计插到火鸡上看看温度。

克里希一直弄不明白，为什么美国人，尤其是自己的妻子，每年这个时候都对这样一顿饭如此钟情。在印度，克里希家的庆祝活动最少也有十几道菜。每一道菜的准备程序都要比在烤箱烤

① 一种圆扁形面包，加有肉、胡椒等，可以用来做三明治。——译者注

火鸡麻烦得多。而且，在印度，没有一道节日菜肴是买现成的半成品。就拿排灯节[①]来说吧，克里希的母亲和婶娘都会提前好几天就开始准备饭菜：有蘸着香浓椰子酸辣酱吃的松软小饼，拌着奶油的咖喱，还有美味的豆子。每种青菜都是从菜贩子那里精挑细选的，每一道香料都是烤熟捣碎，然后用手工搅拌在一起的。又酸又稠的酸奶都是自家制作的。烙饼都是手擀的，而且都是现烙现吃，热乎得很。家里的妇女花上好几个小时，在一起有说有笑，削皮、切菜、炖菜，为二十多个人准备饭菜。这些女人做饭开开心心，克里希从没见过她们像妻子这么犯难过。他不禁回想起自己第一次过感恩节时的情景。

克里希在医学院读书的第一年，同学雅各邀请他到波士顿。那时候，克里希才刚到美国几个月，而且没有出过加利福尼亚州[②]。初到波士顿，让克里希感到大吃一惊的就是波士顿清爽的空气和鲜艳的树叶。

那里有十几个人，克里希马上和其他人一起投入工作，在殖民风格房子的大院里把树叶扫成一堆。这项工作让人摸不着头脑，克里希很诧异怎么没有用人来做这些体力活。不过，后来的

① 印度教在秋季为期五天的宗教节日。节日期间，人们要点上陶制灯，置于住房和庙宇的护墙上或放到河上、溪流中任其漂流。节日的第四天标志着新的一年开始，是送礼、访友、装饰房屋和穿新衣的日子。——译者注

② 加利福尼亚州在美国西南部，波士顿为马萨诸塞州首府，位于美国东北部。

触身式橄榄球更让克里希迷惑不解。在屋里，他们在火堆旁烤着僵硬的手指，克里希听见厨房里传来雅各漂亮妹妹银铃般的笑声。她的表姐妹正在逗她，谈论她第一次把新男友带回家的事情。这对克里希来说简直太不可思议了。在印度，年轻人要想谈恋爱，必须得先过父母和亲戚这一关，而不是最后才考虑这一关。订婚情侣的求爱仪式很简单，而且都有长辈陪伴左右。克里希很喜欢波士顿的食物，不过还是忍不住想加一点热辣酱，觉得那样会更好吃。周末结束时，他已经迷上了眼前的所有事物：美丽的房子、宽敞的院子、漂亮的金发女性朋友。他想拥有这一切，他深深地爱上了美国梦。

克里希初到美国医学院求学时，对生活中即将到来的一切可能兴奋不已。斯坦福校园具有宁谧的教会风格，与克里希之前居住的喧嚣城市真是天差地别。他常常忍不住夸口赞叹：干净的街道、巨大的购物中心、舒适的汽车。他也很快习惯了这里的饮食，尤其喜欢吃学校食堂的炸薯条和比萨。

第二学年结束后，克里希回到印度老家，发现祖国变了很多。1975年的夏天，英迪拉・甘地[①]被指责选举舞弊后，宣布国家进入紧急状态。政治抗议很快平息，数千名反政府者也锒铛入狱。报纸沦为宣传机器，没人相信上面写的东西，但是大家仍然对未来抱有恐惧和不安。克里希陪父亲散步时，发现小时候玩耍的医院比印象中的更加破旧，简直没法跟斯坦福的相提并论。他

① 印度总理(1966—1977、1980—1984)。印度民族主义领袖尼赫鲁的独生女。——译者注

的朋友中有几个已经结婚了，母亲也觉得克里希到了该相亲的年纪，可是他总是拒绝母亲的好意。夏天快结束时，克里希发现自己无比思念美国，那里的生活似乎更好，而且就业机会也更多。回到家乡只会束缚自己，所以，克里希回到加利福尼亚继续读两年医学院课程时，已经打定主意要留下来。

从医学院毕业后的十年如同白驹过隙，一晃而过，克里希拼命工作，努力成为一名外科医生。他经受了高级专科住院实习项目的考验，这可是全美要求最严格的实习项目之一。现在，克里希的同事遇上棘手的病例都会向他请教，他也经常受邀去斯坦福大学做客座演讲。而且，克里希也真的追到了漂亮的金发女朋友——当然，如今已经是他的妻子了。无论从哪个角度看，克里希都是一个成功人士。在这个异国他乡待了十五年后，他终于美梦成真，如愿以偿。

他们围坐在餐厅一张很正式的桌子旁，大家挨得很近。萨默的父亲正在切火鸡，把盛满火鸡肉、蔓越橘酱[①]、肉汁、土豆泥和青豆的盘子一个个传下去。克里希开吃时，听见阿莎正津津有味地给外公讲新老师和自己最爱的校服。“最棒的是没有男孩，因为他们老让人生气。”所有人都哈哈大笑起来。克里希也勉强地

① 用蔓越橘果实做的果冻状调味酱；用于鸡的烹调，在美国用于感恩节时烹调火鸡。——译者注

笑了笑。他突然发现，每年只会来这里吃几次饭，可是岳父家还从不把桌子摆满。他忍不住眨了几下眼睛。房子既宽敞又漂亮，但克里希还是觉得太单调乏味了，就像他们的生活一样。阿莎在桌旁喋喋不休，逗得大家哈哈大笑，但是，克里希仍然觉得这样的家庭聚会气氛不够热烈，跟童年记忆中的截然不同。可这就是他过去想象的生活，希望能过上的生活，但不知为什么，美国梦似乎变得空洞无物起来。

就在几周前，克里希老家的亲戚都赶到他父母家，参加排灯节酒宴，当时来吃饭的怎么说也有二十来号人。克里希是唯一没有到场的，于是大家就给他打了电话，每个人轮着祝他排灯节快乐。那天，克里希匆匆忙忙冲到门外接电话，但挂了电话后，他却呆若木鸡地坐在厨房桌子旁，手里握着电话。那时候孟买正好是晚上，克里希闭上眼睛，眼前浮现出成千上万个陶制灯闪闪发光的场景，陶制的容器里闪烁着微弱的火焰，一排排火光点亮了阳台、街旁的商店和橱窗。来客都会拿出一盒盒糖果与其他人交换，并送上美好的祝福。学校放假了，孩子也熬夜观赏焰火。自打克里希还是个孩子时，每年就盼着这个晚上赶快到来。在这一天晚上，整个孟买都变得如梦如幻。

克里希曾提议回印度看一看，或许还想再领养一个孩子，但是萨默拒绝了。她似乎坚持要把阿莎保护在为她织好的茧里。克里希觉得家不应该是这样，不应该是个精心呵护的宝贝。对他来说，家应该是像海纳百川一样的地方，家能够抗住岁月和距离的磨砺，甚至可以包容错误。他依稀记得，自己的大家族里也出现过小小的摩擦与不和，但是都没有影响家族血浓于水的亲情纽带。萨默的初衷是好的，想努力和阿莎相伴生活：她会把《国家地理》节目从头到尾看一遍，会给阿莎指出地图上的印度，会查看农业和动物的现状。克里希的父母寄来印度的裙子后，萨默会给阿莎穿上，然后拍几张照片寄回去。只是之后便不再让她穿了，所以，这些衣服都成了压箱底的东西。克里希想教萨默几句古吉拉特的梵语，但萨默最后竟觉得这毫无意义。

不过，如果克里希仍然觉得深爱着身边的这个女人——他的精神伙伴和人生伴侣，那么这些都不是什么大不了的烦心事。他想念过去和萨默谈论医学的时光。萨默总是对他处理的病例很有兴趣，但这些日子以来，萨默宁愿谈论关于阿莎学业的琐碎小事。即使萨默提起在诊所的工作，克里希也无法假装对流鼻涕或者肌肉扭伤之类的小病很感兴趣，毕竟他一整天都在处理脑瘤和动脉瘤这样的重症。尽管从理论上来说他们都是医生，但是只要有一个人丧失兴趣或者情绪低落，对话就没法进行。有时候，他们婚姻的主旋律似乎已经和当初把他们吸引在一起的东西渐行渐远了。

“咱们干一杯吧。”萨默欢畅的声音打断了克里希的思绪。其他人跟着萨默把杯子举了起来。“为全家人干杯！”桌上的人都说道。他们躬着身子从座位上站了起来，努力伸出手中的杯子，互相碰杯。克里希喝了一大口夏敦埃，只觉得清凉的葡萄酒沿着喉咙流下，浑身上下凉丝丝的。

㉔ 午后休息

1991年，印度，孟买

贾苏和卡维塔

贾苏听到闹钟清脆的声音，呻吟了几声。起身的时候，弹簧床吱吱作响。床垫子很薄，所以让人感觉好像是膝盖发出的声音。他们一家三口全挤在一间屋子里。贾苏拍了拍卡维塔的小腿，拖着脚在床边走着。卡维塔动了动，贾苏赶紧下楼去上厕所。他们住在分间出租的宿舍楼里面，只有楼下才有公用厕所。早起有一个好处，那就是厕所还没有漂满污秽的东西。

等贾苏上完厕所回来，卡维塔已经洗完澡，换好了衣服。卡维塔正在刷牙，往阳台护栏外吐了一口水。他们租的屋子既是小套间，也是浴室、厨房和餐厅。贾苏进去洗澡了，听到卡维塔祈祷的铃声。她轻柔的祈祷声不久就会把维贾伊吵醒。就是这个地方再大一点的话，维贾伊一个人也睡不着。这不仅因为维贾伊六年来一直习惯了跟父母同睡一张床，更是因为在贫民窟的那段生活让维贾伊噩梦不断。卡维塔走进厨房，准备做早餐。贾苏赶紧从里面出来，走到外面的大屋穿衣服。他头发湿湿的，抓起一把梳子开始梳头。他走到神龛前，双手合十，躬身参拜。每天上午，他们都这样来来回回从彼此身边走过好几次，默不做声，一切都按部就班。

“不吃了吗？”卡维塔问道。

“我带走在路上吃吧。”贾苏答道。他在马哈拉施特拉邦的一家工厂上班，四十分钟就能赶到，按照孟买的标准来说，并不算太远。贾苏总是喜欢赶在第一批到达厂子。不过，幸好中央火车站离住的地方只隔了几个街区。他已经能熟练地攀上正行驶出站的火车了，而且技术很高。跑步攀车几乎成了贾苏一天中最快乐的事情：就跟运动员一样追逐着火车，扒在车厢外面，飕飕的凉风迎面而来，吹着早已粘在身上的衣服。听说这很危险：每一年都有几千人死于扒车。但是，想一下有几百万人都在孟买扒火车，每年死几千人看起来也没什么可大惊小怪的。所以，贾苏也没觉得这样做有什么大危险。

不过，贾苏倒是觉得自己工作的那家自行车厂不太安全。刚上班的第一个月，贾苏就看见两个人操作机器时丢掉了手指，还有一个人被焊接机烧得惨不忍睹。每天早到一会儿，贾苏就有机会分到安全一点的活，比如给车圈刷漆，或者拿扳子上螺丝。所谓厂房其实就是一间很大的仓库，里面尘土飞扬，机床和工具凌乱地摆了一地。厂房里灯光昏暗，所以视线很模糊。就因为这个，贾苏有好几次都踩到了地板上的电线。厂房的焊接机让他喉咙焦渴难耐，眼睛刺痛。每天下班步出厂房，走入孟买烟雾缭绕的空气中，贾苏就觉得很舒服。尽管如此，他还是很高兴自己能够谋到这份差事。这还是在那次警察突击检查之后不久找到的工作。自行车厂的工资没有送餐高，每小时只有八个卢比。不过，如果每天早晚各多干一小时工作的话，每个月可以领到两千卢比。这份收入已经很可观了，几乎相当于在农村劳作半年的收入。

即便如此，他们还是租不起公寓。史瓦济路边上的出租宿舍很小，甚至比他们在农村住的房子还要小得多。不过来到孟买之后，特别是经历了在贫民窟的恐惧之后，贾苏的想法也发生了改变。本来打算在那个鬼地方住上一两天，结果一住就是好几个星期，而且似乎毫无尽头。贾苏听到的所有关于孟买的消息，还有他全部的梦想里都没有像达拉维贫民窟这么悲惨的地方。这个地方如此凄惨，足以让贾苏收拾行李，逃回农村。

但是贾苏明白，回老家很不值，他知道全家人都指望着自己。是他把老婆孩子带到了这里，他应该好好照顾他们才是。那天警察突击检查后，贾苏从穿黄色纱丽的男人那里要来了一把刀，每天都靠着门睡觉，手里紧握着刀。后来的几天晚上，维贾伊都会尖叫着惊醒过来，必须由父母安慰一番才能重新入睡。卡维塔虽然嘴上什么也不说，但在贫民窟每多待一天，她对这个地方的厌恶就多增加几分。好几天，贾苏回家时看见维贾伊惴惴不安地坐在屋外，而卡维塔泄愤般地用力清扫棚屋的地面。史瓦济路边的出租宿舍基本能满足他们的需求，而且比伯斯蒂更安全，更能保护个人隐私，附近还有一所不错的学校可以让维贾伊念书。他们用剩下的钱，加上贾苏新工作挣得的薪水才能勉强付上房租。第一天晚上睡在两间房的小公寓时，他们感觉和贫民窟相比，自己简直像住进了皇宫。

列车驶进车站时渐渐放缓车速，贾苏跃身跳上站台，瞄了一眼手表。轻快地走上几步，就能在七点半前到达工厂。自从上班后，每天早上都是如此。贾苏会先去见一见工头。有那么一两次，工头甚至给他端来一杯放在老板托盘上的没人喝的温茶。就这样，贾苏每周上六天班，每天从清晨一直工作到黄昏。工头吩咐他做什么，贾苏就做什么，而且即使别的男人都出去抽烟，他也很少偷懒休息。晚上回家时，他全身上下都是汗臭味，肌肉也很酸痛。每天他都筋疲力尽，这里的工作比家里做的农活累多了。但贾苏毫不在意，他们正朝更美好的生活奔去。

卡维塔把最后几个不锈钢盘洗干净了。每天早上，她来到雇主的豪宅时，洗早餐餐具成了第一件任务。巴雅是用人主管，卡维塔什么都得听她的。巴雅在这里已经工作了很久，所以东家太太只需要说上只言片语，巴雅就能心领神会，两个人之间的对话就像暗语一样，其他人完全听不懂。巴雅还负责去市场买东西，在厨房烧饭，而卡维塔只能洗洗盘子，还得完成大部分的清洁工作。用人做杂务的时候都很安静。巴雅有时跟卡维塔说上几句话，一般都是让她记住要买的东西，或者还会补充几样，比如硬粒小麦粉、马粟豆、孜然籽。虽然卡维塔不识字，但记性却很好，所以巴雅要记些什么东西全靠她。

虽然豪宅里只住着老爷和太太，孩子也长大了，在其他地方过着衣食无忧的生活，但令人吃惊的是两个人也能把家里弄得很乱。老爷和太太每顿饭要用好几个小杯子和碗，不像卡维塔只会用一个大浅盘。巴雅也很过分，每次烧饭她都用不同的餐具。有时候，太太一天会穿三件不同的纱丽，把穿过的扔在床上，旁边还摊着乱糟糟的衬裙和女式衬衫。不过，她对珠宝首饰倒是很注意，总是放在带锁的金属储藏柜里。卡维塔每天都得小心翼翼地叠衣服，熨衣服，然后再把它们放回衣橱。经常会有人上门拜访，老爷和太太几乎每顿饭都要招待客人。所以，巴雅总是做足至少够六人吃的饭菜，自然每次也会有足够的剩菜剩饭给两个用人吃。

卡维塔从巴雅的姐姐那儿听说了这份工作。巴雅的姐姐也住在史瓦济路上。贾苏并不想让卡维塔做这样的工作；他宁愿卡维塔做做针线活。但是这份工作每个月能挣七百卢比，而且那座豪宅又宽敞又漂亮，还有气派的大理石地板、结实的木制家具和宽敞的厨房。即使是当女佣，能在这么好的环境里做活也不错。最重要的是，只要卡维塔做完工作，巴雅允许她下午去学校接维贾伊，还能把他带到老爷家的宅子里来。

刚过中午，大家都吃了一顿丰盛的午餐，外面热浪滚滚，天花板上的风扇转个不停。这时正是孟买城一天中放慢节奏的时刻。出租车司机放倒计费器上的旗形牌，在后座上躺下休息。在老爷六层高的豪宅里，用人也一字排开躺在走廊和楼梯口的铺盖上。就连门卫也坐在大厅里，垂着头打瞌睡。卡维塔带着维贾伊回来时，看见门卫低着头，下巴抵着胸口，嘴角还淌着口水。卡维塔白天从来不休息，而大家都在这时候休息，所以自己刚好有时间接孩子过来。今天，巴雅让卡维塔去学校的路上带点咖喱粉回来。在市场前停下来时，卡维塔看了一眼手表。时间只够绕个弯，如果快点走就来得及。今天不能在路上逗留了。

十分钟后，卡维塔上气不接下气地赶到孤儿院熟悉的铁门前。她抬头望着金属栏杆。透过栏杆，她看到了门上的红字标牌。身后突然传来一阵笑声，卡维塔赶紧转过身。一群孩子从低到高排着两队，朝她走了过来。卡维塔飞快地扫视每个小女孩的脸，看看哪一个符合自己的记忆。有一个小女孩冲她微笑，但是肤色太暗了。另一个女孩身材差不多，但眼睛却是深棕色的。孩子们走过她身边时，卡维塔注意到他们都穿着干净整洁的衣服。这些孩子看上去吃得不错，脸上也挂着灿烂的笑容。眨眼之间最后一个孩子也走进大铁门，跑进大楼。时间总是不够用。

*她肯定就在那里。*当然，也有其他可能性。每天晚上卡维塔都会胡思乱想：乌莎会不会卖身给别人当用人了，会不会因为营养不良或者生病死了。种种念想使得卡维塔忍不住常常要来这里，希望亲眼看到自己的女儿，希望能够不再遭受胡思乱想的折磨。

突然，卡维塔想起来要来不及了。*维贾伊*。

卡维塔走得很快，她不想让儿子等太久。今天天气不错，或许应该买点新鲜的椰子汁，跟儿子在回家的路上喝。离学校越来越近了，卡维塔听到男孩放学后在操场玩耍嬉戏的声音越来越大。平常这时候，操场嬉闹声也很欢快，不过今天听起来却有点愤怒。她越来越惴惴不安，于是加快了脚步。赶到校门口时，她看见书本散落一地，一群男孩围在学校的砖墙边上。卡维塔赶紧甩开铁门，飞速跑了过去，身上的纱丽在空中狂舞。走到近前，她听到这帮孩子的嘲弄声。

“乡巴佬！小瘪三！”他们喊着叫着。

“……你干吗不滚回你们的破村子，跟其他土孩子玩去！”

卡维塔左推右闪地从孩子身边挤过。只看见维贾伊倒在地上，靠着墙，腿上擦着血迹，衬衫上面沾着尘土。卡维塔上前抱住维贾伊的脑袋，大声喝道：“你们这些小孩子怎么回事？小屁孩！有没有教养？还不快走！赶紧滚！别等我动手揍你们！滚！”卡维塔大声呵斥道。她一只胳膊抱着儿子的头，抡着另外一只胳膊在空中挥舞。

这些小孩跑回去拿起书包，沿着道路就跑了，边跑还边笑。卡维塔赶紧转身看看儿子伤得严不严重。维贾伊的下嘴唇被打肿了，脸颊上也有擦伤的痕迹，满脸泪水。卡维塔蹲下身子，把儿子拉到大腿上抱住。她来回晃动儿子，安慰他，摸到儿子的衬衣和大腿内侧都已经湿了。“哦，哦，宝贝儿子，有妈妈在，没事的。”卡维塔竭力控制自己的情绪，用沉稳的语气安慰孩子。即便如此，卡维塔还是警觉地扫视着校园和校门外的大街。在孟买这个古怪的城市里，危险似乎无处不在，而且随时都有可能发生。

1997年11月

我真希望你能在我身边帮帮我，那该有多好哇。

我们八年级的社会课要求每人写一篇个人自传，不过我不知道该从哪里开始说起。我不知道自己到底是从哪里来的。我每次问妈妈，她总是说我是他们从印度的一家孤儿院领养到加利福尼亚的，领养的时候我还是个什么都不懂的小娃娃。

我妈妈也不知道任何关于你的事情，也不知道你为什么不要我了。她也不知道你长什么样子。我觉得我们肯定长得挺像的。你肯定知道我这么浓密的眉毛该怎么处理。我妈妈一点都不想谈这些东西。她总是说我现在跟身边的人没什么区别，让我不要想太多。

爸爸试着帮助我写这篇自传。他拿出这个旧影集，里面放着黑白照片，中间还夹着卫生纸。里面有一张爸爸穿着板球服的照片，还有一张他叔叔在他婚礼上的骑马照片。

爸爸跟我说过印度小孩在一月份过风筝节，他们每年春天都会在那个节日里放飞五颜六色的风筝。听起来可好玩了。

到现在，我还从来没有去过印度呢。

㉕ 房租过期

1998年，印度，孟买

卡维塔

卡维塔尝了一口豆子，这粥太淡了，她往里面多加了一点盐。她准备了两碟米饭和豆子。他们最近经常吃这个。卡维塔给维贾伊的饭里放了点芒果酱，提提味。贾苏今天又加班了。现在，贾苏几乎天天都加班，而且还要顶替别人的班。以前上班的那家自行车厂在警察突击检查后就被查封了。自那以后，贾苏花了好长一段时间才找到这份纺织厂的新工作。在找到新工作前，为了筹集房租和维贾伊的学费，他们不得不借债度日。现在，他们挣的每一个派萨[①]都用来还债了，不过还有一半的债务没有还清。他们总是拖欠维贾伊的学费，现在连房租也开始拖欠了。他们希望房东马尼士能够宽限他们一段时间，毕竟在这里租住这么

① 印度货币单位，相当于1/100卢比。——译者注

些年来，他们没有给房东惹过一次麻烦。不过话又说回来，现在孟买的房价普遍上涨。马尼士一直想把这些旧房客赶走，然后用更高的租金转租出去。

“维贾伊，今天在学校都学了点什么呀？”卡维塔每天都很关心这个问题。

“没什么新东西，妈妈。还是乘法、指数什么的。老师说我得努力学习这些内容，好赶上其他学生。”

“嗯。”卡维塔缓缓地回答道，端着碟子走到洗碗槽边，紧张地涮着，不敢让儿子看见自己流泪。卡维塔觉得这全是自己的错：这几周下午，维贾伊一直在东家那里和自己一样忙碌。那天，经常为东家跑腿的男孩生病了，东家太太问卡维塔能不能让维贾伊帮忙去裁缝那儿取一下衬衣。东家太太付给她五十卢比，要求维贾伊第二天送回来。自那天起，维贾伊每天下午都放下作业，过去帮忙取包裹。卡维塔和贾苏都觉得如果儿子能帮忙早点还清高利贷，这也没什么不合适的。现在，卡维塔意识到这么做是愚蠢的。为了区区几百卢比，他们竟然不惜牺牲儿子的教育。而教育是儿子获得美好未来的唯一机会。卡维塔越想越觉得自己愚蠢。她疯狂地用力刮着粘在锅底的米饭。

门打开了。“你好呀。”贾苏停下来拨弄了一下维贾伊的头发，然后径直朝厨房走去。卡维塔正在厨房热菜。“你好，小鸟。”贾苏伸出胳膊，从卡维塔身后抱住她，下巴搁在卡维塔的头顶。“啧啧，扁豆粥，”贾苏一边闻着食物，一边说道，“真好，我老婆是个好厨子，能烧出各种口味的扁豆粥。”贾苏微微一笑，迈步走向维贾伊，拍拍他的肚子。“嘿，维贾伊，你妈妈厨艺这么好，我们是不是很幸运呀？”

片刻的放松时间突然被一阵猛烈的敲门声打断了，门外传来马尼士恶狠狠的声音。“贾苏？贾苏！我知道你在家。我能听到楼上你那懒洋洋的脚步声。快开门，不然我就把门砸烂。”

“这个无赖现在来干吗？”贾苏走到门前，猛地一把拉开屋门。马尼士站在门口，长满体毛的大肚子从贴身汗衫和束带裤之间挺了出来。脸上的胡子一个礼拜没刮了，眼睛布满血丝，身上一股酒气。卡维塔紧紧抓住贾苏的前臂，用力捏着贾苏，希望贾苏不要反应过激。

“马尼士，时间很晚了。有什么事也可以明天早上再说的，是吧？”贾苏的声音很镇定，说完就准备把门关上。

马尼士飞快地伸出胖乎乎的手臂，一下子挡住要合上的房门。“听着，你这个懒鬼，你们已经有两周没交租了，我没法再等了。”马尼士咆哮道。

贾苏站在半开的门前，用身体护着后面的卡维塔和维贾伊。“马尼士兄弟，”贾苏的声音软了下来，“我会付房租的。我们在这里住了八年，哪一次给你添麻烦了？最近工作不太顺利，而且……再给我点时间就行。”

“时间？我可没时间，贾苏。你这是在偷我的钱，明白吗？”马尼士在空中挥舞着拳头。“你以为只有你们才想租这间公寓吗？想要租房的人从这里可以排到海边了，况且所有人都能马上付房租。贾苏，我可等不了你！”

“马尼士兄弟，帮帮忙吧。你不能把我们赶出去，这可事关我们一家人啊。”贾苏把门开得更大些，好让马尼士看见卡维塔和维贾伊。“你了解我们的。”贾苏的声音绷得紧紧的，听上去像是个体面的绅士。“我保证会付给你房租的。拜托了，马尼士兄弟。”贾苏合起双掌，请求房东放他们一马。卡维塔紧张得大气也不敢出。

马尼士摇摇头，大声地叹了口气。“这周五，贾苏，这周五是最后期限，没得商量。付不起房租就滚蛋。”马尼士转过身，大摇大摆地穿过门厅，踢开路上的蟑螂，疾步向前走去。

贾苏锁上房门，额头靠在紧闭的门上，深深地叹了口气，然后才转过身来。“贪婪的浑蛋。八年来我们每个月都按时交房租。”贾苏大步流星地走回厨房。“这里的厕所又脏又臭，还总停水，我们都忍了，毫无怨言。”贾苏一拳砸在门上。“而现在，他却毫不留情地想赶我们出去，真是个浑蛋。”卡维塔的手颤抖不已，贾苏接过她手中的大浅盘，又大步走回厨房，一屁股坐了下来。“我没有好好收拾他，他应该谢天谢地。”贾苏喝了一大口扁豆粥，用力嚼着。

“爸爸，那你为什么不把他给收拾了？”维贾伊站在厨房的入口，问道。

“你说什么？”贾苏盯着扁豆粥，头也不抬地问道。

“你为什么不做些什么，让马尼士别那么凶，别总是跑到这里来？他昨天也来了，把妈妈都吓坏了……”

卡维塔在儿子眼里看到了沮丧和失望，她知道贾苏也能看出来。“别说了，别说了，我没有害怕。爸爸会处理好的，好吗？现在快过来，把作业做完，”卡维塔指了指摊在地上的书和纸。

“维贾伊，你说什么？你想让爸爸做什么？那个人是无赖。他利用我们这些勤勤恳恳工作的人。我们别无选择。”贾苏又舀了一大勺吃的塞进嘴里。

“我不知道，爸爸，那就做些什么呀。把钱给他，和他打一架。总得做些什么呀，做什么都可以。只要别老低三下四求着人家就行。”

卡维塔倒吸一口凉气，想都没想就朝儿子冲去。贾苏也突然站了起来，一大步就跨到维贾伊面前，抡起拳头。“少他妈胡说八道！你觉得自己能在学校读点破书，就比爸爸强了吗？为了你，我每天都累死累活。你懂个屁！”贾苏低头看了一眼吃了一半的食物，咣当一声把盘子踢到一边。“我有点恶心，老吃扁豆粥都吃腻了。”他转身离去。“既恶心又腻味。”

卡维塔跟着他穿过门厅。“贾苏，他还只是个孩子呀，他不懂事。”她看见贾苏踩上凉鞋。“你这是要去哪儿呀？”

“出去，离开这里。”贾苏砰的一声关上身后的房门。

卡维塔呆呆地站了一会儿，瞪着紧闭的房门。她觉得心里的恐惧慢慢变成对所有人的仇恨，马尼士、贾苏和维贾伊，他们播撒的怒气仿佛给自己浇上了汽油，把她的生活都烧成了焦土。卡维塔深吸一口气，转过身去找儿子。*他还只是个孩子呀。*

“维贾伊，”卡维塔紧紧按着儿子的肩膀说道，“你这是怎么了？不许这么跟你爸爸说话。”维贾伊厌烦地盯着卡维塔，幼稚的眼神中带着几分坚毅。“听好了，你爸爸会处理好这件事情的。”卡维塔用手背抚摸了一下儿子的脸颊，感觉儿子已经开始长胡子了。“宝贝，这不是你该担心的事。你应该好好学习。”卡维塔说完拉着儿子的手臂，让他去看书。

维贾伊转过身子，甩掉卡维塔的手。他把书本狠狠地摔在地上。“为什么？为什么要读书？纯粹是浪费时间。您难道还不明白吗？读书有什么用呢，妈妈？您一个劲让我好好读书，可是什么用也没有。”

维贾伊说着转身走向阳台。在这间狭小的出租宿舍里，只有阳台才能让维贾伊感到有几分隐私感。异想天开，跟他爸爸一个毛病。这小子什么时候开始有了大人的忧郁？卡维塔连衣服都懒得脱，趴到她和贾苏睡的床上，一头栽到发霉的枕头上默默抽泣起来。她蒙着头待了一会儿，并没有睡着。突然，她听到阳台纱窗的吱吱声，还有一个人沉重的呼吸声。无论在哪儿，她一听就能听得出是儿子的呼吸声。

凌晨时分，卡维塔听到开门声，有人进来了，又把门关上了。贾苏爬上床，躺到卡维塔旁边，卡维塔闻出了贾苏呼吸的味道。这不禁让卡维塔想起初到孟买在贫民窟的那几个星期，一到晚上空气里到处弥漫着酒气。卡维塔又想起了当年贾苏一身果酒味冲进自己生孩子的小棚屋。贾苏每次喝成这样，准没什么好事。

㉖ 转眼十六年

2000年，美国加利福尼亚州，门罗帕克

阿莎

阿莎早早走到哈珀学校校报办公室。在午餐和平常的课余时间，阿莎都会到这间没有窗户的办公室来。编辑克莱拉和指导老师詹瑟女士都在，阿莎走到桌前，拿出笔记本和铅笔。她一直都不敢用钢笔写字，圆珠笔和签字笔也不行。一旦用这些笔写上去了，就没法涂改了，这种没法更改的情况让阿莎感到焦躁不安。

“好吧，”克莱拉说道，“咱们来更新一下每个人手中的栏目，下个月我们的主题是庆祝百年校庆，这份专刊将发给全部校友。阿莎，你先来说说吧。”

阿莎坐在椅子上，直了直腰板。“好吧，考虑到这是我们学校的周年校庆，我觉得我们有必要回顾一下学校的历史。大家都知道，苏珊·哈珀用自己的家产捐建了这所学校。”阿莎环视了四周，看见大家都无精打采的。他们和阿莎一样，早在好几年前就听说过苏珊·哈珀了。“不过这些家产来自她的丈夫约瑟夫·哈珀，还有他丈夫的联合纺织公司。要知道，联合纺织公司可是全美国最大的纺织生产商之一。

“结果呢，十年前联合纺织公司与工会发生冲突，公司不得不迁往国外。现在，该公司的大部分工厂都在亚州，而且厂里的大多数工人都是童工……”为了达到说话的效果，阿莎顿了顿。“那些孩子最小的不过十来岁，他们上不了咱们这么好的学校，每天都得在工厂里工作十二个小时。”阿莎用嘴咬了咬铅笔头，开始记笔记。看见其他人都提起了兴趣，她感到几分得意。

克莱拉最先开口。“我不太确定这个主题是不是合适，阿莎，你觉得呢？”

“我觉得挺合适的。我们应该知道学校的历史，并且要知道学校的经费是从哪里来的。”说着，阿莎伸手指了一圈屋子。

“这些花的都是我们父母的钱。”另外一个同学喃喃道。

阿莎很镇定地接着说道：“老师和家长经常教育我们多考虑外部世界。好吧，现在这些亚州儿童就属于外面的世界。我们有义务去探求事情的真相。新闻报道的全部意义不就在于此吗？你这么说是不是让我们对自己的新闻进行审查？”

詹瑟老师缓缓舒了一口气，说道：“阿莎，明天午饭时间你到我办公室来一下吧——咱们到时候再商量这个事情。”老师的语气不容置疑，没有丝毫商量的余地。

“哎，你问过爸妈关于星期六晚会的事情了吗？”蕾塔一边问，一边用膝盖顶住足球，弹给阿莎。

阿莎叹了一口气。“还没呢，我爸一天到晚都没有闲的时候，哪怕周末。”阿莎把球勾起，然后再用脚接住了。“他对我的社交，管得很严。他说我去参加晚会没什么意义。如果是那样，一个十六岁的普通年轻人还有什么快乐呢？”

“阿莎，你也知道，我爸爸周末也不让我出门。”曼尼莎截住球。阿莎班里只有两个印度血统的学生，一个是阿莎，另外一个就是曼尼莎。曼尼莎一边来回摆动食指，一边用滑稽的印度口音接着说道：“除非是完全为了学习。”她们都哈哈大笑。曼尼莎把球抛回给阿莎。“这是文化上的问题。”曼尼莎耸了耸肩。

回到更衣室，女生都重新换上拘谨保守的学校制服，然后挤到镜子面前照着。阿莎本想把自己浓密的黑发扎成马尾辫，不过橡皮筋断了，一下子弹到手指上。“啊——什么破皮筋呀！”阿莎一边说一边摇头。她从背包里取出来一个小包，走到镜子前开始刷睫毛膏。

“天呐，阿莎，你根本不需要给眼睛化妆。”一个女孩说道，说话时仍然直愣愣地盯着镜子里的阿莎。

“你的眼睛真羡慕死人了，太有异国情调了。你是从妈妈还是爸爸那里遗传的？”另一个女孩一边捋了捋金发，一边问道。

阿莎顿时紧张起来。“我不知道，”她轻声说道，“我想……是隔代遗传吧。”阿莎扭过头去，不再看着镜子，脸羞得滚烫，回到自己的柜子前。我也不知道这双异域风情的眼睛遗传了谁。阿莎好想大声尖叫。只有阿莎最亲密的朋友才知道她是领养的孩子，其他人只是胡乱猜测罢了。很多人都以为她有一个印度裔的爸爸和美国妈妈，这可以帮阿莎省去不少口舌去解释。阿莎可不想和那些美女分享自己的个人历史。她想那些女孩会不会嫉妒自己每天垂到大腿的黑发，嫉妒自己晒了十分钟就会变深的肤色，即使涂再厚的防晒霜也无济于事。

“噢，阿莎，你长得太有异国情调了。”她听见有人在自己身后轻声揶揄道。阿莎转过身，原来是曼尼莎。只见曼尼莎面带微笑，眼珠直转。“快来，想来点冰冻酸奶吗？”曼尼莎朝更衣室的门口走去。

“当然啦。”阿莎说道。

“我讨厌别人总说我们有‘异国情调’，”她们俩走出更衣室时，曼尼莎说道，“我是说，去弗里蒙特看看，你就知道我们根本没有什么异国情调。那里到处都是印度人。”

她们俩坐在小卖部外的长凳上，手里各拿着一杯冰冻酸奶。她们一面咬着香草巧克力味的旋涡状酸奶，一面聊着天。“我们家附近也有这种冰激凌店，”曼尼莎说道，“那家店卖槟榔味的冰激凌，可好吃了，味道就像真的槟榔。你有空一定要好好尝尝。”

阿莎只是点点头，继续吃着酸奶。阿莎很小的时候，爸爸给她尝过一次，不过现在已经不知道槟榔是什么味道了。

“你在印度吃过冰冻槟榔吗？去年夏天，我让表姐妹每晚带我去吃一个。那味道别提有多美了。下次你再去印度的时候一定要尝尝。”

虽然阿莎没有反应，曼尼莎还是兴致勃勃地喋喋不休。对于这一点，阿莎感到很欣慰，因为不用告诉曼尼莎自己从来没有去过印度，自然也不用编造理由搪塞曼尼莎。阿莎记得自己上小学时，父亲回过几次印度。当时，父母以为阿莎睡着了，所以讨论起是否应该带阿莎一起回去。她没有听见他们讨论妈妈是不是要跟着回去。最后，他们觉得让阿莎旷课那么长时间不是什么好主意。她们每次都会送父亲去机场，后车厢里放着两个巨大的行李箱，其中一个装满了美国的小饰物和礼品。每过几天，父亲都会打来通话质量很差的越洋电话。父亲两周后回来时，一个行李箱就会装满茶叶、香料、檀香皂和给阿莎的五颜六色的新衣服。父亲总会给母亲带回一件蜡染印花的女衬衣或者刺绣披肩。母亲就会把这些衣服放进备用衣橱里。随后，他们把行李箱重新放回地下室，生活也重回正轨。

曼尼莎站了起来，准备往回走。“嘿，下周末去古吉拉特舞会吗？”她问道，“我估计你不会去，不过那里总是有很多人。”

“呃，不去了吧，我从来没去过，”阿莎说道，“我想我爸妈肯定不喜欢那种事情。”

“嗯，加利福尼亚州北部就他们这对印度夫妇最特别。”曼尼莎微笑着把吃完的空杯扔进垃圾箱。“你要是有空的话，应该来一下，真的很好玩。我的意思是，只有那个时候爸爸才让我打扮一番，在周末和朋友跳跳舞，明白吗？”

阿莎又点了点头。不过她不明白，什么也不明白。

“我们得谈谈你的成绩单。”阿莎的母亲严肃地说道。阿莎正吃着饭，立刻抬起头来。父亲也盯着阿莎，十指交叉，放在空盘子前。

“我知道，英语又拿了A+，难道你们不自豪？”阿莎说道。

“阿莎，你数学拿了B，化学只拿了C？”母亲说道，“到底怎么了？你把大量精力花在校报上，成绩就直线下滑。也许该少花点时间在校报上了，多赶赶功课。”

“是啊，我觉得也是，阿莎，”父亲也插话道，狠狠地点点头。“来年很关键啊。高中成绩对大学来说很重要。不能再拿B或者C了。你知道入学竞争很激烈。”

“那又怎么样？”阿莎说道，“我高中以来一直拿A，这学期成绩稍微差了点而已。再说了，反正明年开始我就没有数学或者自然科学的课程了。”阿莎目不转睛地看着自己的餐盘。

“你说这话是什么意思？”父亲问道，他的声调猛然变得低沉，流露出失望之情，阿莎听了不由得暗暗害怕起来。“你还要读两年高中，这样的成绩可能会给将来的申请带来不便。阿莎，是时候认真起来了，我们谈论的可是你的未来！”父亲推了一把桌子，椅子腿在厨房地板上划出尖利的响声，仿佛强调了他刚才说的话。

“瞧，今年还有时间弥补你的成绩，”母亲说道，“我可以辅导你的化学，或者帮你找个家教。”母亲双手死死地握住桌沿，好像马上就要地震似的。

“我不需要请家教，我也绝对不需要您的帮助。”阿莎说话带刺，就是想故意激怒母亲。“你们总是说成绩啊，学习啊，从来不关心我真正在乎的事情。我喜欢写文章，而且很擅长。但我也想和朋友出去玩，去参加派对，做一个普普通通的女孩。你们为什么不理解我？为什么不能理解我？”阿莎越喊越响，激动得喉咙都有些哽咽。

“宝贝，”妈妈说道，“我们爱你，我们只想把最好的都给你。”

“您总是这么说，可事实不是这样。您才不是为我好呢。”阿莎从餐桌上站了起来，颤颤巍巍地往后退，一直退到厨房墙根。“您根本不了解我。您只是按照自己的想象来塑造我，根本不考虑我的感受。这不是爱我。您只是按照好孩子的标准来塑造我，可我跟您想象的不一样。”阿莎一边说，一边激动地摇着头。“事实就是这样。如果你们是我的亲生父母的话，没准会真正了解我，爱我现在的生活方式。”阿莎感觉自己浑身都在颤抖，双手直冒汗，就好像什么古灵精怪钻进了身子，怨恨的话从嘴里喷涌而出。虽然爸爸脸色煞白，妈妈泪水横流，可阿莎就是无法停住自己的嘴。“你们为什么不告诉我，我的亲生父母是谁？我知道，这是因为你们怕他们会更爱我。”

“阿莎，我们都已经跟你说过了，”妈妈用嘶哑的声音说道，“我们对你的亲生父母一无所知。当时，印度那边没有告诉我们这方面的信息。”

“那你们为什么从来不敢带我回印度呢？我认识的印度裔孩子都经常回印度。这是为什么？爸爸——难道我让您觉得脸上无光是吗？您觉得我给你们家丢脸了是吗？”阿莎直愣愣地瞪着克里希。只见爸爸垂头看着紧攥的拳头，指关节早已没了血色。

“这不公平。”阿莎忍不住落泪了。“每个人都知道自己的身世，只有我一无所知。我不知道为什么自己的眼睛会那么招人注意。我也不知道该怎么梳理这该死的头发，”阿莎一边喊一边死死攥住自己的头发。“我搞不清楚为什么自己能记住拼词游戏中每一个长单词，却一点都记不住化学元素周期表。我只是想找一个人，找一个真正理解我的人！”阿莎越说哭得越激动，伸手用手背擦拭鼻涕。

“我真希望自己当初没有来到这个世上！”阿莎怒气冲冲地喊道。看见妈妈煞白的脸色，阿莎竟感到一丝满足。“我真希望你们从来都没有领养过我。这样你们就不会对我如此失望。”阿莎声嘶力竭地咆哮着。听到妈妈也开始喊起来，阿莎感到一种莫名的快感。

“够了，阿莎，最起码，我也努力要当一个好妈妈。比那些……比那些抛弃你的印度人要好得多。我想要一个孩子，我一直都在努力，阿莎。我每天都在努力做个好妈妈，”萨默一字一句斩钉截铁，每说一句话就用手指敲一下桌子。“我比你爸爸更爱你，比任何人都更爱你。”说着说着萨默的声音低沉下来，最后变成了小声的嘀咕。“最起码，我想要你这个女儿。”

阿莎顺着墙蹲了下来，在地板上缩成一团，头埋在两膝之间，不住地抽泣。就在这里，就在这个她每次庆祝生日和烤饼干的地方，就在她唯一熟悉的家，阿莎却体会到有生以来最孤独、最寂寞的感受。一家人都沉默了几分钟，谁也不吭声。最后，阿莎抬起头，满脸泪痕，眼睛哭得红肿。“我只是觉得不公平，”阿莎抽着鼻涕，轻声说道，“十六年来，我对自己的身世一无所知。十六年来，我一直找不到能回答我的人。我真不觉得自己属于这个家庭，或者属于其他什么地方。我总觉得自己与别人相比不够完整，总觉得缺少点什么。你们难道不懂吗？”阿莎说完看了看父母，想从他们的表情中找寻些许安慰。妈妈正低头看着桌子，爸爸用手撑着前额，双眼紧闭。爸爸的面部僵硬，只有下颌的肌肉不断抽动。爸妈都没有看阿莎。

阿莎在地板上缓过神来，一边抽鼻涕，一边跑上楼去。她甩开自己的房门，然后啪的一声把门锁上。她一头栽到床上，趴在白色带孔鸭绒垫子上，继续抽泣不止。不知道哭了多久，她抬头一看，天色已经昏暗。她打开床头茶几最底下的抽屉，拿出一个白色大理石做成的小方盒子，放到跟前。她用颤抖的手指抚摸着沉甸甸的盒盖上雕刻的几何图文。这个盒子是阿莎八岁那年，爸爸带她到跳蚤市场时买的。爸爸说过，这个盒子的设计让他想起了印度，想起了泰姬玛哈酒店的雕刻。

阿莎打开盒盖，取出几封折叠好的信件。这些信纸很薄，由于经常翻开折叠，这些信都打了褶子。阿莎从这堆纸的最下面取出那只细小的银镯子。这只镯子已经弯得失了形，而且锈蚀得黯淡无光。镯子小得几乎都戴不上了。可是，阿莎还是挤着手腕把它戴了上去。她抱住一个绣边大枕头，蜷缩成胎儿的姿势，闭上了双眼。就这样，阿莎躺在床上，在漆黑的房间里听着楼下父母说话的声音越来越大。到后来，她只记得听到前门啪的一声关上，接着就进入了梦乡。

㉗ 重重阻碍

2000年，印度，孟买

卡维塔

卡维塔打开出租宿舍的房门。“有人吗？”她喊道。这时候贾苏和维贾伊都应该回家了，但是公寓里没有一个人。她担心贾苏又出去买醉了。三周前，贾苏正在工厂调制设备时，一位工友不小心打开了塑料垫网压榨装置，把贾苏的右手弄伤了。等到关掉机器时，钢板已经弄伤了贾苏手上的三处骨头。被送到政府医院后，医生给贾苏的手打上了石膏，又把他送回了工厂。但是工头告诉贾苏，他效率太低，得回家休养，等到能正常工作了再回来。工头让贾苏在一些文件上按了手印，然后才和贾苏解释说，只有等他回来工作了，才能把工资给他。

贾苏头两天都老老实实地待在家里，拖拖地，做做家务。后来他就开始去街上闲逛，直到太阳落山时才满身尘土地回家。卡维塔也安慰鼓励过贾苏。至少他们已经把债还得差不多了，卡维塔做女佣的收入加上维贾伊跑腿的工资，可以把接下来几周的房租付清，也足够撑到贾苏的手痊愈。不过，这些并不能安慰贾苏，他越来越郁郁寡欢。第一周过去后，卡维塔又闻见贾苏身上刺鼻的气味了。她本不想在意，其实，卡维塔也根本没时间多想。每天她都早起去工作，晚上回家做饭，然后筋疲力尽地瘫倒在床上，天天如此。如果还有力气的话，卡维塔晚上就会陪陪维贾伊。不过，维贾伊这几天也变得郁郁寡欢起来。

卡维塔想出门找贾苏，但是知道贾苏和维贾伊回来后肯定饿着肚子，还是先把饭做好吧。一个小时后，土豆洋葱什锦蔬菜已经做好了。卡维塔的肚子咕咕直叫，她已经八个小时没吃一点东西了。她小心翼翼地用手指夹起食物。丈夫和儿子都不在身边，她没法静下心来，坐立不安，没有一点心思吃饭。维贾伊肯定在和学校的朋友一起学习，最近他经常和朋友学习。但是贾苏到这个点也该回来了呀。卡维塔如坐针毡，越来越担心，甚至有些害怕。她下定决心，盖上吃的，踩上拖鞋。出门前，她把钱和钥匙塞进自己的纱丽里面。

出门后，卡维塔疾步往前走。她目不转睛地盯着前方：一个女人在这条街上走夜路可不安全。*他会去哪里呢？怎么像个笨蛋一样？*卡维塔大部分时候能够听从妈妈的劝诫，相信丈夫，为了这个家勇敢一点。然而有时候，贾苏就会做这样愚蠢的事情，晚上玩失踪，或者一身酒气回到家。一旦出现这类事情，卡维塔的信心刹那间就会崩塌。她不知道自己是不是信错了人，这些决定是不是全错了——遗弃了两个女儿；背井离乡；在这座城市痛苦挣扎，却永远没有家的感觉。

卡维塔麻木地沿着小路走下去，来到小公园，四周都是林立的商店和路灯。她路过了生锈的游乐设施，那里空无一人。卡维塔看见前面树下围坐着几个男人，便走了过去。她走近一看，中间有人拿着水烟筒，烟圈儿直往上冒。四周几乎漆黑一片。隔了这点距离，卡维塔看不清那些男人的脸。他们在树下大声说笑。卡维塔担心，要是贾苏不在那些人中间，自己靠近时会不会发生什么不测。她走近以后，先是舒了一口气，接着却失望地发现贾苏靠在树旁，垂着眼睛，打着石膏的手无力地搁在大腿上，另一只手握着瓶子。

“贾苏。”卡维塔叫道。有几个男人瞥了她一眼，然后又转过身接着和别人聊起天来。“贾苏！”卡维塔又叫道，这一声叫得很响，一个男人正讲着女人与驴子的低俗笑话，连他的声音都被盖过了。卡维塔瞪着贾苏，看见他慢慢抬起充血的双眼，盯着自己的脸。看见卡维塔来了，贾苏想赶紧挺直身子。

“啊，贾苏，你老婆来接你啦，你还是个学生吗？”一个男人嘲笑道。

“兄弟，谁穿了你的缠腰布？”另一个人拍了拍贾苏的背，贾苏只好又弯下了身子。

贾苏冲嘲弄自己的人苦笑一下，但是卡维塔读懂了他眼神中的痛苦。她知道贾苏的自尊受到了伤害，知道他感到耻辱和失望。这一刻，看着丈夫如此悲伤，如此无助，卡维塔觉得自己的愤怒和恐惧早已烟消云散，取而代之的是悲伤与沮丧。贾苏一心只想着养家糊口。过去二十年来，上帝残酷地设下重重阻碍，害得贾苏连最起码的目标都没法实现。在达哈努时庄稼收成不好，送餐员的工作泡了汤，自行车工厂遭到突击检查，低三下四地问人借钱，现在又弄伤了手。他努力站起身子，受伤的手无力地在身边摇晃。卡维塔赶紧冲过去扶住他。

“贾苏，来，”卡维塔礼貌地称呼丈夫道，“你告诉我饭做好了就来找你。我做了很多你爱吃的菜——咖喱炖菜、茄子、甜点。”贾苏沉重的身躯压在卡维塔身上，卡维塔勉强支撑着。他看着卡维塔的眼睛。自打结婚以来，他们还从没吃过这么丰盛的饭菜。

“啊，我老婆真是个好厨子，太好了，”贾苏一边说，一边和卡维塔缓缓离去。贾苏冲那些男人高高举起没受伤的手，说道：“看我多幸运？你们这些穷鬼都会这么幸运的。”

回到租住的宿舍屋里，卡维塔把贾苏搀到床上躺下。她拿了一条凉毛巾敷到贾苏额头上，给他喂了点冷米饭和什锦蔬菜。贾苏囫囵吞了几口，然后就呼呼大睡。卡维塔感觉肚子咕咕乱叫，这才想起来自己还没吃晚饭呢。她一看表，已经九点多了，可是维贾伊还没回来。卡维塔又担心起来，嘴里甚至有几分苦涩。

维贾伊五个小时之前就给东家取完东西了。唯一合理的解释就是，他去朋友家了。卡维塔住的地方没有电话，维贾伊的朋友家也没有电话。维贾伊很可能一门心思学习，没顾得上看表。嗯，一定是这样的。维贾伊是个聪明的孩子，而且很有责任心。卡维塔一边用冷毛巾擦贾苏的额头，一边惴惴不安地喘着气。等到贾苏能上班了，一切都会好起来。她在离灯泡不远的地板上找了块地方坐下，借着昏黄的灯光，开始给贾苏的衬衣缝扣子。卡维塔一边缝，一边等儿子回来。毕竟儿子现在已经长成十五岁的小伙子了，他黑夜出门总比自己一个妇女要安全。想到这里，卡维塔心里稍微感到一丝宽慰。听到前门打开了，卡维塔一下子松了一口气。这个晚上，卡维塔第二次感到如释重负。维贾伊走了进来。

“维贾伊，”卡维塔站了起来，她想大声说，可又怕吵醒了贾苏。“你去哪儿了？懂不懂规矩呀？我们都坐在这替你操心呢！”

维贾伊现在已经是个大小伙子了，上唇已经长出了淡淡的胡楂。看见妈妈，他只是耸了耸肩，双手插兜。维贾伊看见爸爸躺在床上，问道：“爸爸怎么这么早就睡了？”

“哪来那么多问题，不许瞎说。老老实实回答我的问题。我和你爸爸天天这么辛苦地工作都是为了你。明白吗？”卡维塔说这话时一肚子怨气，可是说得有气无力——她已经累坏了。卡维塔突然觉得筋疲力尽。

“我也工作了。”维贾伊愤愤不平地喃喃道。

“呃？你说什么？”

“我说我现在也工作了。我也挣钱了。”维贾伊本来微弱的声音突然大了起来。他指着贾苏说道，“看看我爸！又喝得酩酊大醉。他现在不上班，就知道睡觉。”

卡维塔抡起胳膊，冲着维贾伊就是一巴掌。维贾伊后退几步，脸上几分惊愕，用手摸着自己的脸。他撇着嘴，伸手去掏口袋，从里面掏出一厚沓钞票，甩到卡维塔脚下。“给！行了吗？现在我们的钱够花了。我爸什么时候想喝酒睡觉都行。”维贾伊用叛逆的眼光瞪着妈妈。

卡维塔一下子怔住了。她看看儿子扔在地上的钱，觉得这钱就像从蛇笼里跑出来的毒蛇。这些钱少说也有三千卢比。光在东家跑跑腿肯定挣不了这么多钱。卡维塔看着儿子，疑惑的眼光里夹杂着几分恐惧。“宝贝，你是从哪里弄来这么多钱的？”

“妈，不用您操心！”维贾伊答道，说完转过身去。“您以后再也不用替我操心了。”

2001年7月

这周末，我和爸爸试着做了两道印度菜。第一道菜做得一塌糊涂——锅底的油和香料烧着了，结果把家里的烟雾报警器都给弄着了。不过，我们做的第二道菜尝起来好吃极了——材料用的是西红柿咖喱，外加土豆和豌豆。

我知道这么说挺不好的，但我确实喜欢这几个周末能单独跟爸爸待在一起。外婆被诊断出有乳房肿块后，妈妈每个月都会到圣地亚哥看外婆。

今天上午，爸爸给印度那边的家里人打了电话，我又跟那边的亲人说了话。我只是在照片里见过这些人，在电话里跟他们说话还是觉得有点怪怪的。不过，现在我感觉越来越好了。爸爸是从奶奶那里弄来的这些菜谱。为了买这些做菜的材料，我跟爸爸开车一直到了森尼维尔的印度商店才买到呢。

明天，我们要去打网球了。爸爸现在一直教我打反手球。也就是说，我跟爸爸关系很好。唯一让爸爸感到不高兴的就是关于我的未来。我说我不想跟他们一样当医生，想做一名记者。妈妈在一家广播电台给我找了份暑期实习的工作。爸爸因此和妈妈闹翻了，他们别扭好一阵子呢。我觉得妈妈对我好极了。得知我被任命为明年校报编辑的时候，妈妈看上去还很高兴。

我现在再也不跟他们两个闹腾了。我已经看到了前方的曙光——马上就要高中毕业了，接着就要去上大学。等上了大学，我就可以随心所欲，想做什么就做什么。

第三部
Secret Daughter

㉘ 父母周末来访

2003年，美国罗德岛，普罗维登斯

阿莎

校园里铺上了一层落叶，阿莎正带着父母四处参观，他们踏过绿地，树叶在脚下发出清脆的沙沙声。天气很凉爽，不过明媚的秋日仍然透过树枝投下斑驳的阴影，几杯苹果酒下肚，他们都觉得暖和不少。

“《每日先驱报》的办公室就在那里，走过几个街区就到了。”阿莎指着爬满常春藤的楼房说。

“我很想去看看，毕竟你都在那里待了那么久了。”母亲说道。

“没问题。爸，再来点苹果酒？”阿莎问道。她的杯子摆在学院绿地桌子上的钢制大罐子下面。校园里还有数百个学生和家长漫无目的地闲逛。阿莎感觉有只手搭在自己的背上，转身一看，原来是杰里米。阿莎粲然一笑，然后又转向父母。

“爸，妈，这位是杰……库珀先生。我和你们提过他。他是

《先驱报》的指导老师。”

“杰里米·库珀，”库珀自己又重复了一遍，朝阿莎的父亲伸出手。“您和您的太太都该为你们的女儿感到自豪，塔卡尔先生，她真的……”

“是医生。”阿莎的父亲打断了库珀。

“不好意思，您说什么？”

“是医生。阿莎的妈妈和我都是医生。”他说道。阿莎看见妈妈垂下了头。

“哦，是啊，当然了，”杰里米轻声笑道，“阿莎跟我说过。不过，我也总是忘了给自己加个‘博士’[①]的名头，”杰里米毫不在意地挥挥手。阿莎微微一笑。“正像我说的，您真应该为女儿自豪。我在布朗大学待了这么多年，阿莎是我所见过的最优秀的年轻记者之一。”听见这话，阿莎笑得更开心了。

“那您在这里待了多少年了？”阿莎的父亲问道。

“呃……已经五年了，真难以置信。您看了今年秋天阿莎写的关于校园征兵的文章吗？太有见地了。绝对可以发表在任何一家主流报纸上。真的，写得太棒了。”杰里米冲阿莎笑了笑。

“库珀先生，您还在……”阿莎的爸爸开腔了。

“请叫我杰里米吧。”他双手插进棕色花呢西装上衣的兜里，翻领的边缘已经磨破了。

① 在英语中，“医生”和“博士”都是doctor这个词。——译者注

“好的，您还在忙什么？”克里希说道，“除了报纸的事情。”

“嗯，我还在英语系上着几门课，有时间还会写写东西。”杰里米踏着低帮休闲皮鞋，向后仰了仰身子。“不过学校的事情总是很多。”

“是啊，可以想象得到，”阿莎的父亲说道，“你肯定很喜欢教授的生活吧？毕竟，你们这个领域也没有太多的职业选择。”

“爸……”阿莎抗议道，脸上露出不悦。

“不，不，你爸爸说得对，”杰里米说道，“但是我没阿莎那么有天赋。她以后肯定能成为伟大的驻外记者，到遥远的地方给我们传回新闻。”

阿莎发现妈妈像受了打击似的，于是准备安慰安慰她。就在这时，她看见舍友朝这边走来。“阿莎！噢，好呀，杰里米。”

杰里米找了个借口走开了，说是要去参加教学院员工见面会。阿莎同情地看了他一眼，算是替爸爸的刁难道歉了。

“嗨，姐妹们！”阿莎说着转向父母。“爸妈，你们还记得我跟你们说过我的室友吗？尼莎、赛琳娜，这个是波拉。我记得你们上次没有见过她吧。”

尼莎和塞琳娜都招了招手，打了声招呼。波拉摘下太阳镜，搭在前额上，露出浓浓的眉毛和棕色的眼睛。她凑过身子，大翻领毛衣口露出白皙的乳沟，伸出手，打了个招呼。“很高兴见到您二位。经常听起您二位的大名。”阿莎和尼莎还有赛琳娜互换了一下眼色。以前，她们姐妹几个经常拿波拉开玩笑，说她好勾搭人，特别是跟学校的老师眉来眼去。不过，后来她们才发现波拉就是这么一个风趣的人。波拉侧过脑袋，冲克里希笑了笑。“阿莎让我们尝过几道您教的咖喱菜。我想您的厨艺肯定特别精湛。”

“哦，那可算不上，”克里希说道，“我和阿莎喜欢在一起做菜。我老是出错，不过阿莎总是很耐心。”说着，克里希用手揽住她。

“忘了跟您说一声，”波拉接着说道，“学校今天晚上有一个旁遮普舞曲[1]晚会。您应该过来。您要是来了，那我们今天可就有一个绝佳的音乐主持人了。”

“真的吗？旁遮普舞曲？”克里希问道。阿莎看到妈妈脸上露出了疑惑的表情。

“噢，我们不想过去捣乱，”萨默说着伸手挽住克里希的胳膊。“还是你们这些小姑娘们去玩吧。”

“好了，我明天上午去酒店找你们吃早午饭吧？”阿莎说道。

“好的，宝贝。”萨默侧过身子亲了一下阿莎。“到时候见。”

① 旁遮普舞曲来自印度半岛上流传的锡克教传统丰年祭舞曲，原本以手鼓伴奏的强烈节奏，在印巴移民的小区中大为流行，后来经过一些夜总会的DJ将其改编成电子旋律，融合了各种元素，成为世界音乐中的新兴流派。——译者注

萨默取出一个包好的盒子，盒子上还缠着宽大的黄色缎带，隔着桌子递了过来。阿莎放下橙汁，来回看着妈妈和爸爸，只见妈妈面露喜色，爸爸却一脸无辜。“这是？”

“这是提前给你的生日礼物，”妈妈说道。“打开看看吧。”

阿莎打开盒子，看见里面放着一台便携式摄像机。

“我记得去年夏天在夏威夷时，你很喜欢玩弄我们的录像机，”妈妈笑了笑看看爸爸。“你不是说过，想把自己的采访录下来吗，这样就不会遗漏采访内容了。”

阿莎笑了笑。她这才想起自己当初与妈妈的对话，她当时说的就是摄像采访。

“你都不知道那里的摄像机种类有多少，”妈妈接着说道，“不过，店里面的人说了，这种型号的摄像机有特别重要的功能——那就是伸缩镜头和电脑连接装置。你可以直接和你的苹果电脑连接，在电脑上编辑。”

“妈，谢谢您，”阿莎答谢道，“太棒了。真巴不得现在就试试。”说着，阿莎举起摄像机，对准爸爸说道，“看镜头，爸爸……来，笑一个！”

㉙ 现实生活

2004年，印度，孟买

卡维塔

“你真的觉得她会和那个男人最要好的朋友私奔吗？”卡维塔挽着贾苏的胳膊走出电影院，好奇地问道。

“当然不会了，小鸟。现实生活不是这样的。只是电影上才这么拍。”贾苏揽住卡维塔的肩膀，趁两边没车赶紧穿过拥挤的马路。

“那为什么还要拍这样的电影呢？拍一些永远不可能发生的事情？”安全穿过马路后，卡维塔接着问道。

“不过是让人打发时间罢了，小鸟！”

“嗯。”卡维塔难以想象自己和贾苏现在可以随性去看电影了，打发时间这个概念对卡维塔来说是如此陌生。

“你现在想干什么呢，小鸟？来点凉的东西？”贾苏看见前面有卖冰激凌的，就问卡维塔。

“好吧，给我来杯冰咖啡吧。”卡维塔应道。她最近喜欢上了这种甜味柔滑的饮料。加上今天晚上天气这么热，实在忍不住想喝点冷饮。以前可不是这样，她以前看见别人排着长队，准备拿自己挣来的血汗钱买这种华而不实的东西，就觉得实在很难以理解。

“来一杯凉咖啡，再来一个开心果味道的冰激凌。”贾苏跟柜台后的老板说道。这个人头上戴着一顶纸帽子，帽子上画着尼赫鲁①的头像。几分钟后，贾苏把饮料递给妻子，两个人一边吃，一边继续闲逛。马路和人行道上都熙熙攘攘。每到周六晚上，整个孟买的居民似乎都忘记了忧愁，全都出来逛街。饭店里面挤满了出来吃饭的一家人。过不了一会儿，知名的夜总会前就会排起长队。卡维塔和贾苏也觉得眼前很新鲜。

一切都始于几年前。那时，维贾伊带着他们俩去餐馆庆祝自己的十六岁生日。这是他们第一次去有桌椅的点菜餐馆，餐桌上还都铺着干净洁白的餐布。维贾伊刚从十年级毕业，开始和朋友普林做快递的工作。卡维塔和贾苏仍然希望维贾伊走别的发展道路。“亲爱的，你这么聪明，你读的书也比我们多。为什么要像

① 全名为贾瓦哈拉尔·尼赫鲁（1889—1964），是印度国家主义者、政治家。他是马哈特马·甘地的助手，在领导印度独立的年代是一位很有影响的领导人。印度独立后出任该国首位总理。——译者注

普通人那样当个送快递的？”贾苏问道，“你可以做得更好啊。为什么不找个坐办公室的好工作？”

“爸爸，这就是一份好工作，”维贾伊说道。“我是自己的老板，没人可以指挥我。”维贾伊给他们点了菜，因为只有他才认识菜单上的字。卡维塔不知道儿子点的菜都叫什么，但所有的菜都很好吃，盛在闪闪发光的银盘里，服务员还彬彬有礼地给他们上菜。卡维塔觉得自己就像女王一样，而贾苏也夸夸其谈，卡维塔知道他也很自豪。最后，维贾伊拿出一沓钞票把账给结了。维贾伊这么做已经好几次了，但每次他拿出一厚沓钞票数出几张时，卡维塔都觉得有一只冰凉的手攥住了自己的心脏。

“我太喜欢开心果的味道了，吃上一整天都没问题。”贾苏吃完了淡绿色的冰激凌。

“你现在不是每天都在吃吗？”卡维塔说道，用肘推了推贾苏的肋骨。

“我们搭黄包车回家吧？”贾苏抓着卡维塔的胳膊，带着她穿过拥挤的人行道。比起挤公交车，晚上坐黄包车肯定舒服很多。路前方，一群人围在一起，好像在看街头卖艺。

“那里在干什么？”卡维塔问道，“是有人卖唱，还是有人在耍蛇？我们看看去吧。”观众有节奏地拍着掌，他们俩好奇地凑了过去。有两个男人站在矮石墙上，想看得更清楚些。卡维塔和贾苏终于挤了进去，看见人群中央的情景时不禁大吃一惊。围在里面的原来是个女人，确切地说应该是个女孩，还没到十八岁的样子。她不知所措地跪在地上，泪流满面，张皇失措，似乎在摸索着什么。人群中央的男人握着女孩纱丽的一角，这件纱丽都快完全被扯下来了。女孩的纱丽上身被扯下来一半，女孩的乳房暴露在外面。

贾苏奋力挤到人群前面，蹲在女孩身边。他从男人手里夺过女孩的纱丽，嚷嚷道："肮脏的浑蛋！你还要不要脸？"贾苏想给女孩重新披上衣服，但发现很费劲。路人一个个都目不转睛地盯着女孩，仿佛要把她生吞了似的。于是贾苏脱下了自己的衬衣，披在女孩肩上，护住她裸露的肌肤。

"嘿，少管闲事，闪开，别毁了我们的乐子！"人群中一个男的高喊道。

女孩终于摸到找了半天的东西——一副眼镜，眼镜已经碎了，沾满泥土。女孩戴上眼镜，站起身来，紧紧地缩在贾苏的衬衣里。卡维塔看着女孩的脸。额头很宽，两只眼睛也分得很开。卡维塔突然惊恐地意识到，原来这女孩是个智障。卡维塔看了一眼贾苏的脸色，知道他也明白了。贾苏怒不可遏。

"乐子？这就是你们的乐子？"贾苏朝身边的人群大声喊道，有些人已经散了。"嘿，真不要脸。她还是个脑筋不好使的小姑娘！如果有人这样对待你的妻子，你会怎么想？如果这样对待你的姐妹呢？女儿呢？啊？"贾苏身上只穿了一件无袖汗衫，冲还没离去的男人气势汹汹地挥着手，竟然没有一个人及时出来阻止这场闹剧，贾苏实在有点气不过。

卡维塔快步走到女孩面前，把她带出了人群。“你没事吧？”她们站在一棵大树旁，卡维塔轻声问道。女孩沉默地点点头。“你住在哪里？要给你点路费回家吗？”女孩只是不住地点头，也不知道是听懂了，还是表示同意。人群终于散去了，贾苏过来找卡维塔和女孩。“我想我们最好送她回家。”卡维塔说道，她最后总算问出了女孩家的地址。贾苏点点头，走到路边，拦了一辆出租车。

来到女孩家楼下时，贾苏和电梯管理员说了几句话，管理员说会送女孩安全上楼，看着她回到父母的公寓里。“你没事吧？”卡维塔问贾苏道。送完女孩以后，他们在回家的路上都一言不发。

“没事，”贾苏有气无力地说道，“我只是在想……那个可怜的女孩是那么弱小，那些男人竟然都……如果不是我们正好经过那里，事情会变得怎样？”

“你做了一件好事。很勇敢。”卡维塔把手放在贾苏胳膊上。

“根本不是勇敢不勇敢的问题，只是我们凑巧经过那里。就是凑巧……”贾苏的声音渐渐变小，然后摇了摇头。“没事了，都过去了。希望这件事没把美好的夜晚糟蹋了。”

“没有的事，”卡维塔对贾苏微笑道，“根本没有。”卡维塔没有说出心里的想法。当时她抱着女孩，女孩瑟瑟发抖的瘦弱身躯终于平静了下来。卡维塔还替女孩拭去泪水，梳理长发。她还在车里温柔地给女孩唱歌，就像当初听妈妈唱歌一样。卡维塔觉得自己仿佛正在给自己的秘密女儿唱歌，这种感觉对她来说简直太美妙了。

㉚ 割舍不断

2004年，美国加利福尼亚州，门罗帕克

萨默

吃完晚餐，萨默站在洗碗槽旁边，手上戴着光滑的黄色手套。阿莎一回来，家里就添了几分热闹，萨默觉得很开心。阿莎在布朗大学读书，这是她大二暑假后头一次在家过夜。不过，萨默现在还是有点吃不准，她不知道一家人重新聚在一起会有什么样的感觉。回家以后，阿莎的箱子里放着一堆脏衣服，也不让萨默帮她洗。而且她还把笔记本电脑放在自己房间的私密角落。这一切举动都表明，阿莎现在已经把自己当成了独立的大人了。

萨默和克里希既想给阿莎创造点私人空间，又想避免和她闹矛盾。他们做起事情来谨小慎微，稍有不对头的地方就立即纠正。两个人有时候也会大声吵架。阿莎一离开家门，他们就马上大吵大闹起来。阿莎一不在家，夫妇俩就没有了共同的关注焦点，也不用时刻提醒自己得注意言行。什么事情都成了他们两口子自己的事，于是就开始为了生活琐事争吵不迭。没有了阿莎，家里一下子就冷清下来，萨默很受不了。阿莎走后，既听不到阿莎卧室里传来的音乐声，也听不到阿莎打电话时的笑声，她在家打电话有时一打就是好几个小时。萨默也开始想念阿莎在家时的点点滴滴：门口的一声再见，晚上在阿莎卧室门口探个头。就是这些不起眼的小事让萨默觉得这个家才算完整，觉得自己的生活才算充实。多少年来，萨默的生活都是围着阿莎转。所以阿莎一离开，萨默就觉得心里空空的，没了着落。克里希的生活倒是没有多大变化：他依旧埋头于自己的工作，上午在手术室，下午坐办公室。

现在，克里希和阿莎坐在桌前。克里希一边用手指着报纸上的字，一边读着，突然说道：“简直荒唐之极。他们竟然还在佛罗里达因为这个争来争去——还要给这个可怜的女士插着喂食管。这个女士的大脑都已经死去十多年了，还不肯让她入土为安。”克里希摘下眼镜，用力往镜片上哈了一口气，然后拿出手帕擦了擦。

“您觉得她已经脑死亡了吗？”阿莎问道，从爸爸手中拿过报纸。

“嗯，我是这么认为的。”克里希拿起眼镜对着灯光照了照，觉得擦好了，于是又戴了回去。“至于到底算不算脑死亡，这应该由她的家人和大夫来决定。”

“要是这些人意见不一呢？”阿莎问道，“这个女士的父母想让她这样活着，但她丈夫不想这样。”

“对了，她的丈夫才是她的监护人，”克里希说道，“从某种程度上来说，婚后的家庭比你出生长大的家庭更重要。”克里希边说边摇头。“你们两个都听好了，要是我哪天成了植物人，永不见好，我允许你们拔掉维持我生命的插头。”

“难道没有一点治愈的希望了吗？”阿莎问道。

克里希摇摇头，回答道：“除非她能长出一个新的大脑来。现在，一些政客也正打算干预人体干细胞研究。”

萨默正在厨房那边仔细看着，很显然阿莎喜欢跟克里希进行这样激烈的辩论。她喊了一声：“今天晚上拼字谜怎么样？我待会儿去给你们做点爆米花。”

“好极了。”阿莎把餐桌收拾干净。“我去把字谜拼牌拿出来。还在小套间里吗？”

“嗯，”萨默从最高的架子上拿下来做爆米花的机器。“希望这个机器还能用，”萨默说道。阿莎离家上大学之前，他们一家人在晚上经常玩拼字迷游戏。一想到要玩这个熟悉的游戏，萨默就格外兴奋。

阿莎取回一个画着威尼斯平底船的小盒子，上面五颜六色的小船在运河里穿梭。“爸，那您觉得那个提议怎么样？应不应该资助人体干细胞研究？”

萨默往爆米花机里倒了些玉米，啪啪作响。

“我觉得，在加利福尼亚花三十亿美元资助这方面的研究是明智之举。在我看来，这些干细胞研究将是神经科学领域最有前景的研究。”

砰砰啪啪的爆米花声音渐渐缓和，萨默把膨化的白色爆米花倒进一只大碗。“来点盐和黄油？”

“爸，您呀，应该在报纸上发表一篇这方面的文章，”阿莎穿过厨房，说道。“我敢保证，那些选民一定很想听听神经外科医生对这一问题的看法。我可以帮您发表文章。”说着，阿莎往嘴里送了一颗爆米花。

克里希还是摇摇头，伸手去抓爆米花。“那可得谢谢你，不过还是算了。我要坚持搞医药研究。”

“尝起来不错，不过需要加点小作料。”阿莎从萨默手中接过盛爆米花的大碗。“您和爸爸先开始吧。”萨默坐到克里希旁边。克里希现在还是那么容易和女儿相处，阿莎还是那么赞同克里希的观点。萨默不禁想起自己当年跟父亲玩拼字游戏的场景。她这才想起，自己当初也喜欢跟父亲亲近，当时妈妈心里会是什么感受呢？

阿莎拧开香料的瓶盖。“我要往里面加一点我在学校和室友做的调料。”阿莎走到他们俩跟前，拿起碗递到克里希面前。“爸，您来点儿尝尝。”

这时，克里希正专心致志地看着几艘蓝色平底船。他没顾上抬头，只是伸出手去碗里抓。“嗯。真好吃。”克里希一边吃一边说。

萨默也拿了一颗爆米花，看见上面鲜红的颜色，不禁大吃一惊。“天呐，”萨默边说边把爆米花放进嘴里，“你往里面放的这是……”辛辣的香料刺痛了她的喉咙，萨默话还没说完就咳嗽起来。她赶紧拿起身边的水杯，不过还没来得及往嘴里送水，就咳个不停。她只觉得嘴里冒火，两眼冒金星。

“很辣，但是很好吃，对不对？红辣椒、大蒜、盐和糖。通常还得放姜黄粉，但我觉得您肯定没有这个。”阿莎坐在桌旁，把碗放在自己和克里希之间。“现在，我有事要说。”萨默抬起头，阿莎继续说道：“你们听说过赫斯特基金会吗？他们给在校大学生提供奖学金，让学生出国一年。我申请了一个帮助贫困儿童的项目。这个项目在印度。”阿莎来回打量着父亲和母亲。

萨默想弄明白阿莎说的是什么意思，一时不知道该说些什么。

“我成功了，”阿莎露出灿烂的微笑。“我成功了，所以明年就能去了。”

“你……什么？”萨默摇了摇头。

“我真不敢相信，自己竟然成功了。委员会说很喜欢我的想法，就是和主流报纸合作，发表一篇特别报道，然后……”

“然后，你直到现在才跟我们说？”萨默问道。

“嗯，我想成功以后才跟你们说的，因为竞争实在很激烈。”

“要去印度的什么地方？”克里希问道，完全没有注意到萨默的惊讶之情。

“孟买，”阿莎朝克里希笑了笑。“所以，我能和爷爷家的人住在一起了。我要写写在城市贫困家庭中成长的孩子。您知道的，就是写写贫民窟什么的。”说完，阿莎抓住萨默的手，手里还攥着解谜的纸。“妈，我这不是辍学，我还是要回来完成学业的。就去一年而已。”

“你已经……都准备好了？都安排好了？”萨默问道。

“我觉得你们会感到自豪的。”阿莎抽回自己的手。“赫斯特奖真的很有名。我自己已经把所有事情都安排妥当了，也不需要问你们要钱。难道不该为我高兴吗？”阿莎的语气中透露出些许怒气。

萨默摩挲了一下前额。“阿莎，你不能就这么突然地告诉我们，还指望我们好好庆祝。你不应该事先不跟我们商量一下就做这么大的决定。”萨默看着克里希，本以为克里希也会面露愠色。但克里希一点也不震惊，也不像萨默那样惶恐不安。*他怎么能这么镇定呢？*突然间，萨默恍然大悟。*克里希早就知道了。*

解谜游戏的卡牌放在楼下的厨房餐桌上，显然没人愿意玩下去了。萨默在黑暗的小房间里脱去衣服。她拧开浴室里的水龙头，侧耳聆听卧室门的声音。她用力洗着脸，皮肤科医生警告过不要这么做，但此时此刻也顾不得这么多了。过了一会儿，克里希走进房间，萨默早就怒火中烧。

“这么说，你真的觉得这没问题？”

“是啊，”他站在写字台前，把手表摘了下来。“我倒觉得这兴许是个好主意啊。”

“好主意？她辍学不说，然后还一个人漂洋过海？你觉得这是好主意？”

“不是辍学，就是出去一年罢了。她还得回来完成学业。所以，晚一两个学期毕业又能怎么样？再说了，她在那里也不是一个人，还有我家的人呢。”克里希松开衬衫领子，开始解扣子。“亲爱的，你想想看，我真觉得这对她挺好的。还可以让女儿远离那些文学老师，这些人总是跟女儿灌输说新闻是多么迷人的职业。我爸爸可以把她引上从医的道路。”

“这就是你的小算盘？你还是觉得可以把她培养成医生？”萨默摇了摇头。

“她的思想也不是一成不变的，她会在那里认识到医学的完全不同的另一面。”

“为什么你就不能接受真实的她？”萨默问道。

“那你又为什么不能呢？”克里希反唇相讥，虽然声音不响，但却是在指责妻子。

两个人沉默半晌。萨默瞪着克里希，说道：“你什么意思？”

“我的意思是说，她想去印度。她已经不小了，可以自己做决定了。她可以和我的家人待在一起，可以了解了解印度文化。”

萨默站了起来，径直走向浴室。“真不敢相信。你竟然这么虚伪。如果她说要去别的国家而不是印度，你肯定跟我一样生气。”萨默又转过身，盯着克里希。“你早就知道这件事了吧？”

克里希用手指揉揉眼睛，深深地叹了口气。

“克里希，你早就知道了吧？”萨默觉得肚子隐隐作痛。

“知道！”克里希朝空中挥挥手。“早就知道了，行了吧？她需要家长在表格上签字，她没有申请成功之前不想让你知道。”

萨默把浴袍的带子紧了紧，系好，突然冻得一哆嗦，双手抱胸。听到克里希内疚地承认了，她闭上眼睛，好不容易才缓过劲来。萨默摇了摇头。“没想到你们会这么做，竟然背着我……”她突然哽咽地说不上话来。

克里希坐在角落的扶手椅上，声音变得柔和起来。“萨默，女儿毕竟是印度血统，这是割舍不断的，就像我一样。我们没法否认这个事实。”两个人又沉默了一会儿，最后克里希继续说道，“你在担心什么？”

萨默如鲠在喉，好不容易才说出心里的原因。“我担心她不上大学，孤身一人远赴大洋彼岸。我担心她离我们太远，我们连她发生了什么事都不知道。”萨默先是捂住脸庞，然后又抱着头，仍然显得惴惴不安。“我担心她的人身安全，毕竟是个女孩，还得去那些贫民窟里面……”萨默又坐回床上，抓起一个枕头抱在胸前。克里希一言不发，一动不动地坐在角落的椅子上，头枕在手上。

两个人沉默了好一会儿，萨默清了清嗓子，又说道：“你觉得她会去找……找他们吗？”萨默没法说出“父母”这两个字。这两个人和阿莎除了生理血缘上的关系之外，一点别的关系都没有。萨默这么多年来一直生活在这两个人的阴影之下——尽管他们无名无姓也不知道长什么样子。他们虽然远在天涯，但又近在咫尺。萨默知道，就算他们哪天出现了，也没什么可怕的，因为他们不敢奢求在女儿的生活中谋得一席之地。相反，更让萨默担心的却是阿莎。萨默整日忧心忡忡，害怕哪一天女儿就会对自己和克里希不满，想要获得更多的父母亲情。她一直努力想成为完美的妈妈，但仍然害怕到头来，对女儿的爱无法弥补阿莎婴儿时的悲惨遭遇。

“谁啊？哦。”克里希揉揉眼睛，看着萨默。“我觉得，她有可能……虽然想在印度这样的国家找寻亲生父母比登天还难，不过她还是可能会试试的。她或许很好奇。不过这也没什么关系，不是吗？你不能一直担心吧……”

“我不知道。我觉得如果她想去找的话，那我们也不能阻止她，可是……”萨默的声音轻了下来。她一边说一边把卫生纸缠在食指上。“我只是担心而已。我不想让女儿受到伤害，”萨默边说边看着克里希。“我们不知道她到印度后会发生什么事。我不想再让阿莎缺少疼爱了。”

“你也不能永远都护着她，萨默。她现在已经长大成人了。”

“这个我懂，但是我们已经把那些事情全都抛在脑后了。她现在生活得很好呀。”萨默不敢说出内心真正的恐惧。她怕失去阿莎，哪怕只是失去一点点。她千辛万苦建立起来的亲情纽带就会被这看不见的鬼影所破坏。一直以来，萨默都千方百计地想努力避免这样的结果。这就是为什么她一直不想回印度，这就是为什么她一直不想跟阿莎谈论领养的问题。自从阿莎走进他们的生活，萨默所做出的每一项决定都围绕着这个中心。

㉛ 和往常一样

2004年，印度，孟买

卡维塔

出租车司机把车子开进了他们的新公寓楼。他们现在已经在这里住了一年多了。不过，看到有人等着给自己开车门，还有一个人站在电梯口等着，准备带他们上三楼，卡维塔还是有点不太适应。几年前，维贾伊的生意红火起来了，他坚持要求一家都搬到大一点的公寓去。“妈妈，我都已经十九岁了。我觉得现在得有自己的房间了。”维贾伊当时这么说道。

贾苏和卡维塔觉得儿子说得确实没错，无可辩驳。而且，维贾伊还说只让父母支付和史瓦济路出租宿舍一样的房租，剩下的差额由他来负责。卡维塔不知道这间新公寓到底要花多少钱，她也不确定贾苏到底知不知道。维贾伊有了自己的卧室，卡维塔和贾苏也有了属于自己的卧室。维贾伊的寻呼机和手机一天到头响个没完，一接到电话他就出去忙生意。卡维塔很喜欢新公寓的大空间，而且现代化的厨房里总是有热水供应。不过，她还是有点想念史瓦济路边的小出租宿舍，想念那里亲近的左邻右舍，想念那里熟悉的商店。

搬家之后，贾苏心中仿佛一块千斤重担落了地，也不怎么做噩梦了。“我觉得自己现在可以稍微休息休息了，”贾苏说道，“咱们家现在算是安顿下来了，儿子也长大成人了。小鸟，这种感觉真好。”卡维塔可不这么想。看见儿子长大成人，在自己眼皮底下独立生活，做着自己一点也不懂的生意，卡维塔有点忐忑不安。她还担心儿子跟他的合伙人普林整天形影不离会出什么事。看见儿子经常神出鬼没，大把大把往家里拿钱，卡维塔心里不由得心生忧虑，一到晚上就胡思乱想，心神不宁。电梯启动了，卡维塔想，儿子什么时候能让我省省心呀。

卡维塔还会想起女儿乌莎。乌莎现在应该也长大成人了，甚至有可能已经结婚了。至于女儿现在是不是也有自己的孩子，卡维塔不敢多想，只是在电梯里胡乱猜测一下。电梯门一打开，她就赶紧不去想这件事。平时，这些想法总是不请自来。一旦想起来了，卡维塔就会稍微走一下神，想上片刻，但是绝不允许自己沉湎于其中。很久以前，卡维塔就学会了活在当下，对过去只是默默地怀念。她知道该跟丈夫和儿子好好生活，不能因为一些陈年往事而怨恨他们。

电梯门开了，服务生走出电梯，请贾苏和卡维塔出来。卡维塔走在楼道里，还没有进屋时就感到情况有点不对。“你听到了吗？”卡维塔转身对贾苏说道。她用下巴指了指楼道尽头的自家房子。

贾苏接着走，晃动挂在食指上的钥匙。“什么？可能是维贾伊没关电视机吧。真不知道这孩子开这么大声音，还怎么能睡得着。”

卡维塔放慢脚步，还不太确定到底是怎么回事。走到门口时，两个人都感觉情况不大对劲。房门微微开着，里面的声音显然不是从电视机里传来的。贾苏伸出胳膊，将卡维塔挡在身后，然后用脚尖轻轻挤开房门。贾苏走了进去，卡维塔在后面赶紧跟了上去。一进屋，首先映入眼帘的就是满屋狼藉。屋子里就跟被毁灭之神光顾过似的，凌乱不堪。

“天呐！”贾苏走在一地的玻璃碴上，轻声说道。门厅里本来放着贾苏父亲的遗像，现在相框上的玻璃碎了一地。玻璃碴上还夹杂着金盏花花瓣，卡维塔每天上午都会把这些金盏花挂在花环上面。刚才那么大的动静是从门厅最里面的屋子传出来的，那是维贾伊的卧室。客厅中央的桌子被掀翻了。沙发上的垫子已经被刀子刮得不像样子，里面填充的白色纤维都散了出来。精神恍惚的卡维塔走进厨房，看见米袋子和扁豆袋子都遭受了和枕头一样的命运。水泥地板上散落了一地的大米和扁豆。所有的柜橱都敞开着，还有一个橱门悬在铰链上晃荡。

“卡维塔，听我说，”贾苏站在客厅，嗓音嘶哑地轻声说道，“到隔壁去等我，快走，快！”贾苏把卡维塔送出了公寓，卡维塔都没来得及问贾苏要不要报警。卡维塔敲响了邻居的房门，但没人应门。她在楼道里等了一会儿，然后又折回家里，从门厅一路走向尽头的卧室，在门外停了下来。有两个身穿棕褐色制服的男人站在里面，手握警棍。*谁叫的警察？他们怎么来得这么快？*一个警察正在询问贾苏。卡维塔一个箭步闪进门厅，躲开警察的视线。

“麦钱特先生，我再问你一遍，这一次可得老老实实交代。维贾伊把货都放在什么地方了？”警官用警棍捅了捅贾苏的肩膀。

“警官老爷，我说的句句都是实话啊。维贾伊是做快递生意的，是个好孩子，很诚实。他不会做您指控的那些事的。”贾苏坐在床上，抬起头，严肃认真地望着警官。这时候卡维塔才注意到，床垫上划了一道对角线一般的口子，连弹簧都露了出来。*他们到底在找什么呢？*

“好吧，麦钱特先生。那么，如果你说的是真的，不知道你儿子在干些什么，那至少可以告诉我们去哪里找到他。对吧？都这么晚了？如果真是个好孩子，你的儿子怎么还没回家呢？”

卡维塔在门口偷偷瞥了一眼。自从上次警察突击检查贫民窟后，她还没见贾苏这么害怕过。“老爷，今天晚上可是周六，而且还没到十一点呢。我们儿子和其他年轻人一样，和朋友出去玩了。”

“朋友，是吗？”警官哼了一声。“你最好多注意注意儿子和他的朋友，麦钱特先生。”警官又用警棍顶了顶贾苏的肩膀。“告诉你儿子，我们会密切监视他。”警官离开时，朝卡维塔敷衍地点了点头。

深夜时，卡维塔被贾苏的尖叫声惊醒。卡维塔赶紧转过身，看见贾苏拼命想坐起来，攥着被单蒙在头上，嘴里大喊道：“不要，不要！还给我！”

卡维塔先是轻轻碰了碰贾苏的肩膀，问道：“贾苏？”然后又摇了摇他。“贾苏？你怎么了？贾苏？”

贾苏不再狂躁，转向卡维塔。他双眼无神，呆滞地盯着前方，似乎不认识卡维塔。过了半晌，贾苏低头看着摊开的手掌。“我说什么了？”

“你说‘不要’，还说了‘快给我’。没事，跟往常一样。”

贾苏闭上双眼，喘着粗气，点了点头。“好吧，抱歉又吵醒你了。接着睡吧。”卡维塔点点头，抚摸一下贾苏的肩膀，重新躺好睡下。卡维塔都懒得问贾苏老做什么噩梦，因为贾苏总也不愿意说。

㉜ 暗流涌动

2004年，美国加利福尼亚州，门罗帕克

萨默

阿莎盘起双腿，坐在床头，身边摆满了要装包的东西。房间的角落里放着一个大行李箱，这是她和父亲在梅西百货能找到的最大的包，足足有三十英寸高。房间外的门厅里还放着另一个差不多大小的箱子。两天后，阿莎就要坐飞机前往印度。以前出门，阿莎总是拖到最后一刻才开始收拾行李。不过，这次她几小时前上楼，躲进了自己的房间，那时父亲正好被医院叫去诊疗一例动脉瘤病症。

阿莎早就习惯父亲突然接到电话，然后穿梭于家庭和医院之间。阿莎在保龄球室举行八岁生日会时，六年级参加当地的拼字比赛时，还有在其他无数场合，父亲都会忽然有事赶往医院。她还小的时候，总觉得这种情况跟自己有关。父亲每次还没吃完饭就离开时，阿莎会号啕大哭，还以为是自己做错了什么事情。

母亲只好跟阿莎解释，父亲要时时刻刻帮助遇上紧急情况的人。最后，这成了家庭生活方式的一部分：阿莎打电话时，每次一有别的电话打进来，她就赶紧转接；在父亲值夜班的时候，他们一家人出门总会开两辆车，以免父亲临时接到通知，可以直接开车赶去医院。如今再遇上这样的事情，阿莎不会慌张了。父亲工作的紧迫性也提醒了阿莎，得在《每日先驱报》截稿日期前写出稿件。阿莎有了完成工作的压力和强烈的时间观念，还有了自始至终都能全神贯注的精神。阿莎喜欢这种感觉，也喜欢因此而加快分泌的肾上腺素，鞭策着自己不断前进。

不过，最近几个月来，阿莎和妈妈之间一直弥漫着紧张的气氛。爸爸成了母女两人紧张关系唯一的调和剂。只要有爸爸在身边，阿莎就不用面对妈妈因为自己这次印度之行而萌生的失望和担忧。妈妈老是哭丧着脸，这让阿莎实在无法忍受。妈妈越想管着她，控制她，阿莎就越想挣脱。在妈妈面前，阿莎总觉得情绪处在失控的边缘。今天一早，爸爸就被叫去给病人做手术了，阿莎就找个借口去收拾行李。

各种各样的行李在卧室里散落一地。地板上有一堆衣服，还都是脏的。桌子上放的是这次项目的材料：笔记本电脑、笔记本、研究材料、数码摄像机。床头一角放的是一包旅行用品。上星期回家时，阿莎就发现床头多了这包旅行用品。虽然旁边没有留言条，不过，阿莎知道这肯定是妈妈准备的：护肤霜、强效驱蚊剂、一堆防治疟疾的药，还有一大堆应急药物。这堆应急药物多得简直足够给整整一个小村庄看病了。这包没有署名的行李只是妈妈担心自己印度之行的证明之一。最后，阿莎还准备了一些在飞机上解闷的东西，毕竟得在航班上度过二十七个小时。这些东西包括：光碟播放器、苹果播放器、一本字谜书和两本简装书。阿莎想了一下，又往里面加了一本玛丽·奥利弗的诗集。这是杰里米送给她的临行礼物。杰里米在书的扉页签了自己的名字，并且写上了阿莎最喜欢的箴言：

我们唯一安全的立足之地就是真理。

——伊丽莎白·卡迪·斯坦顿

最光明闪耀的星星啊——

永远不要放弃对真理的追求。这个世界需要你。

——耶稣基督

突然有人敲门，父亲推开了卧室的门。“我能进来吗？”还没等阿莎回答，父亲就走了进来。

“进来吧，我正在收拾行李。”

“我找到了点东西，觉得你在旅行中可能会用得到。”爸爸说着拿出两个看起来有些古怪的小玩意儿，是塑料和金属材质制成的。“这是变压器。到印度之后，可以用它来连接电源和吹风机、苹果播放器这些东西。这个装置可以调节电流。”

“谢谢您，爸爸。”

“还有，我觉得这些东西可能也会有用。”爸爸说着取出一摞照片。“特别是当你刚见到爷爷家的人时。你也知道，我们印度那边的家庭都是大家族。”爸爸一边说着，一边走到阿莎床头，坐在她旁边。他们一张一张地翻看照片：爷爷、奶奶、婶婶、叔叔，还有几个年纪相仿的堂兄弟姐妹。阿莎和这些堂姐妹只是平常偶尔通过电话，或者在排灯节的时候寄过卡片而已。这是最让阿莎感到紧张的事情，那就是要和几乎不认识的人一起生活一年左右。

“我想拿着这些照片在飞机上好好看看。这样的话，等我到印度之后，我就能叫上大家的名字了。”

“对了，你跟《印度时报》那边把事情都谈妥了吗？”爸爸问阿莎道。

“嗯，您跟我说的那个潘卡吉叔叔的朋友，他可帮我大忙了。报社编辑一听到消息，就对我这个受美国委派资助的实习生很感兴趣。他们那边给会我安排一张办公桌，还会委派一个资深记者陪同我去贫民窟。不过所有的采访我都要亲自来做。他们还有可能在报纸上给我开一个专栏。很棒吧？”

“真棒，能有个人陪着你真是太好了。你妈一直怕你一个人去贫民窟采访呢。”

阿莎摇了摇头。“那个，还有所有这些东西。她能接受得了吗？她不会一直生我气吧？”

“你妈只是替你操心，宝贝，”爸爸说道，“她是你妈。这是她的分内事。我敢说，她肯定会转过这个弯的。”

“您跟我妈到时候会不会也去印度？”阿莎问道。

爸爸看了看阿莎，然后点点头。“我们会去的，我们当然要去了，宝贝。”说完，爸爸拍了一下阿莎的膝盖，起身往外走。“好好收拾吧。”

阿莎拿着照片，走到自己的旧桌子旁坐下。现在看来，这张桌子与自己在《先驱报》的办公桌相比小了不少。阿莎打开抽屉，想找一张信封出来，好把照片装进去。翻着翻着，阿莎的手一不留神摸到了一件熟悉的东西。阿莎伸过手拿出那个白色大理石雕的盒子。这个装满秘密的小盒子。

虽然好些个年头没看看这个盒子了，阿莎仍然记忆犹新。这个盒子也比印象中的小了不少。她擦去盒盖上的灰尘，把手放在冰凉的盒盖上待了一会儿。阿莎屏息凝神，然后深吸一口气，慢慢打开盒子。只见最上面铺着一张长方形的信纸，阿莎把信打开。看着自己儿时熟悉的笔迹，阿莎缓缓读了出来：

亲爱的妈妈：

今天，老师要求我们给一个不在美国的人写信。我爸爸告诉我说，您在印度。不过，他不知道您的住址。我现在已经九岁了，正在上四年级。写这封信是想告诉您，我想见见您。您是不是也想见我呢？

女儿阿莎

朴实无华的感情流露让阿莎不能自已，眼泪在眼眶打转，万千思绪一股脑儿涌上心头，好久没这样了。阿莎从信堆里又取出来一封，打开了。读完这堆信，阿莎的脸庞早已被泛滥的眼泪打湿得不成样子了，一双泪眼盯着小盒子里剩下的唯一东西——那只小银镯。阿莎拿出镯子，在手指间不停转动。

就在这时，有人敲了敲门，然后卧室的房门又开了。阿莎坐在椅子上，转身一看，只见妈妈站在门口。妈妈四处打量着阿莎的房间，想看看阿莎临行前准备得怎么样了。最后，妈妈的目光停留在阿莎的泪脸和手上的镯子上。阿莎赶紧把镯子扔到大腿上，慌里慌张地伸手擦脸。“怎么了？妈妈，进门之前，您最起码应该先敲一下门吧？”

“我刚才敲门了呀，”母亲直勾勾地盯着镯子。“你这是干什么呢？”

“收拾行李呢。还有两天就要出发了，您忘了吗？”阿莎抵触道。

母亲低下眼睛，一言不发。

“说吧，妈妈，想说什么就说什么。”

“说什么？”

“您为什么总是闷闷不乐？就好像这件事不能再糟似的。这又不是让您自己去印度。”阿莎重重地拍了一下椅子扶手。“我又不是怀孕了，也不是要去戒毒所，或者被学校开除了。妈妈，天呐，我可是拿到了奖学金。难道您就不能为我高兴一下，哪怕只是为我小小自豪一下？”阿莎低头看着双手，声音冷冰冰的。“难道您像我这么大的时候，从来不想做这样的事情？”阿莎抬头望着妈妈，知道妈妈不敢回答。“算了吧。您从来都不理解我，怎么能指望您现在开窍了？”

“阿莎……”母亲走了过来，想摸摸阿莎的肩膀。

阿莎闪了过去。“妈妈，我说的是事实。您也知道这都是真的。我从小到大您都想理解我，但一直没法做到。”阿莎摇摇头，站了起来，转身面向桌子。她把信和镯子放回大理石雕的盒子里，听见身后的房门关上了。

㉝ 欢迎回家

2004年，印度，孟买

阿莎

阿莎打了个盹，突然听见机长的声音，醒了过来。机长说飞机将提前十分钟降落。已经在空中飞行了十二个小时，这个消息也算是小小的慰藉。飞机在新加坡短暂停留后，阿莎就把表调成了孟买时间，她看了一眼，现在是凌晨2:07。这最后一段飞行里程格外漫长，阿莎都快难以忍受了。二十六个小时前，阿莎在旧金山国际机场与父母告别，现在已经过去整整一天了。分别的场面比阿莎预想的更糟糕。他们刚驶入机场，母亲就哭个不停。父母两个人也开始大吵大闹，这种情况最近频频上演。他们争执着该把车停在哪里，该在飞机场里排哪一条队伍。在机场穿梭时，父亲一直把手护在阿莎背后。阿莎该接受安检了，母亲紧紧地抱住她，手不停地抚摸她的头发，就像阿莎小时候一样。

阿莎转身要走时，父亲把一个信封塞进她手里。“也许现在没什么用了，”父亲笑着说道，“但是，你肯定能比我更好地发挥它的作用。”走过安检门，阿莎打开信封，看见里面装着几十张不同币值的印度卢比。她回头望了望乱糟糟的金属探测器、桌子和各种人员，看见母亲仍然站在刚才拥抱过自己的地方。妈妈有气无力地微笑着，冲阿莎挥手。阿莎也挥了挥手，转身往前走。她扭头看了看，妈妈还站在原地。

阿莎把东西都堆在两英尺宽的空间里，在飞机上度过的一天，这里就是她的家。她睡不舒服，脖子隐隐作痛，伸手拿背包时，才发现腿都麻了。还没到新加坡前，光碟播放器和苹果播放器就都没电了。简装本的书也几乎一页没翻，她已经没工夫看书了。她麻木地熬着时间，对飞机上提供的餐点和影片都毫无兴趣。不过，她一次又一次地从背包里拿出父亲给自己的大信封，里面装着父亲一家人的照片，还有白色大理石盒子里的东西。飞机不停地飞呀飞呀，阿莎离父母也越来越远。她的心情有点矛盾，既有紧张，也有渴望。

坐在阿莎身边的两个小男孩小心翼翼地把游戏机收好，他们的母亲也从洗手间回来了，身上的运动服换成了纱丽，嘴唇涂上了亮丽的唇膏。他们自我介绍说自己姓多希，“由于多希先生的工作原因”，六年前从孟买迁居到西雅图，每年夏天都会回印度看看。伴随着飞机着陆时的微微颠簸，乘客都欢呼雀跃地鼓起掌来。阿莎拖着脚步，跟随其他人一起下了飞机，双腿恢复了知觉。

孟买国际机场简直乱成了一锅粥。虽然时间还早，但似乎还有十架飞机同时在这个鬼时间点着陆，人流从四面八方拥来，一起挤向入境检查口。阿莎不知道该往哪里走，所以跟着多希一家排进一条队伍，等着进入一间宽敞的大房间。在队伍里排好后，多希太太转过身对阿莎说道："以前我们能排在那条队伍里，那可方便多了。"多希太太指的是旁边一条更短的队伍，队伍前方的桌子上写着"印度公民"。"不过，去年我们必须放弃印度国籍。多希先生的公司帮了他一把，现在我们只好排这条队伍了。这条队伍总是更长一些。"多希太太一本正经地说道，似乎这就是他们移民到一个新国家后受到的最大影响。

阿莎环顾四周，人山人海，到处都是棕色的脸庞：与自己的肤色相比，有的浅一些，有的深一些。不过这些都不重要，因为这是阿莎头一次见到身边有这么多印度人。她有生以来第一次觉得自己不是少数族裔了。来的时候，妈妈非得让阿莎戴上一条旅行带。快走到队伍前面的时候，阿莎从旅行带里取出护照。移民检查员是个年轻小伙子，比阿莎大不了多少。不过由于他留着齐整的胡须，而且穿着整齐的制服，所以看起来很威严，也成熟了许多。

"为什么来印度？"移民检查员开门见山地问道。同样的问题，他每天都要问成千上万遍，所以他也不会假装出好奇的样子。

"我是获得奖学金的学生。"阿莎一边回答，一边等着检察员查验自己护照上的签证。

"逗留时间？"

“九个月。”

“您护照上提供的地址和您有什么关系？您在印度期间住在哪里？”检查员问道，抬起头看看阿莎。

“我要……跟家人待在一起？”阿莎回答道。她觉得自己回答起来怪怪的。虽然阿莎说得一点不假，不过阿莎还是感觉就跟说了谎似的，手心直冒汗。

“我看见上面写着，您出生在这里。”检查员略感好奇地说道。

阿莎这才想起来，自己的护照上面有一块古怪的地方写着自己的出生地点是“印度，孟买”，于是她赶紧回答道：“是的。”

检查员啪的一下往阿莎的护照上盖了一个戳，印下长方形的紫色印迹。接着，检查员把护照递回给阿莎，八字胡下微微露出一丝笑容。“欢迎回家，女士。”

在去取行李的路上，一股怪味迎面扑来：咸得就像海风似的，辣得就跟印度餐馆里的菜似的，肮脏得好像纽约地铁站似的。在行李传送带上的一堆大箱子中，阿莎找到了自己的行李。行李堆里真是什么都有，既有用胶带密封好的大纸箱子，也有盖得严严实实的塑料保温箱，还有一个超大个的纸板箱（看样子，里面足以装下一台小冰箱）。多希先生帮着阿莎从传送带上取下两个行李箱，并且从旁边招呼过来一个裹着头巾的男人。这个男的枯瘦如柴。阿莎开始纳闷了：为什么多希先生要找没有行李车的人过来帮忙搬运行李呢？就在这时，只见这个男子蹲下身子，将阿莎的两个行李箱扛到头上。他用双手扶住行李两侧，冲阿莎稍微挑了一下眉毛。阿莎明白这是暗示自己赶紧在前面带路呢，这个男人会跟在她后面运行李。这个人需要保持好平衡，顶着一百多磅的重量挤过穿梭的人群。

刚出门口，阿莎就感觉一股热浪迎面扑来。她这才意识到，刚才走出的大楼原来是装着空调的，自己在里面竟然一点感觉都没有。金属护栏边里里外外最起码围了六七层人。这些人个个都伸长了脖子，扒着脑袋盯着阿莎刚走过的推拉门。人群里绝大多数都是男人，留着整齐的胡子，头发也油光发亮。除了没穿制服之外，这些人看起来跟刚才那个检查员没什么两样。他们都是过来接人的，而且都知道要接谁。不过，阿莎还是觉得有好几双眼睛都在盯着自己。

每向前走上几步，阿莎就回头看看身后那个瘦男人。阿莎有点担心自己的行李太重，会把男人的脖子压断，然后自己的行李也会啪的一声落到地上。每次回头，那个男人都还跟着。他除了微微抽动下巴外，瘦削的脸上没有一点表情。阿莎这才想起自己需要付钱给这个男人，不知道爸爸给她的卢比够不够用。爸爸已经跟阿莎说过了他的弟弟，也就是阿莎的叔叔会来机场接她。当时，爸爸告诉她的时候，阿莎觉得知道有谁来接她就够了。不过，看到眼前的茫茫人海，阿莎不禁担心自己和叔叔是不是能在机场找到对方。眼看就要走到尽头了，阿莎正准备拿出叔叔的照片看看，就在这时，阿莎听到有人喊自己的名字。

“阿——莎！阿——莎！”一个年轻小伙子正在向阿莎招

手，他留着波浪发型，身穿一件白色棉衬衣，露出胸毛。阿莎走了过去。“嗨，阿莎！欢迎欢迎。我是尼米夏。你潘卡吉叔叔的儿子。”小伙子笑着说道。“也就是你的堂弟！跟我来，”尼米夏领着阿莎穿过人群，“我爸爸在车那边等着你呢，就在那边。还好，你找了一个苦力。”尼米夏示意那个枯瘦的男人跟上。

“尼米夏，见到你真高兴，”阿莎一边跟着，一边说道，“谢谢你能过来接我。”

“当然应该来接你了。达迪玛还说要亲自过来迎接你呢。不过，我们跟她说，在这个时间还是别来的好。一到这个点儿，机场里面就挤满了从国外飞来的航班。”尼米夏领着阿莎和那个苦力走过一片到处停放的汽车。每一辆车都开着前灯，司机都靠在车窗旁边。阿莎想起来，在家的时候爸爸每周都往印度打电话，给阿莎递话筒的时候都说起过达迪玛这个称谓，知道这在梵语里是奶奶的意思。

“我爸爸就在这儿，来。”尼米夏带着阿莎走向一辆老式灰色轿车，车身后面的金属标牌上写着“大使”两个字。看到尼米夏的爸爸，阿莎不禁有点吃惊。潘卡吉叔叔看起来比爸爸给她的照片上的人要老很多，而且头发也比照片上稀少得多。虽然潘卡吉是爸爸的弟弟，但是看起来却比爸爸老十岁。

“闺女，你好，”潘卡吉叔叔说着伸出胳膊抱住阿莎。“欢迎欢迎，真高兴能见到你。甭提多高兴了，是吧？航班还顺利吧？”叔叔用手托住阿莎的脸，开心地笑了。叔叔把手放到阿莎肩膀上的时候，阿莎靠了上去。这种感觉对阿莎来说很熟悉，就跟靠在爸爸的身上一样。靠在叔叔的肩上，阿莎用眼角的余光看见尼米夏为苦力打开了汽车后备厢。阿莎又想起爸爸临行前给的那一信封卢比来。不过，阿莎还没来得及开口，尼米夏就把钱付给了那个枯瘦男人。男人拿了钱，朝机场航站楼走去。在回来的路上，潘卡吉叔叔像连珠炮似的问这问那。

“旅程还顺利吧？说说你爸爸现在都忙些什么呢？他这次怎么不跟你一起来呀？他好久都没回来看我们了。”

“爸，”尼米夏说道，“问得太多啦。让她先喘口气。她刚来这里，肯定累了。”

阿莎很感激堂弟替自己解围，冲他笑了笑。阿莎打了个哈欠，头靠在车窗上。她看见高速公路两旁排着一列广告牌，内容应有尽有，比如精品时装店、宝莱坞电影、共同基金以及各种手机业务。朝大使牌车子外面望去，可以看见摩天大楼，也能看见成片的贫民窟：破破烂烂的棚屋，挂满衣服的绳子，随处可见的垃圾，四处游荡的野猫野狗。准备调查前，阿莎看过一些照片，但是光看照片没法真正体会贫民窟有多大。这样凋敝的景象绵延数英里，虽然有夜幕的遮掩，但阿莎胃里还是翻江倒海地难受。她想起妈妈不安的提醒：去这些地方时要小心。阿莎第一次觉得，妈妈的话可能是对的。

㉞ 兄弟姐妹

2004年，印度，孟买

阿莎

在孟买的第一天早晨，阿莎很早就醒了。她本以为能听见屋子里热热闹闹的声音，可是自己醒得比谁都早。她套上飞机上拿来的瑜伽裤，拖着步子走到昨晚经过的正厅。一个穿着朴素绿纱丽的老妇人正坐在餐桌旁喝着茶。

“早上好。”阿莎说道。

“啊，宝贝阿莎！早上好。”老妇人站起身，和阿莎打招呼。“你看看你，”她一边说一边抓起阿莎的双手，“我都快认不出来了，长这么大了。亲爱的，还认识我吗？我是你爸爸的妈妈，是你的奶奶，达迪玛。”

达迪玛比阿莎想象的要高，站姿也很端正。她的脸很松弛，布满皱纹，花白的头发在脑后的脖子处扎成一个发髻，两只手腕上都戴了好几只细细的金镯子，手一摆动就叮当作响。阿莎不知道该怎么和奶奶打招呼，正犹豫间，达迪玛就一下子把她搂进怀里。奶奶的怀抱温暖而安心，这种感觉持续了好一会儿。

“来，快坐下，喝点茶。你早饭想吃什么？”达迪玛拉着阿莎的胳膊，让她在桌旁坐下。

阿莎很喜欢面前碗里切开的新鲜芒果。她感觉这几天净吃飞机上的食物，好久没有吃别的了。她抿了一口甜甜的热茶，开始和奶奶聊天。虽然奶奶时不时会说古吉拉特语，但她英语说得很好，阿莎不禁吃了一惊。

“孙女，你爷爷现在在医院呢，不过他会回来吃午饭。噢，小宝贝，大家见到你肯定都很兴奋。我叫他们这周六都来吃午饭。这几天你先好好安顿安顿，调整调整。”

“真好。下周一上午我才去《印度时报》办公室报到。”阿莎说道。刚说完这句话，阿莎难以抑制心中的兴奋，毕竟马上就在一家国际大报工作了。吃完早饭后，阿莎又拿出父亲给自己的照片，请达迪玛帮她再认认上面的人。达迪玛翻看着这些老照片，不时发出爽朗的笑声。“噢，你堂妹吉雯很久以前就变胖了。不过，她仍然觉得自己很苗条！”

达迪玛教阿莎如何使用浴室里简陋的淋浴头，每次用之前都得提前十分钟打开热水箱。洗澡比在美国时费劲很多，因为水压很小，水温也不稳定。阿莎沐浴完穿上衣服时，累得筋疲力尽，又躺在床上睡着了，一直睡到爷爷回家吃午饭才起来。吃饭时阿莎终于见到了爷爷，爷爷神色安详，阿莎暗暗惊讶，本以为爷爷和爸爸一样，胸怀大志，坚定而自信。似乎奶奶反而更开朗豁达些，一直滔滔不绝地讲故事，开怀大笑，打着响指使唤仆人。爷爷坐在上座，安静地吃着东西。每当奶奶的笑话把爷爷逗乐时，他眼角的鱼尾纹就绽放得更明显一些。爷爷点头时，一头银发也格外显眼。

阿莎花了好几天才渐渐习惯孟买的生活。坐飞机的时差导致她感觉每天都在腾云驾雾。中午阿莎都昏昏欲睡，打不起精神。天气闷热难耐，简直都要窒息了，所以阿莎大部分时间都不得不躲在家里。有时候她陪奶奶出个门，总会被街上肮脏和贫穷的景象吓到，而这一切就发生在这栋楼的大门外。每次经过什么腐臭难闻的地方时，阿莎就屏住呼吸，也从来不敢直视跟在后面的小乞丐。

每次从外面回到公寓，阿莎就赶紧冲向房间的空调，站在冷风前降温祛暑。除了这些，还有每天三顿的印度饭，要比她过去习惯吃的印度菜辣很多，每次都吃得肚子不舒服。阿莎不喜欢现在的自己，也不喜欢身边的一切事物：包裹着的小块面包、报纸、浅粉色的指尖油，所有这些东西都让阿莎想到自己现在离家千里之外。阿莎也想过往家里打电话，寻求安慰。不过，强烈的自尊心让阿莎拿不起电话。

星期六终于到了，到了全家人聚在一起共享午餐的日子了。阿莎穿上一件蓝色的亚麻夏装，擦了一点腮红和睫毛膏。这是阿

莎离开加利福尼亚之后第一次化妆。孟买天气奇热，脸上的妆好像要融化掉一样。不过，为了让自己看起来漂亮点，阿莎还是化了妆。达迪玛整个上午都在公寓楼忙里忙外，督促仆人好好准备这场盛大的午宴。

家里的亲戚络绎不绝地赶了过来。各个年龄段的女性亲戚都穿着漂亮的纱丽来看阿莎，笑得合不拢嘴。他们都喊着阿莎的名字，拥抱她，双手捧着她的脸。他们谈论着阿莎的身高，称赞阿莎漂亮的双眸。有些亲戚看起来很脸熟，不过大多数都很陌生。他们快速地向阿莎做着自我介绍，讲起来滔滔不绝。比如说，“你爸爸的叔叔和我叔叔是兄弟。我和你爸爸曾经在那间旧房子后面打板球。”阿莎绞尽脑汁，想要记起他们的名字，把他们和照片对上号。不过，阿莎很快就发现这既不可能，也没有必要。过来吃饭的人少说也有三十来个。虽然他们是第一次见到阿莎，但都对阿莎一见如故，亲热得很。

和阿莎匆匆寒暄之后，大家都拥向餐桌。阿莎也过去取了一个盘子，她看见一群年轻姑娘聚坐在一起。这些姑娘刚才自我介绍的时候，都说是阿莎的堂姐妹或表姐妹。有一个名叫普丽娅的看起来二十岁上下，留着赤褐色的头发，戴着一对大金圆耳环。这时，普丽娅招呼阿莎过去。“来呀，阿莎，坐到我们这边来。”普丽娅喊道，笑得合不拢嘴。说着，她往旁边挪了挪，给阿莎腾出地方。“让叔叔婶婶聊他们的吧。”

阿莎坐了过去。“谢谢。”

“你和每个人都见过了，是吧？”普丽娅问道，“那是宾度、咪图、朴什帕，这个是吉雯。她可是我们这堆姐妹里最大的，所以我们可尊重她了。”普丽娅冲着姐妹们眨眨眼睛。阿莎想起达迪玛说吉雯腰围发胖的事，不禁笑了笑。

“不用担心，你不用一下子把所有人的名字全都记住。这就是咱们印度家族的好处之一。你可以管每个男长辈都叫叔叔，管女长辈叫婶婶，剩下的可以叫拜奔。”普丽娅说完会心地笑了。

“好的，我知道叔叔和婶婶是什么意思，可拜奔是什么意思呀？”阿莎问道。

“拜奔？”普丽娅重复道，“是兄弟姐妹的意思。我们都是兄弟姐妹。”普丽娅说着又眨了眨眼睛。

阿莎看看周围为欢迎她而聚到一起的几十个人，他们一边吃饭，一边说笑。这都是爸爸的家里人，大家从一生下来就在一起生活，在同一个城市，同一个屋檐下长大。虽然阿莎和他们既没有共同的生活经历，也没有血缘关系，但是，大家看起来并不在乎。他们只是想用这种温馨和热情让阿莎融入其中。阿莎笑了，尝了一口专为迎接自己而准备的美味佳肴。真好吃。

㉟《印度时报》

2004年，印度，孟买

阿莎

阿莎抓住铜把手，拉开大门，顿觉一阵凉风迎面袭来。她步入其中，向电梯走去，鞋跟在大理石地板上咔哒作响。大厅的墙中间挂着一张大匾，上面写着：印度时报，始于1839年。

“女士，上楼吗？”身着两件装灰色涤纶西装的电梯服务员问道。

“嗯，劳驾，我要上六楼。”别人一上来就用英语跟她打招呼，阿莎现在一点都不觉得奇怪了。堂姐妹告诉她，在印度，大家一看她的西式穿衣风格和披肩的长发就能看出她是外国人。人们甚至也可以从她跟别人的眼神接触中看出她是外国人。即便如此，阿莎还是很喜欢走在大街上，看见一大群和自己长相相似的人。电梯里除了阿莎和服务员，还有另外两个乘客。拥挤的电梯空间里弥漫着熏人的汗臭，他们之间挨得很近，相距不过几英寸。这台电梯和阿莎在印度见过的大多数电梯一样，都没有安装空调，只有一台缓慢转动的风扇。臭汗的味道被风扇吹得更加熏人了。

走到六楼的接待处桌前，阿莎说要找尼尔·科萨里先生。这个人是阿莎在《印度时报》的主要联系人。阿莎在接待处前找地方坐下，拿起一份上午的《印度时报》看了起来，科萨里先生出现了。他瘦削高大，跟阿莎的爸爸年纪相仿。他脖子上的领带松松垮垮，头发也很蓬乱。科萨里先生说要给阿莎上一杯茶，阿莎婉言谢绝了，跟着走进他的办公室。他们穿过《时报》宽敞的办公大厅。敞开的办公大厅里有一排排办公桌，上面都放着电脑。大厅里乱七八糟的声音响个不停，电话铃声、打印机声，还夹着其他各种噪音。阿莎能感受到这躁动中的活力。这是她见过的最大的新闻编辑室，而且里面的人还都长着棕色的面孔。

“我想只有我的办公室里还摆着打字机了，”科萨里先生说道，“当然啦，我已经很少打字了，但还是喜欢把它放在那里。”敞开房间的四周是几间隔着玻璃墙的办公室。科萨里先生带着阿莎走进其中一间，房间的木门上挂着“副主编”的名牌。“请坐吧，”科萨里先生说道，指了指椅子。“你真的不想来点……茶吗？”

“不用了，谢谢。”阿莎交叉起双腿，拿出笔记本。

“不用了。”科萨里先生对阿莎身后的人说道。阿莎转过身，看见一个深色皮肤、个头矮小的男人安静地出现在门口。他的脚指甲又厚又黄，露在穿破的凉鞋外，看起来很古怪。他微微地朝科萨里先生点点头，又和来时一样，静悄悄地走开了，自始至终没有看阿莎一眼。“好极了，你终于从美国过来了。欢迎来到孟买！觉得这座城市怎么样？”科萨里先生问道。

“挺好的，谢谢您。能来到这里，能和如此一流的报纸一起完成项目，我感到很兴奋，”阿莎说道。

“我们也是，能迎来这么年轻有为的女性，我们也很激动。米娜·德维是最好的外场记者之一。她勇敢无畏，甚至有时胆子大得过了头。她一定可以成为你的良师益友。”科萨里先生按下了电话上的按钮，一个年轻女士立刻出现在办公室门口。“请叫米娜赶紧过来一趟。”几分钟后，另一个人出现在门口。这个女士和其他人不一样，没有等在门口，而是像一阵风似的径直冲了进来，坐在椅子上。

“好吧，是什么事情这么着急呀，尼尔？非要在这个时间点要我过来？您难道不知道我在赶稿子吗？”这个女人个头不高，恐怕都没有五英尺高，但她的出现一下子就打破了科萨里先生办公室的沉闷气氛。

“米娜，这是阿莎·塔卡尔，从美国来的年轻女士——”

“哦，是啊！”米娜从椅子上探过身来，有力地握了握阿莎的手。

“你还记得吧，”科萨里先生继续说道，“她想写关于贫民窟儿童成长的报道。我们安排她坐在你办公室旁的桌子那里。你的任务就是照顾好她。让她见识一下真实的孟买。但是，得确保她的人身安全。”科萨里先生赶紧补充道。

“来吧，阿莎，”米娜站了起来。“我得先把手头的报道写完，然后我们一起去吃午饭。见识一下地地道道的孟买。”她一边走出办公室，一边回头望了望科萨里先生。

接下来，阿莎看了几个小时堆在桌子上的剪报。桌子上还放着一些必备的办公用具和一台过时的电脑。阿莎翻阅着一个文件夹，里面有《印度时报》之前刊发的深度专题报道，而米娜正在旁边的办公室里断断续续地敲打键盘。阿莎看了一篇文章，讲的是信息服务行业的崛起，还有一篇讲的是全市送餐体系的运行效率。阿莎刚觉得孟买可能会成为下一个国际现代化工业中心，这时她看到了关于索奁焚妻[①]的专题报道。

阿莎简直无法相信自己的双眼。印度的新娘竟然被浇上汽油，然后活活烧死，就因为丈夫嫌她们的嫁妆太少。阿莎又看到了另一篇报道，一个贱民[②]故意把孩子弄跛，这样可以激起他人对孩子的同情心，从而乞讨到更多的钱。另一篇专题报道讲的是全球钢铁巨擘拉克希米·米塔尔的伟大成功。再接着，是一篇关于最新的政治丑闻报道，写的是政府几位部长级官员的贪污腐败事

---

① 索奁焚妻是指发生于印度及其周边国家，如巴基斯坦、孟加拉等地的一种家庭谋杀罪行。这类犯罪的共通点是源于嫁妆纠纷（索奁），犯罪手法则常以烧死妻子（焚妻，Bride-burning）并伪装成自焚或厨房意外来达成，也因此这类家庭谋杀的受害人数目前仍只能推估，难以确切统计。据印度国家犯罪统计局（National Crime Records Bureau of India）所公布的2005年度案件记录显示，已确认及被报导的死亡人数，包含受焚而死者，计有7026人。——译者注

② 过去指印度社会中各种地位低下和不属于印度种姓制度的那些人。现在对这些人称达利特，他们的处境得到了印度宪法和法律的承认。传统上认为贱民包括这样一些人，他们的职业或生活习惯涉及一些被认为会沾染污物的活动，例如为生计杀生(如渔民)、屠宰或销毁死牛或用牛皮制革、接触人体粪便（如清洁工）以及食用牛肉、猪肉或鸡肉等。许多贱民为躲避歧视而皈依其他宗教。——译者注

件。文件夹中的最后一篇报道讲了2002年发生在古吉拉特的印度宗教冲突，在这次事件中有三百多人死亡。新闻中写道，邻居互相焚烧对方的房子，在街上互相刺杀。看到这里，阿莎合上了文件夹，也闭上了双眼。她不禁想道，如果《纽约时报》上刊载了这样的报道，会不会激起自己现在这种强烈的感受，为此类事件的制造者感到羞愧，对报纸揭露真相感到自豪。

“我快弄完了，你饿了吗？”米娜在办公室里大喊道。

“那里有孟买最美味的什锦蔬菜咖喱，”米娜盖过火车的轰鸣声，大声喊道，“如果我离那里的路程不超过十分钟，不管到没到吃饭时间，我都会去。”阿莎没吃过什锦蔬菜咖喱，也不知道自己会不会喜欢，但是米娜似乎毫不在意这一点。她们终于走下了嘈杂的火车，可以用正常音量交流了。“那么，你读了那些剪报后有何感想？”米娜问道。

“很好，我是说写作质量和报道水平都很棒，没得说。”阿莎说道。

米娜哈哈大笑。“我问的是主题。你觉得我们这个国家怎么样？感觉极其矛盾，对吧？我给你选了那些报道，因为都体现了印度的两个极端，有好也有坏。有些人只看到印度差的一面，极力丑化印度；而有些人则相反，极力美化印度。事实上，应该一分为二地看待这个国家。”

走在人行道上时，阿莎发现必须加快脚步才能跟上米娜的步伐，穿梭在各式各样的人群中：随地吐痰的男人、闲逛的流浪狗、讨要零钱的小乞丐，等等。走在人行道都感觉很危险了，马路上就更别说了：车子川流不息，横冲直撞，交通灯形同虚设；双层巴士摇摇晃晃地行驶，与牛羊擦身而过，十分危险。“印度有十亿人口，”米娜说道，“其中几乎有百分之九十的人住在大城市以外的地方，住在小城镇和农村。孟买，即使是尼尔嘴里说的真实的孟买，在整个印度也不过是沧海一粟。但是这个地方至关重要。这里就像磁铁一样，吸引了四面八方的人。这里有印度最光鲜辉煌的一面，也有最不堪入目的一面。啊，到了，”米娜朝一家小吃摊走去。“老板，来两份什锦蔬菜咖喱，其中一份少放点咖喱。”米娜转过身，冲阿莎微微一笑。

“这是……我们就要在这儿吃午饭吗？”阿莎看着路边的小摊贩，一脸狐疑地看着米娜。“我……不想在这里吃。家里人跟我说过，不能吃街摊食品的……”

“别那么紧张，阿莎，没事的。就算这么高的温度不能杀死里面的细菌，辣椒也会把它们辣死的。别这样，你现在可是在印度呢——需要体验一下实实在在的印度。现在真实的印度就摆在你面前，等着你去品尝呢！”米娜说完就递给阿莎一张长方形的纸碟子，里面放着一些炖煮的蔬菜，上面放着两个光滑的白色面包。小吃摊前已经排起了队伍，阿莎和米娜站在人行道边上。阿莎学着米娜的样子，把小面包撕成碎片，放到蔬菜里面。她试着咬了一口，尝起来味道不错，而且特别特别的辣。阿莎抓狂似的四处张望，想要找点喝的。可是又想起妈妈跟她说过，喝了不干净的水会有害身体。

“怎么样啊？我说了让他别给你那个弄得太辣了。”米娜笑着说道，“你吃的是‘游客版本’。”

“这……还是有点辣。里面放的是什么东西？”

“最开始的时候，这是一种农民吃的东西。农民当天庄稼里有什么蔬菜，就乱炖到一起。这是孟买最常见的一种街摊食品了，而且每个小摊做的都不一样，没有一个地方……”米娜说着舔了一下指头，“能做得跟这个摊上的一样。”吃完之后，米娜跟阿莎说道，“跟我来，咱们走上一段。我想让你看点东西。”阿莎跟在后面。刚吃午饭的时候被米娜给骗了，她不知米娜这个人可不可靠。走过一两个街区之后，她们来到了一大片聚居区的边上。

“到了，就是这里。这就是达拉维，”米娜说道，夸张地挥舞自己的胳膊。“这是孟买最大的贫民窟，也是全印度最大的，甚至可能是全亚洲最大的。看起来有点不可思议，不过确确实实就摆在你面前。”

阿莎慢慢地四下张望，看见贫民窟里面的房子，如果能称得上是房子的话——这些小屋子只有阿莎卧室的一半大小，一栋挤着一栋，乱糟糟的。门口不时有人冒出来：没牙的老头子、头发蓬松的疲惫妇女，还有几乎赤身裸体的小孩。屋与屋之间的空地上，什么东西都有：腐烂的食物、粪便，还有堆得比人都高的垃圾。一个字：脏。四周臭气熏天。阿莎悄悄捂住了鼻子。就在这时，阿莎看见令人难以置信的一幕：就在路边上，竖立着一座简易的印度教庙宇。一座披着粉色纱丽的女神雕像靠着一座矮树桩子立着，身上挂着花环，脚边还散落着花瓣和谷粒。女神雕像的脸上画着彩绘，露出安详的微笑。谁也不会想到，在这片肮脏狼藉之中竟然还会竖立这样一座小神龛。这简直是天与地的反差。

“贫民窟里面生活着一百多万人呢，”米娜说道，“就在这块三平方公里的弹丸之地住着男女老少，还有各种牲口。此外，还有生产纺织品、铅笔和珠宝等各种商品的工厂。你看到很多商品上都标着‘印度制造’，那都是在达拉维生产出来的。”

“工厂在哪里呢？”阿莎又望了望小棚屋和屋外的小火堆，尽力想象出一间放满机床的厂房。

“住的屋子只有这么高，屋子楼上就是厂房。绝大部分产品不是手工制造，就是用原始的工具制造的，”米娜答道，“还记得我说过的关于印度的两个极端吗？在这里你就能看到：好与坏，彼此交织在一起。一边是……”她们一面沿着定居点走着，米娜一面说着，“贫困、肮脏、罪恶——人性中最丑陋的一面。另一方面呢，你能看到绝顶的聪明才智。人们几乎一贫如洗，却能创造出各种东西来。你和我，咱们一年挣的钱要比他们一辈子挣的都要多，不过他们还是能生存下来。他们在这里形成了一个完整的社会：当然有黑社会老大、放高利贷的，等等，不过也有医生、教师和神职人员。看到了吧，阿莎，其实有两个印度。一个印度就是你在爸爸家里看到的宽敞公寓、仆役成群和奢华婚礼。然后，就是我想让你认识的另外一个印度。这可是你开始学习的好地方。”

36 听天由命

2004年，印度，孟买

卡维塔

“维贾伊还去不去庙里？”贾苏一边在阳台上擦鞋油，一边喊道。

卡维塔没有立即回答，而是稍微等了一会儿。她小心翼翼地把小面团放进铁制的油锅里。看着滚动的油降到了安全位置，卡维塔把脸转向门口，回答道：“我也不知道，他没说。”

“那咱们就不用等他了。”三个月来，每次外出都是这样。上次警察搜查过后，他们试着跟维贾伊好好谈谈。但维贾伊只是说那些警察之所以追查他，是因为他拒绝向警察行贿。自那以后，维贾伊就经常躲躲闪闪，大部分时间都出去和普林还有其他朋友混在一起。

卡维塔把油锅里炸的面团全都取了出来，放到铺上纸的碟子里，然后拿塞在纱丽上的抹布擦擦手。“等咱们回来了，我再把面团放进糖水里。我这就去换衣服。”虽然这对于他们一家三口来说麻烦可不小，不过卡维塔还是决定今年的排灯节要做点糖果出来。卡维塔和贾苏对今年的排灯节感到格外伤感：他们本想今年过节的时候回一趟达哈努的，不过贾苏上班的工厂不给他放假。卡维塔觉得，体会一下家的感觉也许会让他们好受一点。她还可以在下午给巴雅的午餐带点自己做的糖。她匆匆冲到卧室，换上纱丽。他们想要在大队人马挤过去之前赶到寺庙。今天可是马哈拉克西米寺[①]一年当中最繁忙的时候。今天，老爷太太好不容易才肯给卡维塔和巴雅放了一天假。老爷和太太可以坐车到庙宇门口，贾苏和卡维塔可得挤过去才行。

巴雅打开门，看见卡维塔手里拿着一大碗糖果，急忙说道：“卡维塔，不应该这么麻烦你的！不过当然啦，我们很乐意分享你们的劳动成果。快进来吧。”巴雅微笑着把他们领进屋子。屋子空间很小，卡维塔不禁吃了一惊，这两间房跟当年自己租的出租宿舍几乎一模一样。熟识的邻居和巴雅的家人都挤在屋子里，冲卡维塔他们热情地打招呼。

“贾苏兄，你的肚子有点大了，是吧？住在豪华的锡永，老婆都喂你吃什么好吃的啦？”巴雅的丈夫咯咯笑道。

---

① 孟买最古老的印度教寺庙。——译者注

“这件纱丽真好看呀。”一个邻居对卡维塔说道，看样子甚是羡慕那一身紫红色的光泽。

“谢谢啦。”卡维塔把头扭向别处，不太习惯大家都注视着自己。还好他们很快都坐了下来，腿上搁着满盘的食物。他们聊到天气（糟糕透了），今年西红柿的质量（还不错），面包价格（很高）。他们还说起孩子和孙子孙女，聊到他们在学校的成绩，还有在板球球场的表现。最后，当然还会谈到最近的印度电影。

“贾苏兄，你看过《幻影车神》吗？一定得看看。”

“很棒的电影。”另一个邻居点头附和道。

“是啊，我们上周刚看的，”巴雅的丈夫说道，“真的很精彩，节奏很快。不像那些一般的宝莱坞电影，一点意思都没有。电影讲的是一帮骑摩托车的罪犯，知道吗？不是那种到处能看到的小型摩托车，是货真价实的摩托车，车速飞快。他们骑车在整个孟买来回穿梭，四处抢劫，无恶不作，知道吗？他们速度太快了，所以警察也没辙。每次都抓不到他们！”他双手同时拍了一下大腿，身体后仰。

“阿布舍克·巴强既聪明又帅气，是不是？”巴雅对妹妹问道。

“是啊，不过我更喜欢约翰·亚伯拉罕，坏死了！”他们像少女一样笑个不停，完全没意识到自己都是年近半百的人了。

“说起犯罪团伙，”巴雅的丈夫说道，“你们听说钱迪·巴彦的团伙又聚集在一起了吗？哼！虽然钱迪不在，但是整个团伙还在孟买为他卖命，知道吗？他们买卖毒品。这可是巨额的毒品交易啊。我听说他们贩卖海洛因。”巴雅的丈夫抬了抬眉毛，若有所悟地点点头，因为房间里除了他，没有几个人能识字读报。

卡维塔吃了一口蔬菜盖饭，瞟了一眼贾苏，看看他有什么反应。但是贾苏面无表情。卡维塔决定插上一嘴。

“他们在哪里活动呢？我说的是那个团伙。在孟买的什么地方？”卡维塔装做一脸好奇地问道。

“到处都有他们的人。甚至在我们住的地方都有。还记得维贾伊和凯坦在学校一起玩的家伙吗？帕特尔……呃，普林·帕特尔？他们就住在那里的M.G.路上，离这里好像就隔着两个街区？我听说他就和那个团伙有来往。警察一直在监视他。”巴雅的丈夫摇摇头，塞了一大口米饭。

卡维塔胸口一阵刺痛，似乎这可怕的事实正在体内抓挠，迫不及待地想要蹦出来。她努力想集中精神吃饭，但已是食不甘味。大家开始谈论最近的政府丑闻，然后话题又转向了电影。最后，女人都聚集在厨房附近，称赞巴雅的厨艺，而男人仍然待在客厅里。

“卡维塔，你什么时候给维贾伊找个媳妇呀？他快二十岁了，是吧？”巴雅说道。

“是啊，我知道，”能聊聊家常，谈谈儿子的生活，卡维塔顿觉轻松不少。“我也觉得是时候了，但是他似乎没什么兴致——‘妈妈，我还小，还小呢。’他总是这么说。”卡维塔摇摇头，微微一笑，心里暖洋洋的。今天来巴雅家还是第一次有这种感觉。

“亲爱的，别拖太久啦。现在找媳妇越来越难了，那么多等着讨老婆的男孩，女孩却少得可怜。”巴雅压低音量，仿佛在秘密谋划些什么。“有些人家甚至花钱从国外找新娘，类似孟加拉之类的国家。”

卡维塔脸上短暂的笑容瞬间消逝了，胸口又涌上一阵刺痛。那么多男孩。女孩却少得可怜。那种刺痛感冲破身体，把卡维塔死死缠住。虽然还只是十一月份，卡维塔却闻见了雨季泥土的味道。尽管屋外晴空万里，卡维塔似乎也感觉到了电闪雷鸣。她闭上双眼，知道凄厉的哭喊声马上就要在耳畔响起。等卡维塔睁开眼睛，巴雅和她的妹妹正开怀大笑，嘲笑她们的丈夫在厨房里找糖果吃。

整个下午后来就恍恍惚惚地过去了。别人塞给卡维塔一些糖果。可是卡维塔吃着自己花了整个上午准备的糖果，一点都没尝出甜来。她觉得自己仿佛站在外面的阳台上，正透过窗户看着这些朋友。她想赶紧离开这里，跑回自己的家去。然而她知道，不管跑到哪里，都没法得到内心的安宁。即使是贾苏也没法帮自己驱散这种感觉。大家终于准备散去了，贾苏和卡维塔和朋友一一告别。他们离开后，有好一会儿没有说话。“贾苏？你觉得警察说的是真的吗？你觉得维贾伊会不会掺和进那个钱迪·巴彦的团伙？”卡维塔说道。

贾苏半晌没吭气，最后才犹犹豫豫地回答道：“卡维，我们已经尽力了。现在，只能听天由命了。”

回到家后，卡维塔点燃了陶制灯，把灯一一放在窗台上。

她小的时候很喜欢排灯节，因为可以吃到糖果，还能看到烟火。直到后来长大成人了，卡维塔才明白这个节日的意义，是为了庆祝罗摩神打了胜仗，庆祝正义战胜了邪恶。卡维塔走到阳台上，看见孟买家家户户的窗户旁都闪烁着微弱的灯光，有成千上万盏灯。她思忖着贾苏的话，听天由命，不知道今晚维贾伊的命运是不是也攥在上天手里。我以前对儿子少做了什么吗？怎样才能拯救他的命运？

卡维塔凝望着远处绽放的第一发烟花划破夜空，陷入了沉思。她对响彻夜空的炮仗毫无感觉。她太入神了，都没有听到开门和关门的声音。突然，厨房里传来哗哗的流水声，卡维塔这才缓过神来。她走过去一看，原来是维贾伊正蹲在洗碗槽边。“维贾伊？”卡维塔吓得停了下来，只见儿子肩膀滴着血，她倒抽一口凉气。她缓过神来，赶紧冲了上去。“啊！宝贝，你这是怎么了？”

“没事儿，妈妈。伤口不深，”维贾伊答道。

卡维塔要儿子赶紧把衬衫脱掉，站到桌子旁边。她去取来了一碗热水，找了点绷带。“宝贝，他们把你怎么了？我就知道迟早会有这么一天。跟你混在一起的人，都不是什么好人——就是普林那帮人。你跟这些人在一起很危险，维贾伊。看看他们都把你弄成什么样子了！”卡维塔拿起一块布紧紧按在儿子肩膀上，止住血，然后开始用热水清洗伤口。“唉，宝贝，妈求你了，别再跟那些人混在一起了。”

“妈，不是他们弄伤我的，”维贾伊一边说，一边抵触地摇摇头。“他们是帮我的。弟兄们都很关照我，保护我。”不管维贾伊说的兄弟姊妹是亲生的还是想象出来的，卡维塔一听到就猛地缩了一下，紧紧咬住下嘴唇，把涌上来的泪水憋了回去。就在这时，电话铃响了。难道有人打电话来祝我们排灯节快乐？

“妈，我和他们都互相照应。除了他们，我还能信任谁呢？警察吗？除了我们自己，别人是不会帮我们的，妈。”

电话铃停了下来，屋外的烟花还在噼里啪啦响个不停。贾苏来到起居室。“卡维塔……”贾苏轻声说道。

贾苏以前从来没有喊过卡维塔的全名。卡维塔抬头看看贾苏。

看到光着上身淌着血的儿子，贾苏似乎一点也不惊慌。他直愣愣地看着卡维塔。“你妈妈打电话过来了。”

37 绝色印度美人

2004年，印度，孟买

阿莎

“阿莎，我的宝贝，”奶奶坐在桌子对面，一边吃早饭，一边说道，“我们这周末要去参加一场婚礼。雷贾基家的女儿马上就要出嫁了。你听说过雷贾基家族吗？全印度所有的自动黄包车和电动三轮车都是他们家生产的。不管怎么说，婚礼肯定特别热闹。我已经跟普丽娅说了，让她今天下午过来，带着你去艺术中心商场买点新衣服穿。就买一件旁遮普服或者买一件好看点的纱丽，行吗？”

“哦，好的，”阿莎说道，“不过，我不认识他们，不想不请自来。你们去吧，我可以一个人待在家里。”

“什么叫不请自来呀？净胡说！”达迪玛说道，“他们邀请我们全家过去，你是家里的一员，不是吗？我们去十二个人也是去，去十三个人也是去。再说了，我想让你过去开开眼界，看看真正的孟买式婚礼。非常上档次的。所以你一定得选件好看的衣服，行吗？穿点……色彩艳丽的衣服，”达迪玛一边说，一边看着阿莎棕褐色的休闲装和灰色的T恤。“普丽娅吃完午饭就会过来带你去买衣服。”

“好吧，达迪玛。”虽然刚来印度没有几个星期，不过阿莎已经学会了察言观色，知道什么时候该顺着奶奶。奶奶是个强势的女人，对自己身边的每一件事情都想插上一脚。即使如此，奶奶对阿莎还是很和蔼可亲。毕竟爸爸是奶奶一手带大的，所以了解奶奶也让阿莎对爸爸有了新的认识。阿莎甚至可以从奶奶的笑容中看到爸爸的影子。她现在盼望爸爸也能来印度。不过上次打电话的时候，爸爸只字也没有提到来印度的事。妈妈只是在快挂电话时才说上两句，问问阿莎是不是坚持每星期都吃预防疟疾的药品。

“嗨，阿莎，你在哪里呢？”普丽娅走在公寓的门厅里，大声喊道。她穿着无袖的芒果色薄绸纱丽长裙，一只手里拿着太阳眼镜，停在阿莎的房门前。普丽娅浓密的黑色秀发落在肩上，染成棕红色的发丝在阳光下熠熠生辉。“啊，你在这里呀！准备好了吗？”普丽娅自信地笑了笑，挽住阿莎的胳膊。“我们要给你找几件漂亮衣服，婚礼上穿。这可是达迪玛下的死命令。”

三十分钟后，阿莎踏进纱丽店，心里暗暗感谢有普丽娅陪在身边。普丽娅叫司机先离开了，告诉他两小时后再过来接她们。阿莎一开始还很迷惑，买衣服怎么会花那么长时间？现在她明白了。整个商店的架子从地板顶到了天花板，上面挂着满满当当上千件纱丽，各种颜色和料子应有尽有，简直就是五彩缤纷的彩虹世界。这是一家女装专卖店，不过店员都是男的。一个男店员很快朝普丽娅走来，一眼就看出来这次购物是普丽娅说了算。男店员指着架子上的一摞艳丽的衣物，滔滔不绝地说了起来，就像喋喋不休的拍卖商一样。普丽娅只好抬起手，示意男店员闭嘴。然后，男店员只好礼貌地稍稍介绍了一下，普丽娅就带着阿莎穿梭于层层叠叠的纱丽货架之间。

“我要看看这种料子的！不，不是那种。我说的是那件薄丝！那件淡黄绿色的，颜色柔和些吧？”普丽娅指指点点，男店员在柜台后把一件件丝质的纱丽铺在她们面前，展现出纱丽边缘精致的金线和银线针脚，还缝制着佩斯利花纹和孔雀图案。对每一件纱丽阿莎都看了好几秒钟，然后就换上一件，把这一件压在下面。阿莎断断续续地听到柜台后的男店员和普丽娅你一言我一语，暗暗称奇。男店员的另外两个同事则往返于商店的仓库和前台，抱来一大堆新纱丽。

没有人询问阿莎的意见，不过阿莎也说不出什么来。另一个店员给她们端来了不锈钢平底杯，里面盛着热气腾腾的茶水。阿莎欣然接受了自己这个毫无发言权的角色，忙着喝茶，时不时还得朝茶水吹几口气，把茶叶吹到一边。她每过一会儿就会环视四周，发现每隔几步远就站着一个人体模型，头发盘得高高的，一双杏仁眼，站姿优雅，伸展的胳膊上拿着纱丽。根据阿莎之前的研究，这些衣服都是印度女人穿的典型服装，她们把一件八码长的长方形织物披在身上，没有纽扣，也没有拉链。根据场合不同，纱丽的穿法也不同。一个尺码就能满足不同身材的需要，高矮胖瘦都很合身。阿莎在飞机上阅读相关介绍时，觉得纱丽是一种很随意的衣服，但现在看着微笑的模特，阿莎似乎有些胆怯。

普丽娅终于转向了阿莎，说道："好了，阿莎，我选了几件衣服。看看里面有没有你喜欢的。"阿莎低头看了一眼玻璃柜台，发现大多数纱丽都被挪到一边，就剩下两件摆在自己面前。"这一件是薄绸做的，"普丽娅一边说，一边给阿莎看这件薄如蝉翼的浅绿色衣服，上面还缀着小金珠。"薄绸可是最新潮的料子，很时尚。身体太丰满就不能穿薄绸了，因为太蓬松了。必须得是苗条身材的人穿上才行，"普丽娅竖起小指说道，"你穿这种颜色的衣服，太漂亮了。"普丽娅把纱丽举在阿莎胸前。

"真漂亮。"阿莎不知道自己的身材算不算苗条，也不知道这件薄绸纱丽合不合身。

"这件就传统一些了，也很典雅，"普丽娅说道，抚摸着富有光泽的深黄色纱丽，纱丽的边缘是暗红和金色相间。"这件纱丽比较闪亮，适合晚上穿。纱丽所用的丝绸有些滑，不过我们可以把它固定好。穿着这件纱丽，可以再配上黄金镶嵌红宝石项链。达迪玛那里有一条很好看的项链。"

阿莎想象着那条八码长的金色薄绸裹在身上，滑溜溜的纱丽一直垂在脚边，结果把自己绊了一跤，摔进了泥潭。"普丽娅，我不知道该选哪个，都很漂亮，但是……我以前从来没穿过纱丽，”阿莎怯生生地说道，“我不知道能不能习惯。”阿莎无助地指了指最近的假模特。“有没有稍微简单点，又适合我穿的？”

普丽娅盯着阿莎看了一会儿，歪了歪脑袋，露出莫名其妙的表情。阿莎顿时觉得脸颊一热，自己竟然不会穿纱丽，真丢死人了。

普丽娅突然站了起来，甩了甩太阳镜，对柜台后的男店员说道：“好吧，我们走，上楼去吧。给我们找几条配套的上衣和裙子看看。要那种婚礼穿的，把你们最好的衣服都拿出来。赶快。”普丽娅朝楼梯走去，阿莎跟着她上了楼。阿莎知道配套的上衣和裙子是两件分开的服饰，一条到脚踝的束带长裙，还有一件配套的上衣。穿上这一身至少不用担心衣服会掉下来，不过，那么长的裙子看上去似乎仍然会把阿莎绊倒。普丽娅挑了一条深红色的缎子裙，上面覆着一层透明硬纱，还挑了一件无袖束腰外衣，衣服上缀着闪亮的银色珠子。阿莎同意穿上试试。

阿莎一个人站在薄帘后的狭长镜子前，这身豪华闪耀的派头着实吓了她一跳。这套衣服似乎只会出现在奥斯卡颁奖典礼或者选美比赛上。阿莎觉得很尴尬，好像别人发现她在错误的日子穿上了万圣节的服装。穿着这身衣服一点也不舒服，感觉很沉重，裙子的束腰带紧紧地勒着小腹。领口那里也奇痒无比，金属质感的丝线和珠子蹭得皮肤很难受。

“太完美了！”普丽娅从帘子后面探出头来，说道，“快看看自己，好一个印度美人！你觉得怎么样？”

“还行，”阿莎一边说，一边换回自己的休闲裤，感觉轻松不少。“我们走吧。”

“我们现在准备去‘瑟姆家’。你过来找我们吧。我们待会儿就去吃晚饭。”她们从纱丽服装店往外走时，普丽娅对着手机说道。“宾度打来的电话。”她们钻进汽车后座，普丽娅解释道。普丽娅告诉司机要去哪里，然后戴上了太阳镜。

“谁是瑟姆呀？”阿莎把缠着红色丝带的盒子放在大腿上，里面装的是她新买的那套服饰。

“亲爱的，怎么了？‘瑟姆家’不是什么人的家，这是孟买这边最好的美容院。阿莎，我要带你去做热蜡脱毛。”

“脱毛？”

“对呀，去体毛，亲爱的。你手臂上的毛。”普利亚说着瞪大眼睛，透过镜框看着阿莎。“你的新夏装可没有袖子，我的好姐妹，你可不能把这一手臂的汗毛全都露在外面吧。”普丽娅说着指了指阿莎手臂上的汗毛。

“那……你也给胳膊脱毛吗？你会这么做吗？”阿莎半信半疑地问道。这个一直困扰她的尴尬问题，阿莎不敢相信堂妹竟然可以有办法解决。

普丽娅转过头去，哈哈笑了起来。“你是在开玩笑吗？我浑身上下都做过脱毛的——胳膊、腿，还有脸都做过。我每隔三个星期都会去一次‘瑟姆家’，告诉你吧，他们从头到脚都能给我做脱毛。你以前难道没有做过吗？”现在轮到普丽娅迷茫了。“真是难以置信。我们这儿每个人都做脱毛美容的，就跟祭祀典礼上的椰子一样普遍。”普丽娅接着说道。

“那脱毛的时候不疼吗？”阿莎追问道。

普丽娅耸耸肩。“不怎么疼。我想可能会有一点点疼吧，不过你会习惯的。”普丽娅轻描淡写地说道。

一个小时后，阿莎不知道自己能不能忍受热蜡脱毛的疼痛。不过，阿莎对于脱毛后的效果感到很满意。她的胳膊变得光滑，上面还散发着玫瑰花洗浴露的香味。“瑟姆家”里挤满了印度妇女，大部分都跟阿莎和她的堂姐妹一般大小，不过也有岁数稍微大一点的。就跟普丽娅说的一样，许多妇女都要在这里待上一整天。她们一项接一项地做着美容处理——脱毛、棉线修眉、漂白、拔毛。在这里，每个人都很随意地谈论生理上的问题。这些问题自从青春期开始就一直是阿莎的难言之隐。眉毛太粗，长满汗毛的胳膊，还有长满斑点的皮肤等等问题，都是“瑟姆家”经常处理的小毛病。宾度和普丽娅稍微鼓动了两句，阿莎就决定要把眉毛修一下。因为修眉看起来并不需要用针、刀片或者热蜡，所以阿莎觉得修眉应该不会有什么疼痛。

阿莎想的也不完全对。美容院的人让她躺倒在椅子上，把脑袋靠在椅子头上。美容师穿着白色的工作衫，上面别着一个名牌，写着“吉蒂”。吉蒂让阿莎把一只眼睛闭上，然后用手指绷紧阿莎眼睛上下的肌肉。接着，她拿着一根长线，一个线头咬在嘴里，另一头缠在手指上。然后，吉蒂把脑袋向阿莎的脸紧紧凑了过去，近得让阿莎感到有点不自在。颤动的长线在阿莎的眉毛骨上滚滚发烫，疼得阿莎鼻子阵阵发酸。线断了几次，吉蒂就停了下来。吉蒂还停了好几次，因为阿莎想打喷嚏。幸好整个修眉过程持续了还不到十分钟。阿莎坐直了身子，眼睛湿润。吉蒂递给她一块镜子，让她照照新弄好的眉毛。吉蒂转身用印地语跟普丽娅说了几句话。普丽娅不住地微微点头，看样子是听明白了。

“她说什么呢？”阿莎问道。

“她说你的毛发很重。过段时间还得来，下次就不会这么疼了。”

阿莎、普丽娅和宾度三个人在“中华园”找了一个座位坐下，座位上还铺着塑胶垫子。中华园以偏印度口味的中国菜而闻名。阿莎和普丽娅谈论着将要参加的婚礼。这时，宾度递过来一盘宫保鸡丁。阿莎已经知道所有的堂兄弟姐妹，甚至叔叔婶婶在外面吃饭的时候都会吃荤。不过，在达迪玛家时，他们都还把自己伪装成是完全的素食主义者。

“我听说新郎的迎亲队伍里有六匹白马，每个堂表兄弟都会骑上一匹，新郎自己则会乘坐白色的劳斯莱斯。”宾度在桌子的另一侧窃窃私语道。阿莎尝了一口鸡肉，尝起来一点也不酸，也不甜，阿莎只觉得奇辣无比。

普丽娅点点头，咬了口春卷。“对了，我听说他们准备为这场婚礼花掉一个克若尔[①]呢。他们准备宴请一万个客人！”普丽娅向阿莎解释道。“一个克若尔就是一百个拉克，”接着轻声说道，“一千万卢比呢。”

“不算耳环和鼻环，光是新娘子的项链就镶嵌了八克拉钻石。婚礼上，新娘子要换三套珠宝：钻石、翡翠和红宝石。而且她每只手臂上还会戴上三十只二十二克拉的金镯子。光是为了看护这些珠宝，他们还要专门找个保安呢。”宾度说着咧嘴笑了笑，给每个人加了点绿茶。

“阿莎，你来得正是时候，”普丽娅说道，“这将成为本年度最盛大的婚礼。还有许多单身男子会在婚礼上出现。”普丽娅放下炒饭，抬起头冲阿莎眨了眨眼睛。接着，她们姐妹三个就好像是多年的知己一样，咯咯笑了起来。阿莎笑得太厉害了，绿茶都顺着鼻孔喷了出来，眼角也挤出了泪水。

晚上睡觉前，阿莎把当天的经历都写进了日记本。阿莎惊奇地发现，虽然这里的食物可能有点辣，衣服穿起来也不舒服，美容院的美容项目有点疼；不过这个地方现在倒更像是自己的家，身边的人仿佛就是自己的家人。

---

① 此处为音译印度数字单位（crore），1克若尔相当于1000万。下文的拉克亦是如此，1拉克相当于10万。——译者注

38 一无所有

2004年，美国加利福尼亚州，门罗帕克

萨默

萨默这次烧鸡烧得很成功，忍不住暗暗自得起来，因为克里希肯定不会表扬自己。阿莎上个月去印度后，他们压抑数年的争执终于爆发。夫妻之战在屋檐下频频打响，搅得家里没有片刻安宁。萨默还弄不明白，为什么阿莎要选择去印度。她想努力不生克里希的气，但是克里希和阿莎合谋骗自己的想法就是挥之不去。

克里希吃了几口鸡肉，没做任何评价，嚼着食物就说起话来。“我们得想一想去印度的事情。一天不定日子，阿莎就问个不停。”萨默抬起头，看见克里希的盘子旁放着一瓶塔巴斯科辣酱。无论萨默烧的是什么，克里希都喜欢蘸着辣酱吃，他还在冰箱里摆了其他各种各样的调料，仿佛想把萨默烹饪的美味都用调料抹去一样。萨默有时会在鸡肉上抹一点洋苏草调料，在米饭里加点柠檬调料，不过，所有这些特意添加的美味都会淹没在克里希火红的辣椒酱里。萨默用叉子随意戳着盘子中散落的绿豆。“我可不能说走就走啊，我只有一周的休假时间……”

“找别人顶一下你的班呗，萨默。没有你，他们也能工作。”虽然萨默早就该习惯克里希的说话方式，但这次还是有点恼怒。克里希根本就看不起自己的工作，似乎和他那种救治大脑的手术相比，其他医生做的事情都微不足道。克里希摘下眼镜，用手帕擦了擦镜片。“我不知道这有什么大不了的。这时候去再合适不过了。阿莎在那里，她是第一次去，我的家人也都在那里。我已经快十年没回过家了。你也……天知道你多久没去过了。萨默，为什么我们现在不能去？我还以为你很担心她，我以为你想在身边好好看着她呢。”

萨默当然想女儿了，但她不知道女儿有没有想她。她记得就在女儿走之前，两个人还吵了一架，在飞机场时她们也很尴尬。自从女儿打定主意要去印度以后，就刻意和萨默保持距离。一想到要在印度见到女儿，就会勾起萨默痛苦的回忆，让人无法释怀。萨默觉得虽然这辈子全心全意都在为这个家操劳，自己已经成了这个家庭的局外人。她现在没有勇气去印度，觉得在那个国家格格不入，身边都是陌生人。

“我已经有八年没见到家人了，”克里希说道，嗓门越来越大。“八年了，萨默。我的父母一天天老去，侄子们也越长越大。我早就该回去了，这一次必须动身。”克里希又喝了点红葡萄酒，身体后仰，靠在椅背上。

“别说得好像都是我的错一样，”萨默说道，“你什么时候想走想回都可以。我从没拦过你。是他妈的你自己造成的。”克里希不屑地哼了一声，喝了一大口酒。“克里希，你知道我很难做，”萨默说道，“我不像你在那里有家人，对我来说不一样。你不理解我的感受。”

“你这是什么意思？你在那里没有家人？”克里希说道，“你的丈夫是印度人，你的女儿是印度人，莫非你把这些都忘得一干二净了。”

“你知道我什么意思。”萨默说着闭上了眼睛，手揉搓着前额。

“不，我才不知道呢。你怎么不解释解释？照我看来，无非两种解释。要么，你不愿意阿莎了解我的家人，当然，他们也是阿莎的家人，我可得提醒你了。要么，你不愿意她越来越像一个印度人了。无论是哪种情况，萨默，这都是你自己的问题，不是阿莎的。我们含辛茹苦把她拉扯大，现在她长大成人了，你没法事事都管着她。你总说，无论阿莎什么样，我们都得欣然接受，我们得接受她的兴趣爱好。天呐，像她这么大的时候，我都漂洋过海了，也没见我父母吵个不停啊。”

“那种情况不一样。”萨默说道，泪水从眼角滑落。

“噢，是吗？怎么不一样了？”克里希讽刺般地笑了笑，眼里仍然流露出凶光。

因为他们是你的亲生父母，不用担心会失去你。“因为……”萨默憋了半天，也只能说出这两个字。

“情况不一样，是因为我来的是一个美妙的国度，到处富庶丰饶，所以没人愿意离开，对吗？”

萨默拼命摇头，泪水喷涌而出。她不知道该说什么才能让克里希明白，才能冰释克里希冷峻的眼神。

克里希再开口时，已经平静了许多。“我十二月二十八号就走，如果你想一起来的话就来吧。”每一个字都像手术刀一样，割在萨默的心坎上。克里希继续说下去时，萨默难以置信地看着他。“是的，我已经订好票了。这个时候去印度都得早点订票，我可不想最后买不上票。”

萨默觉得一阵失落在心中攒聚。“你……你什么时候订的？”

“这重要吗？”克里希斩钉截铁地说道，然后喝了一口酒。“九月份吧，阿莎走了以后我就订好票了。”

“这么说，就这么定了？原来你早就决定了。”现在一切都明朗了。在这件事情中，萨默毫无发言的权利，就像阿莎去印度一样。

“对，早就决定了。”克里希站了起来，把碟子拿到洗碗槽旁，银质的盘子撞到了洗碗槽，发出清脆的响声。“如果你想来，就一起来。或者干脆别来了。兴许不来更好。”

到了第二天，萨默觉得神情恍惚。她照例给病人看病，查看病历表，开处方。虽然所有活动和往常一模一样，不过还是有一种不同寻常的感觉。她感觉自己的世界一下子全乱套了，像脱轨的火车一样。所有熟悉的事物顿时都离她而去，自己变得一无所有。克里希和阿莎现在不仅不需要她了，似乎都开始觉得萨默碍手碍脚起来。他们现在做什么决定都不跟她商量了。

午餐时间到了。萨默走了几个街区，到超市买了一份常吃的盒装沙拉和柠檬。从超市往外走的时候，萨默在社区的宣传栏停了下来。她看见上面贴满了招聘遛狗员和出售车库的小广告，最后她注意到一篇关于帕罗奥图的转租房屋广告上。广告单子下面是一排剪好的电话号码，萨默撕下来一条，塞进钱包里。她生怕自己犹豫不决，赶紧打了个电话，把事情谈妥了。

那天晚上，萨默告诉克里希自己不跟他一起去了，还说两个人之间都有个人空间，分开几个月应该很不错。他们还达成一致，先不告诉阿莎。萨默怕克里希不同意，本来还准备其他的话要说。不过，克里希却表现得若无其事，这着实让萨默猝不及防。

“萨默，希望这样能让你开心一点。”这就是克里希的全部回答。克里希上楼后，萨默呆呆地坐在屋子沙发上抽泣起来。第二天上午，萨默就开始收拾行李。

39 一言为定

2004年，印度，孟买

阿莎

达迪玛坚持要求阿莎和堂姐妹们一起参加新娘的“曼海蒂”仪式。不过达迪玛自己不去参加，“我都是这么大把年纪的老太太了，这些事情不是我该做的。还是你们这些年轻姑娘热闹去吧。”

普丽娅给阿莎拿了一件淡蓝色的薄纱纱丽。还好，这件衣服比她们上次专门为参加婚礼买的那身衣服简约，没那么花哨的装饰。去聚会的路上，普丽娅跟阿莎解释了一下“曼海蒂”仪式，说这是一项女人的活动，参加者都是亲朋好友。这些人在婚礼开始前聚到一起，给新娘的手上和脚上画上图画。塔卡尔家族之所以会被邀请，是因为达迪玛的母亲和雷贾基的母亲在美国加利福尼亚圣塔克鲁斯时是好朋友。不过现在，这两个老姐妹都已经过世了。

等她们一行来到雷贾基家的豪宅时，阿莎才发现原来普丽娅所说的只有亲近的人才能参加的“曼海蒂”仪式，参加的人

“只有”几百个，而参加婚礼的宾客人数得成千上万。在大理石客厅里面，一个簧风琴手和一个塔布拉鼓手正在演奏欢悦的印度曲子。阿莎远远看见前面有一张餐桌，上面摆满了一盘盘丰盛的食品，于是向桌子走去。普丽娅拉住阿莎的手臂，轻声嘀咕道:“我们必须先跟人家打声招呼。”普丽娅一边说着，一边微微点头，向宽敞的起居室方向努了努嘴。在一个突起的小台子上，新娘坐在一张看似王座的椅子上面。一个女人坐在新娘子脚边，另外一个正在新娘子手上画着画。她们每个人都拿着圆锥形的小塑料瓶，里面放着绿色的橄榄黏液。阿莎凑近了一看，两个女人正往新娘子的皮肤上绘制极其复杂的图案——一根开花的树枝从新娘子的手背一直攀缘到手掌，手掌上面画着各种蜿蜒盘旋的曲线。更令人称奇的是，两位“曼海蒂”画师并不看什么参考摹本，都是信手画来。她们一边画画，还一边互相交谈，甚至跟旁边的宾客说着话。

“好好画啊，一定要画得好看点，颜色一定要深。”新娘子的一个朋友调侃着彩绘画家。“我们想让‘曼海蒂’能够永远保留下去！”

“还有啊，开头的线能画得多细就画多细。不能轻易就让新郎官给找到了。”另外一个朋友笑着说道，在新娘子的头上亲了一下。

普丽娅领着阿莎向一群老年妇女走去，“这是洞房花烛夜的一种习俗，新郎得找到新娘身上彩绘的起笔线条，新娘子才会让他……你懂的。”普丽娅说着笑了笑，冲阿莎眨眨眼睛。“来，她在这儿呢。”

“曼珠拉婶婶！”普丽娅双手合十，冲一个年长的妇女鞠了个躬。这个女人身穿暗紫色的丝绸纱丽，乌黑的假发整齐地梳成一个发髻。“达迪玛让我转达一下她的问候，她老人家今晚不能过来了。这是我从美国过来的堂姐，”普丽娅赶快介绍阿莎。“我堂姐刚从美国过来。她来这里是拿到了奖学金，美国的奖学金，非常知名。”

“您好，祝您万福。”阿莎试着模仿堂妹那自然的表达方式。“很高兴见到您。”

“欢迎你能过来，宝贝。见到你真好，”曼珠拉婶婶说道，伸出自己的大手掌握住阿莎的手。“你在这儿还开心吧？我真诚地希望你明天能够过来——我们包下了一艘船，将在港口附近航行。我经常说，在港口坐船欣赏孟买的夜色最好不过了，还能够远离市区的污染！”曼珠拉一边开玩笑，一边开心地笑了。由于纱丽裹着身子，这一笑她肚子上露出的肥肉荡起了层层波纹。“好吧，千万别客气呀，随便吃。我们准备的好吃东西多得是。”说完，曼珠拉就走开去招呼别的客人了。

“好了，没事了。”普丽娅说道。她们俩走向餐桌。阿莎又看到有两个“曼海蒂”艺术家在画画，虽然没有给新娘画得那么精致，但画在宾客手脚上的图案仍然很漂亮。阿莎在瓷盘里盛上了油炸馅饼、煎饺、蔬菜煎饼，但各式各样的酸辣酱却一点都不敢往上面浇，她怕这些调料太辣了。她想起曼珠拉婶婶说的港口游轮，还有孟买市区的污染。阿莎发现，孟买市区几乎每天都笼罩着一层浓厚的雾气，自己在室外总是咳嗽不止。似乎大部分烟雾都是从雷贾基牌子的动力黄包车和小型摩托车排出的。曼珠拉婶婶是家里的世交，这个人可真够虚伪的。她们在宽敞的房子里闲逛时，阿莎小心翼翼地观察印度神明的大理石雕像，还有墙边挂着的一排刺绣毯子。普丽娅还介绍阿莎和其他几个妇女认识，但是她们打趣时操着古吉拉特语，语速很快，阿莎基本上没听明白。

阿莎一边吃，一边看着“曼海蒂”细心描绘着自己的作品。其中一个艺术家闲下来时，普丽娅用肘轻轻推了推阿莎，让她上前去。“画点简单的图案吧，”阿莎说道，“跟那种差不多的就行。”阿莎说着指了指另一个女孩身上的太阳图案。不到五分钟，阿莎的两个手掌都画上了光芒四射的球体。等颜料干了，“曼海蒂”又涂上一层柠檬汁和油，然后告诉阿莎暂时不要碰，好让颜色变深一些。第二天早上，阿莎刮掉像泥土一样干燥的颜料后，惊奇地发现手上留下了漂亮的红色图案，结果她一整天都忍不住看自己的手。

两天后的晚上，婚礼如期举行。阿莎刚走进印度板球俱乐部的大门，看到眼前的情景，惊愕地刹住了脚步。整个场地可能有两片足球场那么大，摆满了奢华铺张的家具，都是专门为了婚礼而临时运过来的：华丽的贵妃床、雕木的桌子、丝绸枕头，头顶还坠着精致的蓬状物。整个地方就像巨大的户外宫殿。成千上万的宾朋走来走去，还有差不多相同数量的服务员托着银盘子，装着各种美食饮料。阿莎刚开始还担心自己的衣服太闪耀了，现在才发现，和别的女人相比自己穿得太随便了。大家都穿着熠熠生辉的纱丽，搭配着炫目耀人的珠宝。

“快来，亲爱的，”普丽娅说着挽住阿莎的胳膊。“别大惊小怪的，让人觉得你从没来过印度婚礼！”阿莎一言不发地跟着堂妹走了一会儿，仍然对这片改造过后的板球场地惊叹不已。她不知道父母的婚礼是不是也像这样，然后想起了挂在父母卧室里的那张带框相片。两个人站在金门公园，母亲穿着朴素的太阳裙，父亲穿着西装。

“……这位是我堂姐阿莎，从美国来的。她不仅漂亮，而且还很聪明。”普丽娅说道，轻轻捅了捅阿莎的肋骨。阿莎这才缓过神来，看见有人伸出了一只手，抬头一看，是一个男人，阿莎睁大了双眼。

“很高兴见到你，我叫桑贾。”他说话抑扬顿挫，带点英国口音。

“我也很高兴。我叫阿莎。”

“我知道，普丽娅刚才介绍过了。好名字，你知道有什么含义吗？”

*我当然知道，爸妈告诉过我八百遍了。*但是阿莎沉默地摇摇头，希望桑贾能用那令人迷人的音调再说上几句。

“是‘希望’的意思。你爸妈肯定对你寄予厚望。”桑贾笑了笑，阿莎觉得腿都酥了。

“是啊。”见鬼。自己就不能说点别的吗？阿莎注意到桑贾的眼睛是柔和的淡褐色。阿莎的余光一瞥，只见普丽娅和宾度已经走开了。

“去拿点吃的……马上就回来。”普丽娅眨了眨眼。

“那么，你是从美国来的？经常来这里看望家人吗？”桑贾说道。

“说实话，这是我第一次来印度，”阿莎终于可以正常开口说话了，“你呢？你从……英国来的？”

“不，不，我是地地道道的孟买人，我家就离这里不远。不过，我过去六年都在英国读读书，念本科和研究生。”

“研究生……什么专业？”阿莎觉得自己说话跟记者一样，但是桑贾和蔼的笑容让阿莎无所顾忌。

“伦敦经济学院。我正在攻读硕士学位，希望以后能去世界银行之类的地方工作。不过，前提是爸爸不要让我继承家族产业。你呢？”

“我还在读大学，美国的布朗大学。我来这里是因为拿了奖学金，做一个项目。”

“什么项目？”

“我要写一篇关于贫困儿童的报道……那些住在贫民窟里的儿童，比如达拉维。”桑贾瞪大了眼睛。“怎么，你想和其他人一样，提醒我注意人身安全吗？”阿莎说道。

“不是的，”桑贾抿了一口喝的。“我相信，像你这么聪明的女人肯定明白这么做的危险性。”桑贾的笑散发出火热的魅力，阿莎觉得自己快融化了。“那么，到目前为止你都了解些什么了？”他们言谈甚欢，有时会走到餐桌旁，桌子上放着至少五十多种吃的。桑贾端着盘子走到一张天鹅绒沙发旁，两个人都坐了下来。桑贾用手抓起食物大快朵颐，他也鼓励阿莎不要拘谨。他们聊了聊即将举行的美国选举、欧元的汇率和世界杯。阿莎每次讲笑话，桑贾都会开怀大笑。桑贾还总是热情地给阿莎倒满杯中的饮料。时间过得很快，阿莎这才想到要找一下自己的堂妹。

“那么，跟我说说，既然你说这是第一次来印度，那你之前为什么不回来呢？”桑贾问道，他的胳膊随意地搭在阿莎身后的沙发上。

整个晚上，桑贾的自信气度都很有感染力，镇住了阿莎骨子里的记者秉性。桑贾就好像早就认识阿莎一样，阿莎说什么话他都不感觉奇怪。即便如此，阿莎还是不知道该怎么回答他。她咽了一口喝的，往后捋了一下耳边的头发。“这个说来话长了，恐怕一晚上都说不完。改天再跟你说吧。”

“一言为定？”桑贾说道。

阿莎的肚子顿时跳动了一下。“一言为定。”阿莎伸出了手。不过桑贾没有和她握手，而是把她的手握到自己唇边，轻轻吻了一下，然后伸出另一只手放到阿莎手上。阿莎缩回手一看，桑贾往她手上放了张名片，上面写着名字和电话号码。

这时候，宾度和普丽娅走了过来，好像早就商量好似的，不早也不晚。“原来你在这儿啊。我们到处找你呢。在这里找个人真是难啊，人太多了。”普丽娅脸上掠过一丝狡黠的笑容。她们跟桑贾道完别，阿莎转身刚要走，桑贾碰了一下她的手臂，笑着说道：“一言为定哦。”

在回家的路上，宾度和普丽娅就拿阿莎跟桑贾开玩笑。阿莎却陷入了沉思，她不可能回答桑贾的问题，因为她连自己都不了解。

⑩ 分居

2004年，美国加利福尼亚州，帕罗奥图

萨默

十一月的一个周五下午，莉莎邀请萨默跟诊所里的其他几个同事在下班后喝上一杯。萨默并不着急回家，所以就接受了莉莎的邀请。她从一个研究生手里转租一间公寓，现在已经搬了过去。公寓位于马德里县路边不起眼的地方，路边栽着树，距离大学校园只有几个街区。这是一间开间，里面家具不多，铺着灰褐色的地毯，墙的颜色也是暗灰色。在这个地方，看不见克里希和他的东西在眼前晃来晃去。她希望能在这样一个地方获得一丝自由感。不过每天回来，她都感到很空虚。

她们去了帕罗奥图的一家葡萄酒酒吧。自二十五年前她读医学院以来，这个地方建了很多新潮时尚的地方，这家酒吧就是其中之一。莉莎点了杯雪华沙，萨默经不住诱惑，也点了一杯。萨默和莉莎不是很熟，就知道她单身，长期坚持瑜伽练习，上班时经常看见她背着一卷紫色的瑜伽垫子。诊所的大夫每个月都会召开一次员工大会，平时她们都只在大厅里匆匆照个面而已。萨默已经五十二岁了，在同事里算是年纪比较大的。她在诊所一干就是十五年，所以论资历也比较老。由于诊所工作节奏比较快，患者群也不稳定，工资待遇很低，所以诊所很少能留得住那些有抱负的年轻大夫。

萨默啜了一口酒，发现同事们都能很自如地在工作和休闲之间转换状态。这些同事很自然地脱掉白大褂，端起酒杯。莉莎的头发平时都是垂着扎成马尾辫，不过现在却在脑袋两边散着。她灰色的鬈发像金属丝似的，皱纹已经爬上眼角，她看起来比萨默小几岁，不过也快五十岁了。同事之间的谈话没有什么新奇的，都是关于古怪的病人、坏脾气的护士以及最近的选举。喝完一杯酒后，大多数人都说家里人等着回家呢，于是就走了。

“哎，今天我不着急。”长椅上没人，莉莎凑近萨默说道，“我早上就给猫咪留吃的了。你着急回家吗？”

“没事儿，我也没地方可去。”萨默回答道，说完就把杯子里的酒喝完了。萨默还不想向别人坦承自己跟克里希分居的事实。他们刚刚分居几个星期，她还没有适应独居生活。早上煮咖啡时，她还会不自觉地多煮一个人的量；她也受不了房间的寂静，所以整晚都开着电视机。萨默医学院的朋友，还有家里的左邻右舍都是她和克里希共同的朋友。现在，萨默也还没有把分居的事告诉他们。

“那太好了，再给我们来上一杯。”莉莎对服务员说道。

萨默看着紫红色的酒水往酒杯里倒，不觉着了迷。她的头微微有点轻飘飘的。

“对啦，”莉莎压低声音说道，“主任职位的那件事，我已经听说了，挺为你惋惜的。我觉得你才是第一人选。论资历，你在咱们诊所里算是最老的了，而且大家都很喜欢你。”

“嗯，没错，不过他们找的那个人管理经验比我丰富，毕竟人家在这个行当都干了二十年了。不像我，半瓶水响叮当。”萨默觉得自己这么说不太好，不过她确实对这次没能升职感到很不满。现在终于可以发发牢骚，心里当然高兴了。

“你对他们新聘请的人了解吗？”

萨默摇摇头。“我只知道他来自伯克利。”当时，快要退休的上司鼓励萨默也参与竞争主任职位，她受宠若惊。于是，她暂时把注意力都放在了工作上，想找到新的动力。

“萨默，你假期有什么打算吗？”

“我准备去圣地亚哥看看爸妈。”萨默心想，这一杯酒会不会比第一杯好喝点。

“真好。你们家每年都回去看父母吗？”

“我……不，不是。”萨默感觉浑身暖洋洋的，开始滔滔不绝地讲自己的事情。“我一个人去。我丈夫去印度我婆婆家了。我女儿也在印度呢。”萨默又抿了一大口酒，接着说道，“我不想去印度，但是我丈夫很固执，所以……”萨默摇了摇头。“跟他分开一段时间也挺好的。你没结婚真幸运啊，不用遭这份罪。”萨默哈哈大笑，笑声在这个小木板屋里显得有些吵闹，连她自己也觉得自己笑得有点太大声了。

“其实我结过婚，”莉莎说道，“过了六年的婚姻生活。我是十年前离的婚。不过谢天谢地，我们没有要小孩。这样至少分开也容易些。那孩子呢？也让你遭罪了吗？”

“嗯，”萨默想了想。“应该算是吧，不过，现在要回答这个问题还挺麻烦的。”

“很正常。我总想问一问，因为这就是……我和老公……分开的主要原因。”

“他不想要孩子吗？”萨默问道。

“不不，其实他想要孩子，很想要。是我不想要。”莉莎说道，“我从来没有想过要当妈妈，我看见过朋友当了妈妈后成了什么样子。孩子改变了她们的婚姻和事业，还改变了……改变了她们自己。她们和生孩子以前判若两人，就像一具空壳装着老旧的灵魂。”莉莎用食指摸了摸镜框。“也许我很自私，但是我喜欢做自己，不想失去自己的性格。我喜欢保持这样。我的事业也很重要，我不想生完孩子后，十年里都没法出门旅游。一想着一旦生了孩子，就需要付出这么大的代价，我肯定快活不起来。”莉莎耸耸肩。“我想，不是每个人都像我这样吧。”

“你现在依然觉得这是正确的选择吗？”萨默脱口而出。

“有时我也会疑惑，”莉莎说道，“但大部分时候，我都觉得这样生活很快乐。我喜欢自己的工作，周末也完全属于我自己，我可以去旅游……顺便提一句，明年春天我准备跟几个朋友去意大利旅游，我妹妹要做膝盖手术，没法和我们一起去了。如果你有兴趣的话，可以加入我们，一定会很好玩的……在托斯卡纳骑自行车，品尝美味佳肴，喝葡萄佳酿，这可是趟闺蜜之旅。”莉莎微笑着把酒杯举到嘴边。

“嗯，听起来蛮有诱惑力的。尤其是可以抛下男人们不管。”萨默喝完了剩下的酒，现在她全身都热乎乎的。

“知道吗，今晚，我和要去意大利的朋友在那家新开的新加坡餐馆聚餐。你要是没有别的安排的话，为什么不跟我们一起吃点儿呢？”

接着，萨默就和莉莎的朋友一起吃饭去了，桌上摆着香脆的乌贼肉和串好的烤肉条。莉莎的两个朋友都是四十岁左右的单身妇女。“我是森德利。”其中一个自我介绍道。她的头发被太阳晒得泛白，扎成两条辫子，搭在肩上。“这是我的教名，”她解释道，“在梵语和印地语里是美丽的意思。我的猫叫佛祖。我生活的方方面面都与佛有关。”森德利微微一笑，拿起菜单。“我总是忘记在这里点菜有多难。难道新加坡就没有严格的素食主义者吗？”

“你们知道吗，”莉莎说道，“萨默的老公可是印度人。”

“真的吗？”森德利放下菜单。“真棒，我喜欢印度。几年前我去新德里参加朋友的婚礼，是那种家长包办的婚姻。他们让我穿上纱丽，还在我手上画图案。我太喜欢了。你这么做过吗？然后，我去了阿格拉，看到了泰姬陵，印度真是个神奇的国度。

我还想再去一次，多走走看看。听说印度南部很漂亮。你去过那里吗？你丈夫是哪里人？”

萨默半晌没回答，看见森德利渴望的眼神，于是说道：“孟买。”

“你太幸运了。我也想穿着纱丽结婚。像我这样一个来自堪萨斯州的白人女性，要是能穿上纱丽结婚……想想都兴奋。”森德利咯咯笑道。

一个穿着宽松蓝色套装的女人走到桌旁，急急忙忙拉出椅子。“能来杯苹果马丁尼酒吗？”她朝经过身边的服务员说道。“姑娘们，抱歉得很，我今天迟到了。五点钟我有一场演出，然后贾斯汀还缠着我给他念三本书。我告诉保姆，孩子可以看看卡通片，这才得以脱身。我现在都开始贿赂六岁的孩子了，我可真是个好妈妈，是吧？”

“是啊，盖尔，你是个好妈妈，”森德利说道，举起盛着马丁尼酒的杯子，准备敬酒。“尤其是大部分时候，你又当妈，又当爸。”

“盖尔，这是我的朋友萨默，”莉莎说道，“她是我诊所的同事。我正劝她和我们明年春天一起去意大利呢。”

盖尔手伸过桌子，和萨默碰了一下杯子。“真棒，人越多越开心。我仍然在努力劝说汤姆那一周能过来照顾一下贾斯汀。我的前……”盖尔对萨默的加入很热情。“他每次和我轮流照顾孩子时都很痛苦，他总得先和女朋友商量一下。我从没想到，离婚以后，自己的安排竟然还要受另外一个女人左右。”

“曾经拥有也是美好的，爱也爱过，失去也失去过了……”森德利一脸向往地说道。

“森德利可是我们这几个人中最无可救药的情痴。”莉莎笑着摇了摇头。

“我还在寻找白马王子，你们要是碰到合适的人选就好了，” 森德利说道，“嗨，也许我该接受包办婚姻了。”

“相信我，宝贝，”盖尔啜了一大口酒，说道，“像我们这把年纪，早就没有什么白马王子了。真正的问题不是找白马王子，而是你对‘黑马王子’有多大的承受能力。”盖尔说着扬起头，大声笑了出来。这一笑把刚刚走过来的服务员都吓得后退了几步。

第二天，萨默一早醒来只觉得口干舌燥，脑袋刺痛。她慢慢地翻转身子，睁开惺忪的睡眼，看见闹钟已经十点二十一分了。家里有阿司匹林，不过在洗手间的药橱里，萨默实在懒得走那么远过去拿。她慢慢地把脑袋放到枕头上，两眼看着头顶的白色天花板，目光落在墙角的涂料裂缝上。她又想起昨天晚上的情形——在酒吧里喝了两杯酒，接着又在餐馆喝了几杯。昨天一晚上喝的酒要比自己很久以来喝的都要多。她和莉莎以及她的那些朋友在一起玩得很开心：她们都很有趣，而且帮助萨默暂时忘却了烦恼。虽然如此，萨默还是不愿意过她们那样的生活。莉莎，就跟她说的一样，很幸福地过着没有孩子的生活。盖尔，努力维持生活，养育孩子，还得应付前夫。森德利，五十岁了还没有找到自己的爱情，只好和一只名叫佛祖的小猫为伴。

萨默翻过身子，想要避开洒在枕头上的刺眼阳光。*一把年纪了，竟然还去学人家宿醉。*五十二岁，与丈夫分居，住在学生公寓。一直在同一个地方工作，简直都快发霉了，可还是没有资格做主管。*我过去可不是这么看待自己人生的。*萨默突然觉得自己过去二十五年里关心照顾的人现在都离她而去了，完全不在乎她付出的时间和精力。她现在仍然可以自诩是医生，不过已经没有了往日的自豪。她觉得自己现在算不上是有丈夫的人，也很难算是个真正的母亲。萨默觉得，自己肯定在人生的某个阶段迷失了自我。

萨默根本不知道自己的婚姻是什么时候出现裂痕的。她觉得现在的克里希已经不是在斯坦福大学认识的克里希了。现在的克里希脾气暴躁，目中无人，简直就跟医学院自高自大的神经外科医生一样，以前他们经常拿这样的典型开玩笑。他完全失去了刚从印度来美国时的青涩与纯情；想当初，克里希还需要萨默教他开车，教他使用微波炉，而现在已经不需要了；克里希也再不会在吃饭时用痴情的眼神凝视萨默了；他也不会像以前一样愿意自豪地拉着萨默的手，在路上徜徉散步而忘却时间了。

萨默绞尽脑汁，想要回想起和克里希上次真正开开心心是什么时候。阿莎的高中毕业典礼？还是在夏威夷的那次家庭度假，他们最后一次真正意义上的家庭度假？阿莎念大学之后，不知道什么时候，萨默和克里希之间的距离就不断扩大。等女儿去印度后，夫妇之间简直就是咫尺天涯。好像两个人站在湖泊的两岸互相遥望，可是面对隔在两人之间的距离，谁都无能为力。他们俩的交相恶语，就好似抛进水底的石头，在沉闷的水面空留下串串涟漪。

萨默慢慢坐了起来，想等着大脑的阵痛消去一点再起床。走进洗手间，她往脸上拍了些冷水，手扶着水槽，从镜子后面取出阿司匹林。关上药橱的时候，萨默看看自己的影子，一个中年妇女的影子。五十二岁。过不了几周，克里希就要去印度找阿莎了，家里就要剩下萨默孤零零一个人了。虽然上飞机的是她的丈夫，而且几个月前走的是自己的女儿，可萨默还是忍不住怀疑，是不是自己把他们赶走的。她在想是不是自己先离开了他们。

㊶ 两个印度

2004年，印度，孟买

阿莎

“印度有二十一种主要语言，帕拉格能说其中的六种呢，而且他还会说英语。你会用得着他的，阿莎。”阿莎和米娜今天要去达拉维进行采访，米娜坚持要带一个随行翻译。“有了翻译，你就能专心进行采访，采访到你想要的东西了。别担心，他不会妨碍你的工作。”

阿莎做了个深呼吸。“好吧。”也不知道什么原因，阿莎就是觉得有点紧张。她已经做足了准备工作。同时，她也翻阅了《印度时报》的档案，采访了几个负责市政规划的政府官员。关于达拉维这个巨大贫民窟的形成历史，大部分人意见都很一致。达拉维过去是一片红树林沼泽，后来水干了，渔民就全都搬走了。就在那时候，孟买周边村镇的人纷纷来到孟买，想多挣点钱。那时的孟买城市基础设施薄弱，无法应对突然拥入的人群。

达拉维就在这种情况下应运而生。这片贫民窟的成长过程充满了悲惨凄凉，同时也是人类智慧的结晶。阿莎搜集了数据和事实，所以对这段历史有所了解。她心中已经有了故事的框架，不过还需要加入一些鲜活的人性化元素。在采访中，阿莎得搜集真人真事。有了这些故事，阿莎的报道就不仅仅是一篇普通的新闻稿，而会成为一篇引人入胜的专题报道。

“你想把采访过程录下来，是吗？”米娜问道。

“嗯，我们带上这个吧，”阿莎说着拿出自己的手提式摄像机，“如果不介意的话，请帮我拿一下。这样我采访以后可以截取一些想要的图片。”

“我也会拿上这些，”米娜抓起一包印有《印度时报》标志的小玩意，比如笔记本、笔和帆布包。“给受访的人准备一些小礼品。”

果不其然，外来人总能引起一大群人的注意。阿莎很快挑中了采访对象。一个目光敏锐的小女孩很快就引起了阿莎的注意。于是，阿莎指了指小女孩。米娜打开摄像机，帕拉格也朝小女孩走去。女孩看上去只有两岁大，穿着普通的米黄色棉布裙，脖子上戴着一串绳子，光着脚，头发短得还不到一厘米长。小女孩拉着一个大女孩。那个大女孩戴着暗金色的鼻环，鼻环与她黝黑的皮肤形成鲜明对比。

“这个女孩叫比娜，那个女孩是她妹妹雅修达。”帕拉格开始给阿莎翻译道。阿莎蹲了下来，面带微笑，眼睛直视着女孩。“比娜十二岁，雅修达三岁。”

“她们来这里多久了？从哪里过来的？”阿莎向小女孩伸出手。帕拉格翻译了阿莎的问题，比娜很快就尖声尖气地回答了。

“她说，她们去年雨季之前才来到这里，大概也就是八九个月之前吧。她们走了两天两夜才从她们村来到这里。”帕拉格说道。

雅修达玩着阿莎手指上的戒指，把戒指转来转去。“问问她家里的情况。父母都做什么？”阿莎说道。

“她们的母亲给别人家做女佣，父亲在制衣厂工作。她们还有三个兄弟，最大的和父亲一起工作，另外两个小的还在上学。”

阿莎放下手中的笔记本，抬起头来。“她为什么不去上学？比娜？”帕拉格一言不发地瞪着阿莎。“快问她呀。她为什么不去学校。”阿莎发现帕拉格又迟疑了一会儿，他瞥了一眼米娜，然后终于转向比娜。帕拉格翻译这个问题时，比娜望着阿莎，然后盯着自己的脚面。比娜很简短回答了一声，帕拉格翻译道：“她得照顾妹妹，准备吃的。还得洗衣服。”阿莎对这个答案还不满意，但是看到帕拉格和比娜共同的眼神，阿莎明白了，问不出更多细节了。

“问问她，为什么她妹妹的头发那么短。”阿莎摸了摸小女孩的头。

“也许是因为……”帕拉格开口道。

“我想让你问她。我想听她自己的回答。”

帕拉格转向比娜，说了几句，然后仔细听着，接着又转向阿莎。“她说因为有虱子。”帕拉格轻轻地说道。比娜又低头看着自己的脚，还不停地踢着路上的尘土。阿莎狠狠地咽了一下口水。雅修达仍然甜甜地盯着阿莎，摇晃着她的一只手。

“给。”阿莎又蹲下了一点，想努力把手上的一枚戒指摘下来。天气很热，手指因为汗水都涨粗了。阿莎好不容易才把小拇指上的戒指拽了下来。那是一只细细的银色戒指，上面镶嵌着一小块紫色石头。阿莎把戒指递给了雅修达。小女孩先是看了看姐姐，然后又扭头看着阿莎。她高兴地抓起戒指，双手搂住阿莎的脖子。

“谢谢你们能接受我们的采访。”阿莎对比娜说道，说完就站起身子。帕拉格翻译完这句话，比娜羞涩地冲阿莎笑了笑，微微点头。阿莎也不舍地放开了雅修达的小手。

阿莎朝帕拉格和米娜做了个手势，一起继续往贫民窟深处走去。一个面带倦容的女人站在棚屋前，不停地大喊大叫，这一幕吸引了阿莎他们。

“她在说什么？”阿莎问道。

“她在喊某个人……叫她快一点。”帕拉格说道。

就在那时，女人转过脸，注意到了摄像机镜头，于是走过来跟他们打招呼。女人和帕拉格礼貌地互相问候。帕拉格转向阿莎，说道：“她正准备送孩子去上学。她女儿总是磨磨蹭蹭。”

“噢，真好。她能跟我们说两句吗？她的女儿多大了？”

“她有四个孩子，只有两个和她住在一起……今天早上有一个已经去上学了，那个男孩十三岁了。还在屋里的是她的女儿，十岁。”

“她十岁的女儿去上学？真好。”

“是啊，她说上学很重要，”帕拉格翻译道，“她每天都接送女儿上学，要不然女儿自己就没法去了。”

“她丈夫是做什么的？”阿莎问道。

女人只回答了一个词，帕拉格翻译道：“他死了。”

阿莎草草地在本子上写了几笔，不知道接下来问什么合适。就在这时，阿莎发现米娜盯着自己的身后，于是赶紧转过身看一看。阿莎第一眼还以为看到一个女孩从棚屋爬了出来，再定睛一看，不禁惊出一身冷汗。原来女孩是个残疾人，两条腿都没了，正以手代脚，撑着地面一点点前进，身子在两臂之间前后晃悠。阿莎猛地倒吸了一口凉气，立马扭过头，不忍心去看这心酸的一幕。阿莎再抬起头时，注意到米娜正望着自己，还点了点头，示意自己继续采访。阿莎刚想继续采访时，看见女人蹲了下来，失去双腿的女儿爬上了母亲的后背。还没等阿莎问下一个问题，帕拉格就开口了。“她现在必须出发了，不然就该迟到了。学校离这里有两公里远。”帕拉格双手合十，感谢女人接受采访，阿莎也跟着双手合十。他们一直望着女人背着孩子离去，淹没在人群之中。

阿莎觉得头有点晕，仿佛天旋地转。是太热了吗？她深深地吸了几口气，但鼻孔里满是垃圾和排泄物散发出的恶臭。她摇了摇头，转向米娜。“我去一下，马上就回来。”阿莎冲向街对面的报摊，很欣慰自己能够解脱一会儿。她本以为自己早就做好了心理准备，没想到今天眼前的景象会深深地震撼自己。不过，她以前看到的不过是照片和屏幕上的影片。在这里，在达拉维，苦难和凄惨绵延不绝，如潮水般涌来。长年累月积攒的腐臭味，还有孩子绝望的生活，这些都唤起了阿莎内心深处的同情和怜悯。她买了一瓶印度特有的柠檬汽水，她已经爱上了这种饮料。她擦了擦瓶口，然后一口气喝掉了半瓶汽水。一辆双层巴士从阿莎面前驶过，她瞥见米娜和帕拉格站在街对面，他们看上去有些焦躁不安。得让大家都振作起来。喝完饮料后，阿莎把瓶子递给报摊的摊主。摊主喜笑颜开，因为可以卖掉废汽水瓶为自己赚点小钱。阿莎赶紧疾步跑回米娜和帕拉格那里。

“好了，我只是想凉快一下。现在好了，咱们接着走吧。”阿莎尽量表现得自信些。他们一行三人接着往前走，到一间棚屋前，阿莎停了下来。门口站着一个穿一身暗绿色纱丽的女人，腰上背着一个婴儿，还有两个孩子抓着她的腿。在妇女的左臂手肘上，纱丽的袖边露出木炭烫伤的痕迹。她断断续续地往火堆里添着东西，一边还用手指抓着大米喂婴儿。“她能接受我们的采访吗？”阿莎问帕拉格道。帕拉格和妇女交谈了几句，妇女边说边做着手势。

“她想问问，你是不是会给她一点报酬……钱或者吃的？”帕拉格回答道。阿莎从钱包里取出一张五十卢比的钞票，递了过去。妇女赶紧把钱掖进纱丽，一丝古怪的笑容在她脸上划过，嘴里露出两颗牙洞。

阿莎深吸了一口气。“问问她是什么时候搬到这里来的，从哪里来的。”帕拉格跟妇女进行了一番长谈。妇女一边说，一边不时地用闲着的手向身后的棚屋和远处指了指。

“她两年前结完婚，然后就一直待在这里，就是这间棚屋。她以前跟父母一起住，”帕拉格说着，指指妇女刚才指的方向，也是在这片贫民窟里，“就在那儿。”

“就在这儿吗，达拉维？她跟父母在这里生活了多久了？”阿莎本来觉得不会有人世世代代都住在这里的。在政府官员嘴里，这个地方听起来就像是临时的歇脚点。

“她从小就跟父母住在这里了，从记事起就在这里了，”帕拉格翻译道，“她说这间棚屋比她父母住的地方要好。在这里，只有她丈夫和孩子。在她父母住的地方，还住着十来个人呢。”帕拉格就像天气预报播音员似的翻译着。他说起话来很镇定，对翻译的内容一点都不震惊。阿莎觉得帕拉格可能是故意这么翻译的，是想专门气她。

“她……她住在这里开心吗？”阿莎问道。阿莎觉得这个问题对于一辈子都生活在贫民窟的妇女来说，简直荒唐至极。不过，阿莎实在想不出更好的问题了。

“她说感觉住在这里还不错。她希望有一天能住进像样的房子，不过现在她没有那么多钱。”

阿莎又想起那个妇女掖进纱丽的五十卢比钞票，而自己的钱包里面还有十几张卢比，加起来足有十美元，对这个妇女来说肯定是一笔大数目了。“她丈夫是干什么的？”

“他是拉黄包车的，”帕拉格答道。他一边听着那个妇女接下来的回答，一边翻译道，“她丈夫本来是和另外一个男人轮流拉车的，不过她丈夫两个月前因为喝醉酒迟到了，丢掉了工作。”

“那他们怎么挣钱呢？”

帕拉格翻译这个问题时，妇女低头看着火上的小锅。她把孩子放到地上，孩子马上就跑去和别的孩子玩了。接着，她才用低沉的声音回答了问题。“她每天晚上都去妓院，”帕拉格翻译道，“路口就有一家妓院。她每天晚上能赚到五十个卢比，每晚做几个小时就回家。她说她不会带孩子去妓院，她把孩子放到邻居家。她不想让孩子看到那个地方，不想让他们看到妓院里的勾当。她想瞒着孩子。”

阿莎听完之后，惊得又狠狠地咽了一下口水。“那这点钱够用吗？五十个卢比？我是说……”

“她说这就够全家人吃饭了。她希望丈夫能够赶紧找到工作，这样她就再也不用去那个地方了。”

阿莎又感到一阵头晕目眩，一下子不知道该问什么问题了，也不知道自己还能不能应付接下来的采访。她看看米娜，米娜点头示意阿莎继续。阿莎看看自己笔记本上事先列好的问题，使劲眨眨眼睛，打起精神。“她今年多大年纪了？”阿莎支支吾吾地说道。帕拉格看看那个女人。这时她的孩子跑回来了，不停拽着女人的纱丽。妇女弯下身子，抱起婴儿。

“二十。”帕拉格回答道。看看眼前这个生活在污秽之中，为了生存只能到妓院卖身的女人，阿莎不禁打了个寒战。这个女人一辈子都生活在污秽的贫民窟里。三个小孩，一个酒鬼丈夫，很有可能一辈子就这样受苦受累。

阿莎和这个女人同岁。

在回办公室的车上，他们三个人一言不发。阿莎脑中盘旋着刚才看到的画面，萦绕着刚才听到的骇人听闻的故事。她感觉得到，米娜正盯着自己。

“感觉今天的采访怎么样？”米娜问道。这个问题比阿莎预想的要温和得多。

阿莎对今天的采访很震惊：这些印度人竟然生活得如此凄惨；有些小女孩竟然刚三岁就要开始做家务，连上学的机会也没有；大家看见小孩子没有双腿，竟然觉得习以为常。阿莎能这么回答吗？“我觉得这次采访是个良好的开端，”阿莎回答道，“你觉得呢？”

“我觉得你刚才做得很好，采访的人都开口说话了。我们采访到几个很好的故事，很典型的达拉维生活。你有什么遗漏的，想下次采访吗？”米娜说道。

“我们还没有采访过小男孩呢，也没有采访过男人呢。我刚才没见贫民窟里有几个男性。”阿莎往窗外看去，正值正午时分，路上挤满了人。“为什么我每次走在外面时，都觉得路上好像到处都是男人，而今天在达拉维，看到的却好像全都是女人呀？”

“阿莎，”米娜说道，“就像贫富可以把印度一分为二一样，男人和女人也能把印度分成两种。女人主内，负责照顾家人，管理仆人。男人主外，忙于工作事业，忙着各种应酬。所以，像你这样在街上走动的女人屈指可数。应该是男人在外面打拼的。有时候，那些敢于出来闯荡的女人会遭人嘲笑。”

阿莎这才想到，自己有时走在街上就会遭受男人的嘘声和白眼，她甚至都准备使用宿舍讨论会上学来的自卫招数了。

“而且，这不是我一个人的看法，是客观事实。我们女人在这个国家是‘少数派’。你知道印度的新生儿中的男女比例不容乐观吧？每出生一千个男孩，相应的只有九百五十个女孩出生。”米娜直愣愣地看着前方。“印度母亲似乎并没有把母爱平等地给予孩子。”

㊷ 唯一的憾事

2004年，印度，孟买

贾苏

早上贾苏醒了过来，这一天还没开始，他就已经觉得筋疲力尽。昨天晚上，他又从睡梦中惊醒，直挺挺地从床上坐了起来，伸出胳膊想要抓住梦境里的铲子。每当他睁开双眼，一切就都烟消云散了。他醒来时已是气喘吁吁，心脏也狂跳不止，脸上和胸膛满是汗水。卡维塔把一块凉布敷在贾苏的额头，想让他平静下来继续睡觉。无论卡维塔千方百计地抚慰还是贾苏的自我安慰都无济于事，噩梦还是频频困扰着贾苏。今天去工厂前，贾苏决定去一趟庙里。

贾苏迈着大步奔跑，跳上了正要开动的火车。今天早上，他终于觉得自己已经上了年纪，甚至有点担心自己会从火车顶层阶梯上滑下来。到孟买的十四年来，贾苏就天天扒着火车上班。一晃这么多年过去了，想想真令人难以置信。想起自己当初对城市的道路毫不熟悉，想起当时的千难万险，他不禁打了个寒战。有时候，贾苏会在那些初到孟买的男人身上看到自己的影子：这些人穿着乡下服装，每天出没在纺织厂找工作。作为工头，他现在必须拒绝这些人的请求。但贾苏心里明白，一旦拒绝了他们，晚上这些人的家人又要饿肚子了。每次看着这些人的眼神，贾苏都能理解他们遭受的压力和恐惧。他们就像自己当初一样，来到孟买，期望这个城市能给自己带来富足的生活，而现实却常常不尽如人意。

上个星期，有个年轻男人穿着破破烂烂的衬衫，赤着脚，来到工厂后门。他身后站着四个孩子和挺着肚子的老婆。男人告诉贾苏，他们无家可归。贾苏告诉他工厂没有多余的工作时，男人几乎快崩溃了。“求求您，老爷，行行好吧。”他轻轻地央求着贾苏，这样家人就听不出他的绝望和无助。“我可以做任何事情。扫地？清洁厕所？”他双手合拢，举在脸前，仿佛祷告似的。如果可以，贾苏肯定会给他一份工作，但即使身为工头，在这些事情上他也没有什么变通的余地。他给了男人一张五十卢比的钞票，告诉他一个月后再来看看。他为这些男人感到惋惜，但所幸的是，自己没有落入同样的命运。贾苏背井离乡，来到这个陌生的城市差不多有十五年了，如今他谋得了一份好差事，有一份稳定的收入，还有一个像样的居所。有这样的成绩离不开他的辛勤工作，但是他明白，这一切也离不开运气。

好几次命运差点都偏离了正轨。几年前他受的伤很可能会更加严重，有可能像其他人那样，丢掉一只手或者一只脚。要真是那样，贾苏就只能和其他残疾人一样，去街上乞讨为生。在那段没有工作的日子，贾苏天天喝得酩酊大醉，不省人事。要不是因为有卡维塔的帮助，他差点就葬送了家里的储蓄和自己的生命。这么多年来，贾苏心里愈加明白，正是因为有了卡维塔，有了她的鼎力相助，有了她对自己的信任，家里才能越来越富。如果他们再多生几个小孩，那贾苏的命运就跟穿着破烂衣服的男人一样，为了几个卢比什么活都得做。当然，如果他们多生几个小孩，或许就不用把希望都寄托在维贾伊一个人身上。维贾伊现在越来越像罪犯了。贾苏仔细回想维贾伊出生后他们做的每一个选择，觉得大部分都是为儿子考虑的，即使从头再来，也会做出同样的选择。他觉得自己已经尽到了做父亲的职责，但到头来，维贾伊还是令他失望透顶。贾苏总认为自己明白做什么对家人最有利，但是岁月和人生经历都让他备受打击。

贾苏在维克洛里火车站下了车，向几个街区外的小庙走去。平时做噩梦的时候，他就经常来这里。最近一段时间，贾苏每过几天就会过来一次。这是一间很简陋的小庙宇，从外面看，几乎和周围的建筑没什么两样。他脱下凉鞋，放在门外，赤脚走过庙口的白色大理石喷水池，跪了下来。他闭上双眼，思绪回到了那个唯一令他悔恨至今的决定：卡维塔生下第一个孩子的晚上，就是那个恐怖晚上的决定。当初做决定就是一下子的事，想都没想。可是二十年过去了，贾苏的心里还是难以释怀，那件事成了他挥之不去的噩梦。贾苏依稀记得，自己当时手中抱住扑腾挣扎的婴孩，在卡维塔声嘶力竭的号叫声中走开。他把孩子给了堂兄，知道堂兄会尽快把孩子处理掉。贾苏就蹲在棚屋外面，边抽烟边等着。

等堂兄拿着铲子从树林里出来时，贾苏知道事情已经办完了。他们两个人的目光短暂地接触了一下，表情都很恐怖。贾苏从来都不知道那个孩子被埋在哪里了。他知道堂兄不告诉他，是因为觉得他并不在乎这个。而事实上，贾苏不是不在乎，而是不敢问。他只是在满足别人对自己的期望，其他堂兄弟也都是这么做的，而他的弟弟将来也要这么做。在堂兄拿着铲子从树林回来前，贾苏觉得这根本算不得什么大不了的事情。直到看见堂兄从树林回来后，贾苏才觉得心灵受到了巨大的触动。

虽然贾苏许多年来一直都不愿意认错，不过他有很长时间都不敢正视卡维塔受伤的眼神。幸亏上帝保佑，贾苏才没有在第二个孩子出生时犯下同样的错误。产婆当时告诉贾苏说，那个孩子死在睡梦中了，说那孩子身体太柔弱了，连第一个晚上都没有撑过去。贾苏听了之后，只觉得一丝解脱。但上帝的仁慈也无法减轻卡维塔内心深深的痛楚。面对家人对卡维塔的无端指责，贾苏仍然无能为力，没有力量去保护卡维塔。贾苏父母都说，卡维塔接连生下两个丫头，说明她肯定是上辈子造了孽。他们想让儿子抛弃卡维塔，再娶一个新媳妇进门。卡维塔怀上第三胎的时候，贾苏的父母逼着他带卡维塔去做B超，而且还给他凑钱，让他有必要时当场打掉卡维塔肚子里的孩子。从那时起，贾苏心里就明白，他和卡维塔迟早要离开父母的家，即使要离开达哈努也在所不惜，风险再大也要离开。他从来没有想过要在孝敬父母和保护妻子之间做出抉择，是父母逼得他走投无路了。虽然维贾伊出生后，他和父母的关系有所缓和，但他还是无法再用以前的看法来看待父母了。即便现在，当他们回村子探亲的时候，贾苏一看到堂兄，还是会想到他当年手握铲子时的情形。

贾苏和卡维塔后来一直未提起那天晚上的事情，一次也没有。贾苏之所以不提，一方面是因为放不下面子，另一方面也是因为觉得羞愧难当。贾苏知道，在妻子和上帝眼中，自己当年的所作所为简直禽兽不如。大半辈子以来，他一直努力想要弥补那天晚上的所作所为，想要向卡维塔证明自己能够做个好男人，想要向上帝证明自己是个珍视家庭的人。虽然他深知无法赎清自己的罪孽，但还是竭力想要丢开这份罪孽，开创一片新的未来：新的城市、新的家园、新的工作。这些事情或多或少带给了他些许自豪，不过还是无法抚慰他内心深深的负罪感。家里情况好转的那几年，贾苏没有做噩梦。接着就发生了那天回家发现警察搜家的事情。

那暂时消停的噩梦又卷土重来，纠缠着贾苏，愈演愈烈。维贾伊出事之后，他意识到曾经的自豪将变成终身的遗憾。

㊸ 滨海大道

2004年，印度，孟买

阿莎

窗外传来咕咕的鸽子叫声。阿莎抬头透过厚厚的深色棉布窗帘，看见清晨明媚的阳光。她翻转身体，用力舒展了一下身子，发出一声呻吟。虽然屋子的空调嗡嗡作响，她还是能听到达迪玛在阳台上撒食喂鸽子的声音。达迪玛每天早起都会到阳台喂鸽子。她说鸽子不仅是一种神圣的动物，而且还是她最忠实的访客。自从达迪玛嫁到达达吉家，跟公婆共住这间寓所的近五十年来，鸽子每天早上都过来陪伴她。

在达迪玛口中，她已过世的婆婆是一个圣洁慈爱、笃信宗教的人，她每天早上都会去附近的庙宇参拜。由于达迪玛的婆婆性格谦卑温顺，所以比其他婆婆要好相处得多。达迪玛把自己能够平稳度过早期的婚姻生活，归功于能有这样一个好婆婆。婆婆过世以后，达迪玛就继承了塔卡尔家女族长的职位。阿莎到达印度的第四天清晨和祖母一起散步时，祖母告诉了她这些家庭往事。阿莎盼望着能与祖母多聊聊。抱着这样的愿望，阿莎今天早早就从被窝钻了出来。

到印度已经快两个星期了。第一天的夜里，由于烟花搅得阿莎睡不着，第二天她很早就醒了。清晨，当她睡眼惺忪地走进客厅时，阿莎惊奇地看见达迪玛已经坐在桌前饮茶了。“早上好啊，宝贝。今天想不想陪我一起去散散步呀？今天清晨的风很宜人哦。”阿莎当时也没有别的事情可做，就这样，她系上运动鞋，戴上棒球帽，和奶奶一起走上了滨海大道。滨海大道是孟买港口边用木板铺成的步行道路。达迪玛穿着轻便的纱丽和拖鞋，走起路来慢慢悠悠，所以她们俩走得并不快。她们一直走到纳里曼商业中心[1]，然后再返回，前前后后走了一个多小时。

第一天，达迪玛指着带有绿色遮阳棚的沿街铺面。“快看那里，看到那家冰激凌店了吗？达达吉过去周日常带你爸爸和你叔叔去那里。这在当时已经成为他们的习惯了，不过这都是达达吉还没去医院上班时的事情了。”达迪玛穿着已经穿旧了的凉鞋，走路时鞋面不停拍打着脚后跟，发出“啪嗒啪嗒”的声响。每走几步，达迪玛就会举起手挡住眼睛，因为路面上的水坑映着

① 孟买的核心商业区，由填海造陆而成。——译者注

阳光，反射出耀眼的光芒。“这里原来是一个专为男孩设的托儿所，是一个慈爱的修女开的，她叫卡敏。”她们继续往前走时，扭过头不去看那些沿着防波堤随地大便的人，也不去看那些半裸着身子伸手乞讨的小孩。

第二天，阿莎说服达迪玛穿上自己的另一双运动鞋。凑巧的是，她们俩的鞋码竟然一样大。达迪玛说，这双鞋穿着穿着就习惯了，她也喜欢上脚完全被包住的感觉，所以答应阿莎收下了这双鞋。不过，达迪玛拒绝戴上阿莎递给她的棒球帽，还是宁愿把纱丽端庄地缠在头上，也顾不得纱丽没法遮阳了。达迪玛说，至少这双鞋还能被长长的纱丽遮住。如果别人看到她戴着那顶帽子，肯定会觉得她疯了。像她这把年纪的女人，达迪玛解释道，大家都想找到证据证明她疯了，所以更不能留下什么把柄。自从那天散步起，达迪玛开始不断询问阿莎在美国的生活。阿莎详细地讲述了大学生活，她的班级、报纸和朋友。由于语言、文化和年龄的差距，阿莎不知道达迪玛到底能听明白多少。达迪玛一路都不住地点头，没有再问更多的问题。但后来当达迪玛提到之前阿莎说的某个细节时，阿莎才意识到原来达迪玛都听明白了。

第四天的时候，早市上的小摊贩不停地叫卖烤玉米，还有人用砍刀劈掉新鲜椰子的顶部。达迪玛跟阿莎讲了讲自己婆婆的故事。达迪玛告诉阿莎婆婆是怎样把自己这个新娘领进了厨房，教自己做丈夫最喜欢吃的茄子咖喱。“我当时都有点受不了了，”达迪玛说道，“我刚和娘家人告别，她立刻就要教我做茄子咖喱。好像我什么都不懂似的！我早就和妈妈一起做过很多年饭了。我妈做的可是街坊邻居中最好吃的。”

“那后来怎么样了？”阿莎好奇地问道。

“我离开厨房，走进我和丈夫的房间，坐了下来。一坐就是好几个小时。那时候，我可是个固执的丫头。”达迪玛咯咯笑了。“不过呢，过了一段时间她就来找我了。她叫我进厨房，做一道茄子咖喱给她看。她说，现在这个厨房属于我了，想做什么菜就做什么。她就是那样的女人，对其他人总是慷慨大方。一点也不自私。”阿莎听很多人抱怨过婆媳关系不好，今天听到达迪玛如此喜爱和尊敬地谈起自己婆婆，着实吃了一惊。

“这就是她每天都会去的寺庙，”她们走过一栋普普通通的白色建筑时，达迪玛说道。这个寺庙离住的地方只隔了几个街区。“来，我带你进去看看。”阿莎以前从来没有去过寺庙，于是就跟着达迪玛往前走，在入口处把球鞋脱了下来。走进寺庙，迎面是一间朴素的屋子，里面有几尊印度神像。达迪玛在一尊象头神前站了一会儿，闭上眼睛，双手合十。“这是犍尼萨[①]，”达迪玛轻声对阿莎说道，“保佑你逢凶化吉的神。”接着，达迪玛往前一步，把摊开的右手手掌放在一个钢盘上，盘子上还放着一小截蜡烛。达迪玛抓了一点花生和冰糖，然后又抓了一点给阿莎。

走出寺庙，达迪玛进一步解释道：“在我家，我们每天都在家拜神，只有重大节日时才去寺庙。你在这里的时候一定要去看看马哈拉克西米寺。那真是座美丽的寺庙，而且很大，整个孟买

① 印度智慧之神与横扫障碍者，是湿婆和盘波堤之子，被形容成一个矮胖象头的模样。——译者注

的人都去那里。不管怎样，自从我嫁到这里，搬过来以后，我就和婆婆来这座小寺庙了。每个小社区里都有这样的小寺庙。大家每天早上进来一会儿，或者下班回家时进来。我觉得这样能让我一天都心情平和些。”

“达迪玛？希望我这么问不会很傻，”第五天时，阿莎鼓足勇气问道，“您是怎么学会说英语的？很多像您这么大岁数的人，大多只会说一两句简单的英文。”

达迪玛轻声笑了出来。“这多亏了我爸爸。他可是彻头彻尾的亲英派。大家都在责怪英国人害得印度出了问题时，爸爸却坚持让我上英语课。我爸爸可是个进步人士。他想让我读完大学，才允许其他男孩娶我。在那个时候，我爸爸走在了时代潮流的前面。”说到这里，达迪玛感伤地笑了笑。“他真的很懂女人的价值，一直把我妈妈视若珍宝。”

就这样，阿莎和达迪玛越说越多。达迪玛娓娓道来，每一天都从记忆的更深处唤醒往日的故事。阿莎也学会巧妙地扮演好聆听者的角色，只在恰当的时候问达迪玛问题，绝不会干扰达迪玛回忆往事。她们俩散步一个礼拜后，达迪玛说起当年国家分裂成印度和巴基斯坦，还有1947年脱离大英帝国独立时，她们举家迁移的事情。达迪玛家本来生活在分治前印度北部信德省的首府卡拉奇[1]。达迪玛的父亲经营着生意兴旺的出口贸易，经常去中东地区和东非出差。他们家有一栋漂亮的房子，有两辆车和几百英亩

① 巴基斯坦第一大城市和最大的海港和军港，全国工商业、贸易和金融中心，也是往来东南亚和中东、非洲、欧洲的国际航空站。1947—1959年曾为巴基斯坦首都。——译者注

的地产。她和三个兄弟姐妹可以自由自在地在地里奔跑玩耍。当他们被逼无奈举家搬迁时，这些都带不走了。

当时卡拉奇被指定为新的穆斯林国家——巴基斯坦的首都。英国在南亚地区重新划分疆界，全然不顾及那些生活在新界线以外的人民。就这样，人们不得不背井离乡，放下生意，举家按着划分的疆界线迁移。达迪玛的家族和卡拉奇很多信奉印度教的人一样，迁移到了孟买。她和其他兄妹一起随母亲经海路来到孟买，而她的父亲则在卡拉奇变卖家产，料理后续事宜。达迪玛说，当时乘坐大巴和火车来回迁移的人，由于信仰不同，引发了大量的流血冲突。他们家当时能买得起船票，算是够幸运的了。

“我弟弟比我小五岁，当时才十四岁，”达迪玛解释道，“不过他是我们家年龄最大的男孩，所以不得不接过了父亲的责任，负责一路上照看我们。等轮船近岸时，船上的人把我们放到一艘无篷的小船上，让我们自己上岸。当时就是这样，我妈妈和四个孩子，搭乘一艘小船准备登上灯火通明的孟买。而当时，我们在孟买举目无亲。突然，我弟弟从船上站了起来。开始一边高喊，一边朝轮船挥手。他数了数我们的行李箱，我们当时一共带了十个箱子。我弟弟数了数，只剩九个了。弟弟想叫回轮船，把落下的那只箱子取回来。他只能自己一个人去取回箱子。

“我们当时除了这几个箱子以外，一无所有。”达迪玛一边回想，一边摇着头。“当时可把我妈妈给吓坏了。她不想让弟弟回轮船上去。天色很黑，而且那艘轮船又很大。弟弟当时回去的话，也不一定能找到那只箱子，而且去了不一定能平安回来。不过，弟弟还是回去了。他那时候才十四岁呀，不过他知道爸爸信任他，让他担负起家里男人的责任。弟弟走之后，妈妈就一直不停地哭泣祷告。我当时就想，要是弟弟回不来了怎么办？爸爸已经留在卡拉奇了，而弟弟现在又……”

“那后来呢？”阿莎问道。

“还好，我弟弟平安回来了，虽然他浑身有点颤抖，不过最终还是找回那只箱子了。当然了，我们平安上了岸。”达迪玛指了指大海。

“那您的父亲呢？”

“几个星期之后，爸爸与我们团聚了。印巴分治之后，我们全家人又都聚到了一起。我们比很多人都幸运，”达迪玛柔声说道，“不过，自从离开卡拉奇之后，我爸爸就完全变了。我想他当时肯定悲痛欲绝，因为要离开自己深爱的城市，还要割舍掉自己辛辛苦苦打拼起来的生意。他跟变了一个人似的。”达迪玛轻声说道。接下来的路上，她们俩相对无言，只是默默地走着。

今天早晨，阿莎穿上运动鞋，想跟达迪玛打听一下自己的身世。阿莎的父母几乎很少提起阿莎的出生，还有他们在印度收养她的情形。阿莎每次问他们，听到的总是那几句搪塞的套话。她刚出生就被遗弃到一个叫珊迪的孤儿院。等她在孤儿院长到一周岁时，父母到了印度，收养了她，并把她带到了加利福尼亚。关于自己的身世，阿莎就知道这么多。阿莎也不确定达迪玛会不会跟她多讲一些，不过她今天还是鼓足了勇气，准备去问问。

“早啊，宝贝，”阿莎走到客厅，达迪玛跟她打招呼道，“我今天一定能够赶上你的步子，”达迪玛笑着说道，“我的膝盖现在一点都不疼了。”

阿莎发现，原来达迪玛笑的时候，看起来更年轻。阿莎有时候一点都不觉得自己身边是位年迈的老太太。不过当达迪玛提起一些陈年往事，比如说她家是什么时候买的第一台冰箱时，阿莎就会意识到达迪玛已经饱经风霜了。“好，我也准备好了。这个是给我的吗？”阿莎问道。看见桌上放着一杯热茶，走过去掀开杯盖。她以前一点都不喜欢印度茶，觉得太浓太甜了。不过达迪玛的茶却与众不同，茶水里面有点小豆蔻和新鲜薄荷的清香。阿莎觉得清晨能喝上一杯达迪玛泡的茶，是再好不过的享受了。

这是一个美丽的清晨，空气异常清爽。走在木板路上，徐徐海风迎面吹来。

“宝贝，你二十岁才第一次见识真实的印度，”达迪玛说道，“你觉得我们这个国家怎么样？”还没等阿莎回答，达迪玛就接着说道，“你也知道，你爸爸当年离开印度去美国的时候，比你大不了多少。唉，他那个时候多么年轻啊。他当时也不知道自己要面临多大的艰难困苦。”

“这个我知道。爸爸经常提起自己当初在医学院是多么努力学习。他老觉得我学习不够刻苦，”阿莎说道。

“对你爸爸来说，学习可不算什么难事。他一向很聪明。在学校的时候他总是名列前茅，他还是板球队队长，得分总是最高。不，我从来不担心他的学业。我知道，你爸爸在学校的表现肯定特别出色。我担心的是他学业以外的事情。他当时在美国举目无亲，谁也不认识。他会想家。他也找不到像样的印度菜肴。刚到美国的时候，别人听不懂他的口音。提问的时候，老师总是让你爸爸再三重复。他肯定感觉很丢脸。他也是那个时候开始听磁带，模仿美国口音的。”

“是吗？”阿莎试着想象爸爸一边听着磁带，一边模仿磁带发音的情形。

“嗯，是的。这对你爸爸来说确实很难。刚开始的时候，他打电话时什么事情都跟我们说。不过，后来你爸爸就说得越来越少了。我觉得你爸爸可能是不想让家里人担心吧。”

“那您呢？您当时有没有替我爸爸担心？”

“是啊，那当然了！对于母亲来说，孩子就是一辈子的牵挂。只要还有一口气，我每天都会想着子孙，这一点我敢肯定。这是母亲的天性，是我的宿命。”

阿莎陷入沉思，半晌没说话。

“亲爱的，怎么了？”达迪玛问道。

“我只是在想妈妈。你知道的，我指的是生母。我不知道她有没有想起过我，有没有牵挂过我。”

达迪玛牵起阿莎的手，紧紧地握住，继续向前走。“宝贝，”她说道，“我敢向你保证，你的妈妈没有一天不想你。”

阿莎的眼眶噙满泪水。“达迪玛？你还记得我小时候的事情吗？”

“我还记不记得？怎么，你觉得我已经是失忆的疯老太了吗？我当然记得啦。你的踝关节上有一块小胎记，还有一块在你的鼻梁上——对，那块胎记还在这里呢。”达迪玛轻轻地用手指摸了摸。“你知道吗，按照我们的传统，如果额头上有一块胎记，那这个人注定要成就一番大事业。”

听见这话，阿莎忍俊不禁。“真的吗？在美国，意味着这个人注定要用遮瑕霜了。”

“还有，那时候你喜欢吃大米布丁加藏红花。你刚来这里的第一天我们就准备了一些，每过两天我们又得新做一大堆，都是给你吃的！”达迪玛说道，“以前吃的都是给你爸爸准备的，自从你来了以后，马上就成为大家的关爱重点，你爸爸不得不接受这一改变。”达迪玛微笑着说道。“噢，对了，我们哄你入睡时，你就会趴在床上，蜷成一个小球，一觉睡到第二天早上。”

“达迪玛？”阿莎轻轻地说道，觉得自己心跳都加速了。

“怎么了，宝贝？”

“我……我一直想找到亲生父母。”阿莎发现达迪玛的脸僵住了，脸上闪过一丝不易察觉的表情。“我非常爱爸爸妈妈，我不想伤害他们，但是……打从我记事起，就一直有这个想法。我只是想知道亲生父母是谁。我想更了解我自己。我觉得自己的生活里藏了一盒秘密，没有人可以为我打开那个盒子。”阿莎叹了口气，望着大海。

两个人又沉默了许久，达迪玛突然说道：“宝贝，我能理解你。”话音未落，一阵海浪拍打在海堤上。“你跟你父母谈过这件事吗？”

阿莎摇摇头。“我妈妈对这个话题很敏感。她没有真正理解我，而且……我想看看是不是真的能找到亲生父母。毕竟印度有十亿人口，如果他们不想让我找到他们怎么办？当年，是他们把我遗弃的。那时候，他们不想要孩子，那么为什么现在还想见我？也许我还是不要去找他们比较好。”

达迪玛停下脚步，转向阿莎，用布满皱纹的双手捧着阿莎的脸。“如果你觉得这件事很重要，那就去做。你的眼睛很特别，就像你的人一样特别。你注定会发现一些常人看不清的东西。这是上天赐予你的礼物。宝贝，这就是你的宿命。”

㊹ 焦柏蒂海滩

2004年，印度，孟买

阿莎

“我们这是要去哪里呀？”阿莎假装随口问道。其实自从三天前桑贾给她打电话以来，这个问题就一直在她脑海中盘旋。阿莎坐在出租车后排，望着桑贾，觉得那天婚礼之夜上并没有高估桑贾的魅力。他的头发仍然湿漉漉的，可以闻见淡淡的香皂味。

“给你个惊喜。”桑贾微笑着说道。太阳镜遮住了他的眼睛。过了一会儿，桑贾对出租车司机说了些什么，车子在路边停了下来。

桑贾扶着阿莎钻出车子。“好吧，”阿莎说道，“我已经感到惊喜了，我们这是在哪里？”

“焦柏蒂海滩。我最喜欢这时候过来，正好能赶上日落。现在你还能看见海滩和娱乐场所，但过半小时后，到处都会灯火通明，还会有许多嘉年华的娱乐项目。我知道这些都很普通，但这是孟买一道亮丽的风景线。来孟买一定不能错过焦柏蒂海滩。”他们俩朝海面走去，一路踩在柔软的沙滩上，仿佛随时会陷进去。

“那么，你的项目进行得怎么样了？”桑贾问道。

“我觉得还不错吧。我上周头一次去采访。”

“然后呢？”桑贾一屁股坐在长凳上，向一边挪了挪。

阿莎坐在他身旁，眼睛盯着海面。“有点困难。”

“为什么这么说呢？”

海风吹起阿莎的头发，她把头发拢到脑袋一侧。“我也不知道，只是觉得太……令人沮丧了。”阿莎还没有跟任何人这么说过呢，就连跟米娜也没说过。“看到那些人，他们的生活条件，听到他们的遭遇……所有这些都让我感觉很恐怖，很自责。”

“你有什么好自责的呢？”

“因为我过着跟他们不一样的生活。我过得比他们好。那些出生在贫民窟的孩子一生下来就是那样，你知道吗？这不是他们自己想要的生活。在贫民窟几乎看不到希望。”

桑贾点点头。“没错。不过你还是有故事可以写呀，不是吗？”

“我不知道。我觉得自己提的问题不是很好。才刚刚做完几个采访，我就再也无法泰然自若了。真是满目凄凉，惨不忍睹。《印度时报》的人肯定觉得我是个业余记者。作为一名记者，是不应该把自己的情感夹杂在采访中的。而我却做不到。”

“可能吧。不过你也不只是个记者，对吧？”

“嗯，但是……”

“那么，”桑贾打断了阿莎，“也许你需要从不同的角度来看待这个问题。”桑贾摘下太阳眼镜，盯着阿莎的眼睛。他碰了一下阿莎的脸颊，阿莎只觉得心儿怦地跳了一下。桑贾凑到阿莎跟前，而阿莎则闭上眼睛，只觉得桑贾的嘴唇凑到自己耳边。“真美。”桑贾轻声说道。等到阿莎再睁开眼睛的时候，桑贾正望着大海和海平面上橙黄色的阳光。

真美？说的是落日？还是说阿莎的眼睛？还是说阿莎？桑贾说话的语气让阿莎觉得他说的是真切的。她脑海中盘旋着成千上万的问题，不过关于桑贾的问题排得最靠前。

“饿了吗？”

阿莎说不出话来，只是点点头。

他们走到海滨上的一家小吃摊。夜色渐渐暗了下来，海滨的小吃摊也热闹了起来。桑贾过去买了两份海边的特色小吃。他们俩一边吃，一边欣赏着焦柏蒂海滩的变化。摩天轮的灯亮了，开始转了起来。一个耍蛇的人吹着长笛，引得一群人驻足围观。还有一个耍猴的男人，让一只穿着衣服的猴子跳舞。桑贾揽着阿莎的后背，穿梭在各个景点之间。他们走到了摩天轮旁边，桑贾看看阿莎，说道：“要不然……”

“好哇，来就来。”他们爬上晃晃悠悠的凹背座椅上。摩天轮转动起来，阿莎看见星星点点的灯光下，孟买的景致尽收眼底。

等摩天轮转到顶上时，桑贾说：“嗯，你觉得孟买怎么样？

你第一次来这里，感觉怎么样？你生在美国，长在美国，肯定觉得这里很不一样？”

“老实说，我是在这里出生的。”阿莎说道。虽然阿莎知道没有必要跟桑贾提这个，不过还是想跟他说说。

“哦，是吗？”桑贾问道，“你是在孟买出生的？”

“嗯，其实我也不敢确定。爸妈是从孟买一家孤儿院领养的我。我不知道自己到底在哪里出生的。我也不知道我的……亲生父母是谁。”阿莎顿了顿，想看看桑贾什么反应。

“你想知道吗？”

“想。不不不。我也不知道。”阿莎避开桑贾锐利的眼神，看看下面骑着盛装小马的孩子。“小的时候，我很想知道，所以就尽力不去想。我那时以为这不过是个小孩子的梦想罢了，等长大了自然就会忘记。不过，到印度之后，这些问题就又全回来了。我有太多的问题想知道了。我亲生妈妈长什么样子？我亲生爸爸是谁？他们当初为什么不要我了？他们现在想我吗？”阿莎停了下来，觉得这样说可能会让人感觉自己有点疯狂。“总而言之……”阿莎摇了摇头，注视着下面那匹装饰着粉色鲜亮花环的小白马。

桑贾把手放到阿莎的手上。“我不觉得你小孩子气，这只是人之常情，我们都想知道自己的身世。”

阿莎觉得自己说得够多了，所以一言不发。摩天轮停下来时，阿莎马上觉得一阵失望，同时也感到一丝轻松，因为和桑贾的谈话就这样自然而然地结束了。

“你想吃点东西吗？”桑贾问道，“附近有家比萨店。”

“比萨？”阿莎笑了出来。“什么，难道你觉得我们美国女孩只会吃比萨吗？”

“呃，我不是那个意思，我只是想……”桑贾第一次有些手足无措了。

“你和朋友平时都去哪里吃？”阿莎说道，“你就带我去那些地方吧。”

“那好吧。”桑贾在滨海大道上拦了一辆出租车。“带你去个正宗又地道的地方。”

㊺ 又一个谎言

2004年，印度，孟买

克里希

克里希把折叠式旅行袋重新挎在肩上，转身从滑动玻璃门挤了过去。跨过最后一道“屏障”，他终于踏上了自己的出生地。走出玻璃门后，他闭上双眼，用力呼吸了一口孟买的空气，和记忆中的一模一样。他看见阿莎站在金属栏杆后。她是唯一穿着西方服饰的女人，身边围满了男人。

“爸爸！”阿莎还是那么热情地朝克里希挥挥手，仿佛一个在大门口等待的小女孩。

“嘿，宝贝！”克里希放下包，抱住了阿莎。

“伯伯好。”阿莎旁边的小伙子说道。

“爸爸，还记得尼米夏吗？潘卡吉叔叔的儿子。”

“哦，当然记得啦。再见到你真高兴。”克里希说道。其实他只是对侄子有个模糊的印象，感觉跟人群中的陌生人也没什么两样。幸亏阿莎提前介绍了一下。

“航班还顺利吧？”阿莎挽住了克里希的胳膊，向车子走去。

“还不错，就是时间有点长。”克里希回答道。自从八年前最后一次回印度后，飞机的座位变小了，坐飞机的人也多了。不过，一想到能看到阿莎，克里希就觉得坐多久的飞机也是值得的。

第二天吃早饭时，阿莎说道：“爸爸，我们今天一起出去吃午饭吧。我想带你去我喜欢的地方。”

克里希面前摆着热气腾腾的茶，觉得茶的味道怎么也比不上自己家里的。他微笑着看着阿莎。“这是怎么了？孟买可是我的故乡，你才来几个月，已经成‘孟买通’了？”

“嗯，‘孟买通’倒是算不上，不过你上次走以后，这里变化的确很大。我可以带你逛一逛。”阿莎也笑了。

阿莎说得对，变化确实不小。从机场回来的路上，孟买的变化着实让克里希大吃了一惊。高楼大厦在原来的空地上如雨后春笋般拔地而起，美国品牌随处可见：可口可乐的瓶装饮料、麦当劳餐厅、美林公司的广告牌。现代化带来的好处显而易见，但是也带来了负面效应。今天早上，克里希站在阳台上远眺，本以为可以看见熟悉的海岸，但却被严重污染的大气挡住了视线。

“好的，悉听尊便。”克里希笑道。

“聪明的人啊，”克里希的母亲走进房间，说道，“你闺女呀，和你一样有主见，可能比你还厉害呢。”她站在阿莎身后，把手放在阿莎肩上。

看到母亲和阿莎那么亲热，克里希不禁压低了声音，说道，“是啊，相信我，我也知道这一点。不过，您觉得她为什么还不愿意申请医学院？”

“噢，亲爱的，你可别这么说。她已经有自己的职业了。你应该看到她在报社做得多出色。”克里希的母亲说道。

“爸爸，等吃完午饭，我带您去报社看看。”

阿莎挑选了一家经典的南亚小吃店：那里有大份的马沙拉窦沙，饼子像纸一样薄，端上桌子时还冒着热气，吃在嘴里脆脆的。另外还有美味的饺子，旁边还放着特有的辣酱。这个地方和街旁油腻的小饭馆差不多。他们坐在塑料棚罩着的小摊上，克里希注意到，只有他们俩是外地人。女儿竟然在这里如鱼得水，这让他既惊讶又高兴。

“这些真的很好吃，就是太辣了，”阿莎指了指辣酱，说道，“得就着酸奶吃。”阿莎叫住了一个匆匆而过的服务员，用支离破碎的印地语叫他拿点酸奶。

“那么，你有没有和爷爷去医院看看？”克里希发现自己又操起了熟悉的孟买口音，混杂着印地语、古吉拉特语和英语的特点。

“还没有呢。我每次和达迪玛回来时，他都已经走了。我跟您说过没有？这几天早上，我都和达迪玛一起散步。真的很开心。爸爸，达迪玛真是个了不起的女人。真可惜没有早点认识她。”

克里希觉得女儿最后一句话是在怪自己，不过也许是想多了。“是啊，她是个伟大的女人，对吧？她的心一点都不老。”他们一边吃午饭，一边谈论阿莎见过的亲戚、参加的奢华婚礼、在《印度时报》一起工作的同事，还有她在孟买去过的地方。

“啧啧，这辣酱真不赖。阿莎，你怎么知道这个地方的？”

“有个家伙……嗯，一个朋友带我来的。他挑衅说我不敢尝本地食物。他觉得我会受不了，结果我一点事也没有，当然啦，我有秘密武器。”阿莎笑道，指了指那碟酸奶。

克里希抬了抬眉毛。“是桑贾吧？你怎么认识他的？”

阿莎吃完嘴里的东西，说道：“就是在那场婚礼上认识的。他家里有人是我们家一个人的朋友，其实我也不太清楚。”

“那个叫桑贾的是做什么的？”

“他现在正在伦敦经济学院念硕士呢。”阿莎笑了笑，冲爸爸做了个鬼脸。“不好意思，爸爸。我还没有找到合适的印度医生。”

“嗨，三选二也不错啊。”克里希似笑非笑地说道。

“对了，妈妈现在怎么样了？”阿莎说道，“这个假期去圣地亚哥了吗？”

“嗯，她确实得去一趟。她很担心你外婆上次乳腺X光检查的结果。你妈妈想跟你外婆的大夫谈谈。不过诊所里实在是太忙了，所以她这星期还没去成呢……”克里希担心自己解释得太啰唆了。他和萨默已经达成一致，在阿莎回家之前，先不把分居的事情告诉她。不过，克里希心底还是盼望着能在阿莎回美国之前跟萨默和解。没有萨默的日子比想象中还要艰难。过去的几个月来，克里希一直埋头工作，主动帮同事应诊，每天晚上都在办公室忙文案忙到深夜。家里少了萨默，一下变得空落落的，让人无法忍受。

出于对他们两个人的忠贞，克里希现在又编了一个谎。“阿莎，你妈妈确实也很想过来。”

“不过，说句老实话，爸爸，看见您一个人来了，我反倒有几分高兴。我有点事情想跟您谈谈。”这是爸爸来之后，阿莎第一次试探性地问他。阿莎用一块小餐巾纸擦擦嘴巴和手，深吸了一口气。克里希放下吃的东西，感觉有什么重要的事情要发生了。“是这样的，爸爸。我很爱您和妈妈，这您是知道的。你们一直都对我这个女儿很好。我知道你们为我付出了很多很多……”阿莎说话的声音轻了下来，流露出内心的紧张，手不停地揉搓着那张餐巾纸。

“阿莎，宝贝，有什么事情？”克里希问道。

阿莎抬起头看着爸爸，把想说的话脱口而出。“我想找到我的亲生父母。”稍停片刻之后，阿莎接着说道，好像非说不可似的。“我想知道他们到底是谁，我想试试看能不能见他们一面。爸爸，我也知道希望很渺茫。我不知道该从哪里开始找，也不知道该怎么找，真的需要您的帮助才行。”

克里希看看女儿，只见她圆睁两眼，充满渴望和好奇。“好吧。”克里希答道。

“好吧……您是说？”阿莎又问道。

“好吧，我能理解……你内心的感受。我会竭尽全力帮你的。”其实，克里希以前就有好几次想到女儿会和自己讨论这个问题。现在萨默不在他们身边，克里希心中暗自庆幸。

“您觉得我妈妈能理解吗？”阿莎问道。

“宝贝，她可能一下子不那么容易接受，”克里希说道，“可是，她是爱你的。我们都爱你，这永远不会变。”克里希把手伸过铺着塑料薄板的桌子，放到女儿手上。“你无法割舍掉你的过去，阿莎。过去也是你的一部分。相信我。”阿莎点点头。克里希紧紧地握住女儿的手，他们都知道这个决定将会带来什么样的影响。

克里希来印度时，本觉得自己需要保护女儿，让她能够免受妈妈的选择所造成的伤害。现在，克里希开始意识到，自己同时也需要保护萨默，让她能够免受女儿的选择所造成的影响。

第四部
Secret Daughter

㊻ 做爸爸的不会忘记女儿

2005年，印度，孟买

卡维塔

卡维塔耐心地排在电报局的队伍里，等着轮到自己。等她终于来到柜台前，电报局员工朝她微微一笑。“您好，麦钱特夫人，今天还是要往达哈努汇款？”过去三个月来，卡维塔每周都会来这里，但还是不知道这个员工的名字。当初是这个员工教会卡维塔如何填表，而且卡维塔每次都会把装着现金的信封交给这个人。这个员工当然知道卡维塔的名字。每周员工都会给卡维塔一张收据，卡维塔回家后小心翼翼地把收据和前几周的一起放进碗橱。等姐姐告诉她收到钱了，卡维塔就在收据上做个小记号。

去年秋天，卡维塔的母亲突然中风，所以卡维塔每周寄四百卢比回去，支付护理费和药费。她很想赶紧回去看看，但是一年到头，她只有夏末才放一次假，这样才不会和其他仆人的放假时间冲突。只有很亲的亲戚去世了，才能额外请假。贾苏让她问问老爷和太太，能不能请个假，但是卡维塔不愿意。他们已经很宽容，已经对她够好了，而且她想继续工作。倒不是为了那份微不足道的工钱，而是自己有了点薪水毕竟感觉踏实些，因为贾苏的收入并不稳定，而维贾伊虽然挣了大钱，但却是不合法的。

“亲爱的，今天下午我把钱汇了。”卡维塔对着话筒说道。

“卡维，谢谢。等到账了我就打电话告诉你。”鲁帕说道。

这笔钱是家里的救命钱，家里人也从来不问卡维塔钱从哪里来的。其实，如果没有维贾伊，卡维塔和贾苏根本拿不出这笔钱。卡维塔知道家人会怎么想，他们肯定觉得卡维塔一家就跟贾苏当年吹嘘的那样，来到孟买后就发达了。刚来孟买的头几年，为了顾及贾苏的颜面，卡维塔没有告诉家人他们在孟买过得很拮据。现在他们终于过上了舒适的生活，但是卡维塔却因为维贾伊的行为而羞愧，所以也没有把实情跟家里说。

“鲁帕，妈妈怎么样了？”

电话的另一头沉沉地叹了口气。“还行吧。昨天医生来看了看她，说她也就只能这样了。亲爱的，医生觉得妈妈不可能完全恢复，没法再像以前那样正常说话了，右眼也看不见了。不过，妈妈过得还挺舒服的，保姆对她悉心照料，多亏了你啊，亲爱的。”

每次鲁帕感谢自己汇钱回去，卡维塔的胃里都像有一条蛇在爬来爬去，不仅因为钱的来路不正，还因为痛恨自己只能帮上这么点小忙。她知道应该亲自回达哈努的。她本应该好好照顾母亲，但现在却每天忙着给老爷洗盘子，给太太叠纱丽，真是羞愧难当。正因为如此，卡维塔觉得每天干的活更是一种繁重的负担。“爸爸怎么样？”卡维塔勉强打起精神问道，不想让姐姐在电话那头听出自己的脆弱和担忧。

“不太好，他根本认不出自己的外孙和外孙女，有些时候，他连我都不认识了。幸好你没亲眼目睹，亲爱的，看着他一天天老去真不好受。”

鲁帕每次打电话都会这么说。过去几年里，父亲的身体每况愈下。但是，父亲就像童年家后面的山榄树，虽然每年树枝都越变越细，树叶越来越少，但树干仍然高高地傲立在那里。

每当这时，卡维塔都会有些哽咽地问道：“他还记得我吗？你觉得我要是回去的话，他还能记起我吗？”

鲁帕沉默了半晌，回答道：“卡维，我敢肯定他会的。做爸爸的怎么会不记得自己的女儿呢？”

卡维塔用手指捏了捏芒果皮，看看果肉有没有软掉，然后

又凑到鼻子前闻了闻。“请给我来一斤吧。”老爷今天早上醒来时想吃酱芒果，所以吃完午饭后，巴雅让卡维塔去买一些最好的青色芒果。卡维塔前后去了三家市场，现在她从老爷家出来至少有半个小时了。不过没关系，因为她回去时，其他人肯定都还在休息。她快步走到那扇铁门前，停下脚步，把装着芒果的布袋放在脚边。卡维塔透过锈迹斑斑的铁门栅栏往里张望。她甚至踮起脚，想看得更清楚些。她当然知道这么做毫无意义。即使乌莎活下来了，现在也该出落成一个成年女人了，比维贾伊还要大。她现在肯定不会再待在这家孤儿院里了。*那我还在找什么呢？为什么总是忍不住要来这里？*

是为了回想起那天抛弃女儿的痛苦吗？是为了惩罚自己亲手把骨肉交给别人吗？这样一个女孩会过着怎样的生活呢？没有家人，被陌生人抚养长大，一旦离开这里就无家可归。*这么做到底好不好？只给予了她生命，却没有给予其他母亲应该付出的？*或者自己来到这个孤儿院，只是出于一种习惯。难道这就像铭刻在一个人身体上的伤疤，总是控制不住自己，情不自禁地去回想，去抓，去挠，始终希望这块伤疤有一天能够奇迹般地愈合？

47 只见过一次

2005年，印度，孟买

阿莎

火车晃晃悠悠地驶进了教堂门车站，阿莎只觉得心跳突然加速。行驶的火车扬起空气中的尘土，热气腾腾的地面散发着浓重的尿骚味。这味道真让人难以忍受，不过阿莎心里只想着这辆火车将把自己带到的地方。她向月台走去，钱包里塞着一厚沓卢比。自打下了飞机之后，阿莎就没有用过背包。这次她特意背了出来，里面放着笔记本、市区地图以及一等车厢的车票。出来前，达迪玛一再强调说，印度女人要想独自一个人安全出行，必须这样才行。

爸爸离开前告诉阿莎，他唯一记得的就是领养机构的名称以及那个当初帮他们办理领养手续的机构代表。阿莎给领养机构打过电话，机构让她来孤儿院一趟。达迪玛把孤儿院的地址告诉了阿莎，并告诉她说那个孤儿院的院长叫阿伦·德什潘德。为了以防万一，达迪玛用古吉拉特语、马拉地语和英语三种语言写在阿莎的线圈笔记本上。达迪玛本来还说要陪阿莎一起来的，不过阿莎想自己一个人去。阿莎坐在火车座位上，从口袋里取出那只小银镯，一路上拿着把玩。下了火车之后，她走到黄包车队前面，拿出写着孤儿院地址的笔记本给车夫看了看。车夫点点头，把嘴里的槟榔饮料吐到人行道上，开始用枯瘦如柴的细腿蹬起了车子。

这家孤儿院其实就是一栋不规则的双层建筑，一群小孩在院子里玩耍。阿莎在写着英文的小匾边上停了下来。孤儿院看起来跟阿莎想象中的并不一样。

珊迪孤儿院
始建于公元1980年
塔卡尔家族慷慨捐赠，给了我们新家园，特此鸣谢

塔卡尔？自从来到孟买之后，阿莎渐渐知道原来在孟买，姓塔卡尔的大有人在。不用见人就拼写自己的姓氏，这让阿莎感到很高兴。她在大门口按了一下门铃，一个嘴角布满皱纹的老妇人蹒跚着走了出来。“我要找阿伦·德什潘德。”阿莎觉得这个老妇人可能不会说英文，所以尽量把语速放得很慢。老妇人一听到院长的名字，就打开了院门，用手指了指门厅尽头的一间小办公室。阿莎双手合十，谢过老妇人，朝着那间办公室慢慢走去。在来孤儿院的一路上，阿莎都很有信心，不过现在腿开始发软，心跳也加速了。虽然办公室的门开着，不过阿莎还是礼貌地敲了敲门。屋里坐着一个头发半白的男子，鼻梁上架着一副眼镜，正在大声打电话。阿莎听不懂这个人说的话。见有人敲门，这个男子示意阿莎进来坐下。阿莎把一张椅子上的文件收拾干净，坐了下来。她看见办公桌的名牌上写着“阿伦·德什潘德”，手心不觉沁出汗水。阿莎拿出笔记本和铅笔，慢慢等着。

男人放下电话，冲着阿莎匆匆一笑。“嗨，你好。我叫阿伦·德什潘德，是珊迪孤儿院的院长。请进来，坐。”虽然阿莎已经坐了下来，这个男人还是客气地招呼道。

“谢谢。我叫阿莎·塔卡尔。我是从美国过来的。我……其实是从这里领养出去的，就是这家孤儿院。大概二十年前吧。”阿莎把铅笔头放进嘴里，等着回应。

那个叫德什潘德的人把身子往后靠了一下。“塔卡尔？有位女士叫萨拉·塔卡尔？她是你的什么人？”

“萨拉……呃，对，她是我奶奶，是我爸爸的母亲。您为什么问这个呢？”

“我们都很感激你奶奶。这房子就是你奶奶捐献的，说来也快有二十来年了。她想确保我们在楼上有足够的教室，让所有孩子在放学后都有地方继续学习。学习音乐、语言和艺术。”

“哦，我……还是头一次听说。”阿莎咬着铅笔头说道。

“我好几年都没有见过你奶奶了。请你见到她的时候，务必转达我对她最真挚的问候。”

“好的，一定一定。”阿莎深吸了一口气。“德什潘德先生，我来这儿，是来寻求您帮助的。我……我……正在找寻我的亲生父母。就是把我送到你们这儿，送到你们孤儿院的父母。”德什潘德没有反应，阿莎接着说道，“我还想对你们表示一下我的谢意，感谢你们当年对我的照顾。我现在在美国过得很好，我爱我的养父母……”说到这里，阿莎停了下来，想找到能说服德什潘德的话。“……我不想给您添麻烦。只是，我真的很想……我一直都很想找到自己的亲生父母。”

德什潘德先生摘下眼镜，用衬衫边擦拭镜片。“亲爱的，我们每年都会接受数以百计的孤儿。光是上个月，就有十二个婴儿被丢在我们孤儿院的大门口。幸运的孩子会被收养走；剩下的就会待在这里完成学业，最多到十六岁。我们不能给每个孩子都做记录。我们甚至连大多数孩子的真实年龄都不知道。更何况是二十年前，这个……”院长一声长叹，扭头看着阿莎。“不过，我想我可以试试看。很好。塔卡尔小姐。阿莎，你说呢？”他转向桌子上那台古董似的电脑。院长一边敲键盘，一边浏览电脑屏幕。过了几分钟，他回过身看看阿莎。“很抱歉，我找不到你的名字。记录里面没有你的名字。我刚才说过了，我们这儿的档案记录实在是……”院长说着耸了耸肩，重新戴上眼镜。

阿莎顿时觉得心里没了着落，低头看着笔记本，上面一个字还没写呢。*没有我的记录*。阿莎用指甲用力掐着手心，强忍住噙在眼眶中的泪水。

“你知道吗，也有像你这样的孩子来找过我们，但要找到亲生母亲实在太难了，即使知道母亲的名字也不容易。有些人并不想让孩子找到她们。大多数母亲都是未婚生子，没人知道她生孩子或者把孩子送来这里。所以……如果大家现在发现还有这么一回事，会让这些母亲感到很为难的。”

阿莎点点头，紧紧握住铅笔，努力想保持镇静。我接下来该问什么？该在这空页上写什么？

突然，阿伦·德什潘德凑上前，盯着阿莎的脸。“你的眼睛，很特别啊。印象中，我以前只在一个女人身上见过同样的眼睛。”他的脸上突然闪过恍然大悟的神情。“你说自己是什么时候被领养的来着？”

“一九八四年八月，您说的是真的？到底……”

“你知道当时自己多大吗？”德什潘德起身走向阿莎椅子后面的档案铁柜，弄倒了一摞文件。

“我觉得，大概一岁吧。”阿莎也起身走了过去，在德什潘德身后张望。

德什潘德翻阅着文件，这些文件看上去比他的桌子还要凌乱。“我还记得她……她不是从达兰萨拉来的，就是从达哈努来的，反正是个北边的村子。我记得她是一路走着过来的。我记得那双眼睛。”德什潘德摇了摇头，停下手上的活，抬头看着阿莎。“瞧，这得花不少时间。我得把一九八三年的文件都过一遍，还得翻翻后面的文件。如果我找到什么资料了再打电话给你，行吗？”

阿莎一想到资料就在这里，就在这间凌乱不堪的办公室里，就按捺不住内心的兴奋之情。她不能现在就走。“我能帮您一起找吗？”

“不用，不用，”德什潘德微微一笑。“我都不知道自己在找什么呢，但如果真有，我肯定会找到的，我保证。就算为了萨拉太太也要找到。这是肯定的，放一百个心吧。”德什潘德点了点左右摇晃的头，这里的人办事情都神神道道的。不过，她已经慢慢接受了，这就是印度人的做事风格。你得对他们有点信心。阿莎扯下笔记本上的一页纸，写下电话号码，然后把铅笔架在耳朵后面。“您有钢笔吗？”

几天后，阿莎又回到了珊迪孤儿院。走进大门后，阿莎风一般急匆匆地跑进德什潘德的办公室，惴惴不安地等着。德什潘德走进办公室，阿莎立刻站了起来。“我尽快赶来了，您找到了什么？”

德什潘德坐在桌前，递给阿莎一个文件夹。“我记得她，就是你妈妈。我永远忘不掉那双眼睛。”文件夹里有一张纸，一份填了一半的表格。“真抱歉，就这么点信息了，”德什潘德说道。“那时候，我们觉得少记录点信息会更好些。如今，出于健康原因或者其他方面的考虑，我们在收集信息方面做得好多了。噢，不过我明白为什么一开始找不到你的资料了。你看看那里……”他凑过身子，指着表上的一个格子。“你刚被送过来的时候，名字叫乌莎。我想，我们的记录还算准确吧。”他又微笑着坐了回去。

乌莎。她的名字叫乌莎，是真正的名字，妈妈起的名字。乌莎·麦钱特。

“你被送来这里时，我刚当上院长一个月。这里已经人满为患了，所以本来不应该再接收孩子了。但是你妈妈是和她姐姐一起过来的，她姐姐说服我接收了你。她说你已经有个表姐在这里了，把你和她分开不太好。”

“表姐？”阿莎这辈子都没听说自己有什么表姐，自从来了印度，似乎去哪里都会冒出来一个堂姐妹。

“是的，你姨妈的女儿。她说你表姐比你大一岁，不过那都是我来这里之前的事情了，而且，那时候肯定还没有文字记录。”

“德什潘德先生，我想找到她……我的妈妈，我的亲生父母。您知道我怎样才能找到他们吗？”阿莎问道，尽量压制住哽咽的声音。

德什潘德摇摇头。“真抱歉，能找到那份文件，我已经很惊讶了。”

德什潘德先生帮阿莎拦下了一辆电动三轮车，告诉开车的把阿莎送到火车站。阿莎一只手紧紧攥着文件夹，另一只手握了握德什潘德的手。“非常感谢，谢谢您的帮助。”

“孩子，祝你好运。自己小心点。”

回到《印度时报》的办公室，阿莎坐在椅子上，盯着文件夹里的那张纸。纸上的内容她早就烂熟于心了。

姓　　名：乌莎
出生日期：1983.8.18
性　　别：女
母　　亲：卡维塔·麦钱特
父　　亲：贾苏·麦钱特
年　　龄：三天

虽然只知道了一点点细节，但也有很多新发现。她的母亲不是未婚生子。她的亲生父母是在婚后才生的她，而且现在还知道了他们的名字。她刚生下来那一年的名字是乌莎·麦钱特。阿莎练习着把这个名字写出来，先用大写字母写出来，然后写成了签名，最后就像写在稿件上的落款一样，只写出首字母。她盯着电脑黑色显示屏上自己的影子。

乌莎·麦钱特。自己看上去像乌莎吗？*乌莎·麦钱特*，阿莎嘴里念念有词，伸手拿起桌上的订书机。阿莎把头靠在椅背上，看着天花板。她冲隔壁办公室的米娜喊道：“我都不知道该从哪儿下手。要怎样才能找到她呢？”

“嗨，那你算是来对地方了。咱们《印度时报》有全印度最好的数据库。”米娜凑到阿莎跟前，敲了一下她的键盘。“我们有印度所有主要城市的人口信息。”

“那如果我的亲生母亲不是城里人呢？要是她在农村怎么办？孤儿院的院长跟我说，她是从外地来到孟买的，我想她应该是徒步从农村走过来的。”

米娜停了下来，看着阿莎。“真的吗？”

“嗯，那怎么了？”

“这太不可思议了。更别说那时候交通还很不便利，就是放到现在，一个女人如果能这么做也很不可思议。她那时候肯定特别坚定地要把你送到这里来。”米娜抓来一把椅子。“好吧，我来教教你怎么用。虽然这里只有城市信息，不过你还是可以从这里开始找。就从孟买找起。还好，他们不是姓帕特尔或者什么的。最简单的方法就是通过男性亲属，或者财产登记等相关信息找到她。好了，就是这里，所有姓麦钱特的租户名单……唉，名单还是太长了。”

这里面没有叫卡维塔的。不过她们还没搜索其他城市，光在孟买就找到了几十个叫贾苏.麦钱特和J.麦钱特的名字。阿莎搜到了一长串名单，又用了几个小时来拼凑信息。快下班的时候，阿莎在名单里终于找到三个有效地址。不过，每个地址都说明不了什么问题。虽然如此，阿莎还是看到了一线曙光。她怀里抱着笔记本，朝电梯走去。“祝我好运吧，”阿莎回头对米娜说道。“没准能找到什么呢。”

㊽ “革命馆”

2005年，美国加利福尼亚州，帕罗奥图

萨默

“把自己想象成一棵树，一棵挺拔的大树，气沉丹田，深呼吸。”练功房里面有十几个人，瑜伽教练珍妮芙一边在人群中走动，一边轻柔地说。萨默站得笔直，高举双臂，两掌合拢。一只脚底紧紧靠着另外一只腿的膝盖，双目注视着面前墙上的小白斑点。几个月前，萨默和莉莎一起参加了这个瑜伽培训班。不过萨默一直都练不好树姿。还是老样子，萨默的脚开始晃动，姿势走了样。而班上的其他人则泰然自若地站着。有一天上完课，珍妮芙告诉萨默说，做好这个动作的关键是要放松思想，专心致志。这个小变化可不得了，仅仅是改变一下注意力，稍微改变一下自己的关注点就可以了。萨默不再极力挣扎着想要保持身体平衡，而是试着盯着某个地方。就这样，萨默一下子协调了自己的力量，这个动作变得易如反掌。今天，萨默和其他学员一样做出了完美的树姿，直到教练平静地指示她们做下一个动作。

这家瑜伽练习馆号称“革命馆”。萨默坚持每周去两三次。前几次上完课后，萨默第二天早起就会腰酸背痛。她这才想起，自己已经很久没有做运动了。她很久没有跑步跑到上气不接下气；也很久没有游泳游到肌肉发酸。她已经很久没有肌肉发酸，心里却美滋滋的感觉了。两次短暂的怀孕期间，萨默就常感觉肌肉乏力，但内心却美滋滋的。二十多年来，萨默一直都没有锻炼过身体，觉得运动可有可无，一点都不重要。每当背部疼痛或者过敏症发作，萨默就开始抱怨自己日渐衰老的身体，抱怨老胳膊老腿越来越不中用了。每一个瑜伽的新动作对于萨默来说都是挑战，不仅仅因为她想要伸展和弯曲身体越来越困难，还因为她不得不重新认识自己的身体：哪块肌肉硬实？哪块关节僵硬？萨默需要对自己温柔一点，因为知道自己身体的不足，然后才能学着超越这些极限。如此一来，萨默就开始学习重新锻炼多年不听使唤的身体了。

有一天，珍妮芙要求班上的学员注意自己的呼吸。“你有没有刻意憋住自己的呼吸？”教练问道。“看看自己在吸气之后，有没有压抑呼气？如果有的话，你是担心失去什么吗？还有，在呼气之后，你有没有压抑吸气？如果有的话，你是害怕什么会闯进你的生活吗？”这成为萨默练习瑜伽的转折点。她觉得自己既压抑呼气，又压抑吸气。跟克里希平常批评的一样，萨默一直生活在恐惧之中。

独自生活了三个月后，萨默渐渐学会了如何对抗孤独。每周四，她都会和乔治一起去上意大利语课。乔治本人可没有他的名字这么性感。他是一个头发斑白的西西里老人，衬衣都遮不住胸膛上露出的白色体毛。萨默学意大利语主要是为自己的托斯卡纳之旅做准备，不过她学得很慢。周一到周五，萨默都在诊所里忙乎。帕罗奥图市中心的道路上总是挤满学生。萨默发现自己能适应现在的生活节奏了。

一到周末就难熬了。大把大把的空闲时间一点点流逝，萨默一天到晚都找不到可以聊天的人。她经常和莉莎一起做晚餐，或者商量好一起外出徒步旅行。莉莎虽然是个单身老妇女，不过生活却过得多姿多彩。尽管如此，一到周末，最让萨默怀念的还是跟克里希一起度过的日子。她怀念以前两个人一起赖床看报纸时的惬意。每当夜幕降临，萨默都渴望着能挽着克里希的胳膊一起散步，走进小区里的泰国餐馆，分享同一碗咖喱椰肉。每当自己独自躺在床上时，她就想念起克里希厚实的臂膀；每当在市区看见学生走来走去，她都会怀念当年和克里希在一起时的无忧无虑。刚刚领养阿莎时的回忆在萨默的脑海里久久萦绕。当时阿莎还是一朵含苞待放的花朵，她的一举一动、一言一语都能逗得萨默和克里希开怀大笑：去动物园的时候，阿莎待在猴子面前赖着不走，非死缠着爸妈模仿猴子的动作和叫声才肯走。她还想起了阿莎六岁时，他们一家人去圣地亚哥度假，阿莎趁克里希睡着了，把他脖子和脑袋以外的身体都埋在沙滩里。

自从分居以后，萨默才渐渐发现和克里希以及阿莎在一起的日子是多么珍贵。这么多年来，萨默为了家庭付出了很多。虽然有时也会后悔自己为了家庭而牺牲了事业，但是一旦没有了丈夫和女儿，自己的生活就变得毫无意义，空虚乏味。即使是现在，萨默每周最期待的还是周日早晨。她可以回家看看，克里希总会按时给阿莎打电话。一般都是克里希和阿莎说的话最多，但萨默已经觉得心满意足了。她常常老远外听到阿莎的声音就会泪如泉涌。她知道，刚开始克里希和自己强颜欢笑，假装甜蜜。现在，一起打完三十分钟的电话后，萨默就会和克里希坐在厨房里喝杯咖啡，而这种温馨的感觉一点也不做作。

这不，很快又要到做挺卧式的时间了。每次上瑜伽课的最后十分钟就是做挺卧式。刚开始练习的时候，萨默最怕这个环节了。她躺在地上，脑子里空空如也，只剩下焦虑和不安：想到了阿莎的离开，女儿对自己的愤怒，与克里希的争执，自己丢掉的升职机会，还有对未来的不确定感。挺卧式，这个像死尸一样的瑜伽姿势本来是想让练习者放松心情，放松身体，而这恰好是萨默的死敌——她必须面对自己最消极的想法。一旦想到这些，思绪就控制不住了。这些事情完全占据了她的身心，孤独感侵蚀着心房，公寓里也一片寂静。现在是周日的早上，萨默躺在床上百无聊赖地等着给女儿打电话。她突然意识到，自己拼命想保护女儿，结果却弄巧成拙。因为害怕失去，所以不愿意放阿莎走，但是握得太紧，反而把事情弄糟了。是她自己一手把阿莎赶走的。就像在练树姿时，过于把持反而只会失去平衡。

一天上班前的早上，萨默站在淋浴喷头下洗澡，直到水变凉了，才发现自己把热水都用光了，身边也没有人能够帮她。这时阿莎才意识到，其实从某种程度上来说，自己也没有为了婚姻而付出。就像克里希一开始想让自己接受印度文化一样，她自己也总是期望克里希能够融入自己的文化。他们领养一个印度小孩时，克里希思念家乡，甚至邀请自己一起去印度时，萨默都没有改变自己的想法。萨默总是觉得自己付出够多了。但是她的母亲说过，婚姻成功的关键是两个人都得尽可能地付出，然后，再尽量多付出一些。只有慷慨大方地多付出，不在乎回报，才是婚姻长长久久的关键。每次森德利问萨默关于印度和印度文化的问题，萨默几乎都回答不出来，而且以前也从没问过自己。这不禁启发了萨默，本来不应该是这样的。她本来可以接受一直以来抗拒的东西。只需稍稍换一下看法，稍稍转移一下注意力，或许就会有很大的不同。

现在，萨默放松四肢，做起了仰卧姿势。她蜷起手指，想到了阿莎和克里希。如今，他们和自己已在世界的两端。这还是自己头一次和生命中最亲密的两个家人大洋相隔，咫尺天涯。当他们分别提出要飞赴印度时，萨默觉得他们俩的决定都过于轻率，肯定是想惩罚自己。但现在，萨默才明白过来，其实几年前他们就萌生了去印度的想法。只是萨默自己太歇斯底里，太担惊受怕，是她抛弃了这个家庭，不考虑这一举动的后果。就像自己当初选择嫁给不同文化的男人，而没有考虑这对于这个男人会有什么样的后果；就像她当初选择领养一个印度孩子，而没有仔细想过这样做的后果。萨默总是急于修筑人生道路上的里程碑，却忽视了自我审视，也没有考虑后果。

㊾ 唯一的安全之所

2005年，印度，孟买

阿莎

名单上前两个地址住的人都不是阿莎要找的，只是碰巧名字也都叫J. 麦钱特罢了。阿莎在这两个地址花了很大的力气才弄清楚情况。在去往第三个地址时，阿莎真希望帕拉格能在身边给她做翻译。纵然亲生父母确实在孟买，可是这座偌大的城市有着一千二百万人口，阿莎觉得自己竟然以为能够找到他们，这简直就是大海捞针，纯粹是异想天开。万一他们真的和德什潘德说的那样，生活在某个农村呢？那自己能走到那个村子吗？真找到了又该怎么交流呢？车子走到一栋破旧的公寓前停了下来，阿莎很不想下车。司机赶紧用听不懂的语言解释着，并且一个劲儿做手势，告诉阿莎这就是她要找的地方。因为楼下没有住户名单，阿莎开始爬楼梯上去找。楼梯里散发着粪便的恶臭，她用手捂住口鼻。成群的蟑螂在楼梯角落里爬来爬去。走到第一个楼梯平台的时候，有个男人正躺在铺盖卷上睡觉，阿莎小心翼翼地从他身边绕过。她赶紧扭过头不去看，不过还是无法抑制内心的失落。她一方面既盼着亲生父母不住在这样肮脏破烂的地方，一方面又害怕他们不住在这里，那样自己真的就无从找起了。所以她心里七上八下，矛盾得很。

上到二楼，阿莎看见楼道两旁的房门大多敞开着。一群小孩在楼道里追逐打闹，在各个公寓的房门跑进跑出。透过一间房门，阿莎看见一个年轻女人正蹲着身子打扫地板。“打扰一下，您知道麦钱特一家住哪儿吗？卡维塔·麦钱特？”阿莎问道。这个女人来回摇头，弯身揽起一个趴在地上的婴儿，示意阿莎跟她过去。

她们踏过地板，连门都没有敲就径直走进另一间屋子。只见一个年轻女人正在阳台上拍打衣服。这间公寓小得可怜——看起来只有一个房间，而且里面几乎没有什么家具。墙上的漆也开始剥落了，天花板上吊着一只白炽灯泡。狭小的厨房里飘出一阵扑鼻的洋葱和香料味。两个女人一边说着话，一边狐疑地打量着阿莎。她们看起来比阿莎大不了几岁。如果不是因为语言上的障碍，两个女人的密谋谈话就跟阿莎在家跟朋友说悄悄话一样。不过，这些女人不是室友，而是跟丈夫孩子生活在一起。她们每天都疲于应付家务，而不是埋头书本。阿莎一想到要住在这样狭小的空间里面，一阵幽闭感袭上心头。

“卡维塔大姐？你想找卡维塔大姐吗？”第二个女人用半生不熟的英语问道。

“没错，卡维塔·麦钱特。”阿莎回应道。

卡维塔大姐已经不在这里住了。她搬到文森特大街了。你知道文森特大街吗？

阿莎冲下两段楼梯，跑出楼外。*终于有人知道我亲生妈妈在哪里了*。阿莎终于知道自己现在找对了方向。她冲到路边拦了一辆出租，不过司机没听说过文森特大街。又来了一辆出租车，不过在这个时间点，这个司机不想往那里走。阿莎从钱包拿出一沓现金，不过看起来并不能打动司机。*该死*。已经近在眼前了。阿莎真恨不得劫持司机的车子，自己开着冲到文森特大街。阿莎把钱包的钱全掏了出来，在司机面前甩动。司机这才勉强地点了点头，从车里打开了后门。这是阿莎在一天当中所坐的第四辆出租车了。在出租车上的半小时里，阿莎一直不停地胡思乱想，忐忑不安。过去二十四小时里的情景满脑子打转。原来自己叫乌莎，遗传了母亲的眼睛。我还有一个表姐。亲生父母就住在文森特大街，就在孟买。阿莎的心扑通扑通跳个不停，仿佛要从胸口蹦出来一样。

原来所谓的文森特大街其实不过就是一条很短的街道，只有两个街区那么长，有三栋稍高的建筑看起来像是公寓楼。阿莎遵守自己先前的许诺，把钱都给了司机。把钱全给司机，自己就没有回家的路费了，不过阿莎也顾不得多想。第一栋建筑的住户里没有姓麦钱特的人家。阿莎又走向第二栋建筑，看见接待室的桌前坐着一个身穿制服的男人。“麻烦问您一下，这楼里有个叫卡维塔的人吗？”

身着制服的男人摇了摇头。“值班的门卫正歇岗呢。你待会儿再来吧。”

阿莎看见这个人面前的桌子上放着活页本。“请问，您能帮忙查一下吗？我找卡维塔·麦钱特？”

这个穿着制服的人看起就跟自己没值班似的，甩开活页本。他边浏览，手指边在名单上滑动。“麦钱特……嗯，维贾伊·麦钱特。602号公寓。”

维贾伊？“那卡维塔呢？卡维塔·麦钱特？或者贾苏·麦钱特？”阿莎一边说，一边向四周打量着，搜寻值班的门卫。

“没，我们这里只有一个姓麦钱特的，那就是维贾伊。维贾伊·麦钱特。”

阿莎的心顿时如坠冰窖。怎么会这样呢？文森特大街上就剩下一栋大楼了。阿莎准备转身离去。

“啊，他来了。”身穿制服的男人对另一个穿着相似的男人说道。一看就知道这个人肯定是值班门卫。“这个姑娘想找卡维塔·麦钱特。住户名单上没有叫卡维塔的。我跟她说，这里只有维贾伊·麦钱特先生一个人姓麦钱特。”

“什么呀？你这个蠢货。你知道什么呀？”门卫呵斥道。他又叽里呱啦说了一大通话，阿莎什么也听不懂，只听到谈话里提到卡维塔和维贾伊的人名。接着，门卫看看阿莎，解释道：“对不起，这家伙犯迷糊了。没错，卡维塔·麦钱特确实住在这里。

只不过公寓是在维贾伊名下，所以才引起了误会。”

“维贾伊？”

“对啊，维贾伊是她儿子。”

什么？“不对，那肯定不是她。她……她没有孩子啊。我要找的人没有孩子。卡维塔·麦钱特？”阿莎又说了一遍，低头看了看笔记本，想再确认一下。“是麦——钱——特，她丈夫叫贾苏·麦钱特。”

“没错啊，女士。”门卫直愣愣地看着阿莎，语气十分肯定地说道，“卡维塔·麦钱特和贾苏·麦钱特，还有他们的儿子维贾伊都住在602号公寓啊。”

*他们的儿子。*这个词回荡在阿莎脑中，她一下子懵了。“儿子？”

“对啊，你认识他吧！”门卫以为阿莎重复一遍是因为想起来了。“跟你差不多大吧。十九或者二十来岁。”

跟我差不多大？“你……确定吗？”一字一句，特别是那个年龄就像台球一样在阿莎脑袋里横冲直撞。突然，阿莎把一切线索都理顺了。她终于弄明白了，一切都不重要了。阿莎的亲生父母还有一个孩子，他们选择留下了这个孩子。阿莎的嘴巴有股酸溜溜的味道。他们留下了他，留下了儿子。*他们留下了儿子，抛弃了我。*

门卫虽然近在咫尺，但他的声音仿佛远在天涯，阿莎只能听见断断续续的语句。“卡维塔……离开一段时间……回村子去看了……过几周就回来。”

阿莎脚下的土地仿佛也开始颤抖起来。她跌跌撞撞，摇摇晃晃地一屁股坐在地上。妈妈抛弃她不是因为没有结婚，不是因为不想要孩子，也不是因为养不起。*都是因为自己是女孩，他们就是不想要我而已。*

阿莎模模糊糊地意识到两个门卫正盯着自己，但是眼泪还是不争气地从脸庞滑落。“不好意思……今天太难熬了，我还不习惯这么热的天，”阿莎想解释一下。“我没事，别担心。”话音刚落，阿莎就觉得对两个陌生人说这些话太荒谬了。他们可不像达迪玛那样会心疼自己，达迪玛说不定已经在家泡好茶等着了。爸爸也会很担心，出发去孤儿院前，爸爸还祝自己好运呢。妈妈也会为自己操心，出发去印度之前，妈妈把防疟疾的苦味药片捣碎，拌进了果味奶昔里，这样喝就不苦了。

阿莎双手捂脸，在两个男人面前无助地放声大哭。可惜这两个人根本不认识阿莎，就算卡维塔和贾苏现在走进大厅，肯定也不认识阿莎。一想到这儿，阿莎就感觉心头一紧。她越想越羞耻，越想越痛苦。*我得赶紧离开这里。*阿莎大声抽泣，站起身来，匆匆忙忙地收拾起自己的包。她的胸口闷得喘不过气来，心里只有一个念头，那就是赶紧跑出去。“我得走了。”她转身走向门口。

“你叫什么名字？”阿莎转身跑出大楼时，一个门卫大声喊道，“等她回来，我可以告诉她，你来找过她。”

外面的空气混浊不堪，但是总比大楼里的气氛和刚揭示的真相要舒服。阿莎得跑得远远的，越远越好。一辆黄包车停在她身旁。“走吗？女士？”车夫咧嘴笑道，露出一口歪歪扭扭的黄牙。

阿莎爬上后座，说道：“去教堂门，麻烦快点！”她这个习惯是从普丽娅那里学来的。每次坐车都叫司机快点，但其实快不快也无所谓。

车夫卖力地蹬了起来，再次确认道：“女士，去哪里？”

这时候，阿莎才想起来已经把所有的钱都给出租车司机了，现在身无分文。她绝望地在背包里摸索，翻遍了所有的口袋。她在背包底部摸到了异样的东西，掏出来一看，原来是一包巧克力。方块形的吉德利薄荷巧克力。这是阿莎最爱吃的巧克力。妈妈。一定是妈妈在机场时偷偷塞进背包里的。妈妈平时就经常会在阿莎的午餐包里塞一块巧克力。阿莎忍不住干号一声，车夫转过身来。阿莎冲车夫挥挥手，然后继续翻自己的背包。如果没钱付给车夫，真不知道车夫会怎么对她。阿莎在笔记本后面发现一个破旧的信封，就是父亲在机场交给她的那个信封。阿莎破涕为笑。父亲的“多此一举”可以帮助自己回家了。阿莎打开信封，数了数里面的卢比。她拍了拍车夫的肩膀，把钱拿给他看。“这些钱最远能去哪里？”

车夫朝路边啐了一口痰，回答道：“布利彻·坎迪。”

车夫停了下来，阿莎踏下黄包车，融入茫茫人海之中。这些人似乎都在爬着阶梯，朝某个地方走去。阿莎抬头一望，看见长长的阶梯尽头是一栋巨大的建筑，上面有漂亮的装饰雕刻。“不好意思，打扰一下，”她拦下一个正往上爬的路人，问道，“这个地方叫什么名字？”

“马哈拉克西米庙。”

阿莎眨眨眼睛，又定睛看了看这座建筑。她的耳畔响起了达迪玛说的话。这样能让我一天都心情平和些。阿莎缓缓地爬上阶梯。狭窄的道路两旁都是些小店，卖点鲜艳的花朵、盒装糖果、印度教的小神像和其他纪念品。阿莎正往上爬时，天空下起了雨，星星点点地落在地上，雨越下越大，越下越猛，阿莎只好加快了脚步。快爬到顶上时，开阔的阿拉伯海跃然眼底，令人称奇。寺庙外摆着数百双鞋，阿莎也把凉鞋脱了下来。她走进寺庙，赤脚踏在有些冰凉的地板上。刚开始和寺外的嘈杂喧嚣相比，寺庙里十分寂静。但阿莎的耳朵适应了寺内的环境后，就听到有许多人在低声喃喃，不时还夹杂着寺外海浪拍打礁石的声音。

寺庙里供奉着三尊金色的印度教神像，每一尊都站在自己的角落，身上装饰着珠宝和花朵，神像下供着椰子和其他水果。天花板中央吊着黄色、白色和橘色的花环，柱子上也缠着花环。阿莎在寺庙中间的空地跪了下来，朝四周张望，想看看其他人都怎么做。有一个光头的神职人员站在中间的神像前，腰上缠着白布，正在帮一对戴着花环的人主持仪式。还有几个矮胖的中年妇女穿着纱丽，在角落里吟诵。一个跟阿莎差不多大的小伙子就坐在她旁边，双眼紧闭，身体向前摇摆，嘴里不停地祈祷着。

她竟然有一个弟弟，跟她年纪相仿，叫维贾伊。自己对这个弟弟一无所知，弟弟肯定也不知道还有自己这么一个姐姐。弟弟就在这个城市的某个地方，也有可能就在这里。

阿莎嗅到了一阵香火味道。她闭上眼睛，深深地吸了口气。这么多年来，阿莎无时无刻都在想念自己的亲生父母，梦想着全家团聚的那一刻，梦想着能够得到自我的圆满。阿莎一直以为亲生父母也在思念自己。现在，她觉得自己以前太傻了，顿时羞愧得脸颊发烫。眼泪又泛滥起来。亲生父母根本就没有想她，一点都没有思念她。就是他们当年亲手抛弃了自己。

就在这一刻，阿莎深藏在心底，还有那个白色大理石盒子里的梦想全都灰飞烟灭了。这些梦想就像香火冒出的青烟一样，飘到了九霄云外。阿莎找到了问题的答案，自己的身世之谜已经解开。已经没有什么需要找寻的了。她不需要见自己的亲生父母，她不想再一次遭到遗弃，而且是被人当面抛弃。

身边的吟诵声吞噬了阿莎，这些声音湮没了阿莎头脑中愤怒的喧嚣。那只银镯从阿莎的手腕轻轻滑落。阿莎拿着镯子在手指间来回玩弄。她挤压了一下镯子，镯子马上就变了形状。这只镯子已经走了形，年久失色，残缺而不够完美。显而易见，除了这只镯子，亲生母亲再也不可能给阿莎什么东西了。阿莎俯身叩头，额头贴着地板，哭泣起来。

㊿ 一往情深

2005年，印度，孟买

卡维塔

卡维塔在庙里坐了很久，直到左脚刺痛，这才动了动身子。她完全沉浸在自己的思绪之中，不断重复着儿时背下的颂词，回想着关于妈妈的一切。仿佛时间在这间庙宇没有窗户的圣殿里停滞了，她的思绪在祭司的吟诵声中回到了过去。祭司正在为一对年轻夫妇主持参拜拉克西米仪式，这对夫妇看上去好像新婚不久。卡维塔以前也喜欢参拜拉克西米——财富女神。不过她今天却坐在了迦利女神和难近母女神跟前，这两个女神都象征着神圣的母爱精神。闻着熟悉的香火味，聆听着熟悉的铃响声，卡维塔感觉与世隔绝，忘却了尘世间的烦恼，心里感觉很踏实。

来庙里进香的人进进出出：男女老少，既有当地人，也有游客。有些人围着庙宇的围墙慢慢游走，跟参观博物馆似的。还有一些人匆匆过来上点贡品，供上一只椰子或者一串香蕉就走。这些人多半是赶着要去面试，或者要去医院探病。至于那些丰满富态的阔家太太，她们每天上午过来，在角落里大声吟诵，以示对宗教的虔诚。剩下的人就跟卡维塔一样，只是走过来坐上一会儿，有时候一坐就是好几个小时。卡维塔现在明白了，这些人和自己一样，都是过来哭诉哀悼的。她们和自己一样，都是在哀悼自己无法弥补的巨大损失。这些损失造成的悲伤就像洪水猛兽一样吞噬着她们的心灵。

卡维塔跪倒在地，俯身叩头，准备做最后的祈祷。和往常一样，她是在给自己的孩子们祈祷。虽然卡维塔今天是作为一个女儿来为母亲祈祷的，不过她从来没有忘记自己也担负着身为人母的责任。她期望神灵保佑维贾伊平平安安，并且能够赎罪。虽然卡维塔不知道乌莎现在身在何处，但还是给乌莎祈祷。她总是想起女儿，脑海中一直浮现一个扎着两只马尾辫的小姑娘。多少年过去了，卡维塔一直都无法想象女儿长大成人的模样，所以脑海中永远只有一个小女孩的形象。卡维塔亲吻了一下双手食指的关节，又亲了亲腕上剩下的那只镯子。然后，她不情愿地站了起来，动弹一下僵硬的关节。她还不想走，可是还得赶火车。外面下起了雨。卡维塔从马哈拉克西米寺熟悉的台阶上迈下，向旁边的孟买中央火车站跑去。一路上，雨水打湿了她的衣服。

站台上人来人往，卡维塔呆呆地站着。没有人在等她。鲁帕可能会过来，不过一定正在忙着筹备丧事。卡维塔嗅到了熟悉的土地气息，坐在包裹上等着。她看着眼前的田野，觉得比自己印象中的要绿得多。她想会不会是因为自己的眼睛看久了孟买那单调的水泥灰色，所以才会觉得田野这么绿。现在距离上次回来差不多快三年了，这里的一切都变了。土路变成了公路，车站外面还修了一个电话亭。旁边还停着几辆汽车，这些车子跟自己在孟买经常看到的不同款式的现代车子没什么两样。看到眼前的这些变化，卡维塔不禁暗自吃了一惊。她一直都觉得家乡是个宁静祥和、一成不变的地方。

“妹妹！”卡维塔听到了鲁帕熟悉的叫声，刚站起来就被鲁帕紧紧地抱在怀里。岁月不饶人，姐姐的头发里也掺上了银丝。

“啊，卡维，谢天谢地，你可算是回来了。”鲁帕用力地搂着卡维塔，姐妹两个紧紧相拥。“走吧，”鲁帕终于松开了怀抱。“咱们赶紧回去吧，家里人都等着呢。”

卡维塔用手指抚摸着不锈钢杯子。竟然有人给自己上茶，在从小长大的家里，自己受到客人一样的款待。这让卡维塔觉得有

点摸不着头脑，觉得怪怪的。看到家里没有多大变化，卡维塔才略感宽慰。家里的墙更加黄了，地板开裂的缝也越来越多了。不过除此以外，父母的房子看起来和以前别无差别。爸爸现在怎么样了？

“卡维，别抱太大的希望，他跟以前不一样了，他这段时间可不好过，”鲁帕抿了口茶水说道。“昨天晚上他醒了过来，大喊妈妈的名字，我哄了好久才把他哄睡着。”鲁帕叹了口气，放下杯子，开始把纱丽的末端绕在手指上。卡维塔记得，鲁帕从小只要一紧张，就会玩弄自己的纱丽。“他大小便失禁了，不过这五十年来，他头一次意识到妻子没睡在身边。”鲁帕摇了摇头。“我有点不明白，不过爸爸对妈妈真是一往情深。”

保姆走进客厅，冲鲁帕点点头，示意她已经给爸爸洗好澡，换好了衣服，现在可以去看看了。“卡维，幸亏有了她，”她们起身时，鲁帕温柔地说道，“她照顾爸爸可耐心了，即使父亲脾气发作，她也毫无怨言。妈妈也很喜欢她……”提到妈妈时，鲁帕的声音微微颤抖，卡维塔感觉自己的脸也抽搐了一下。她们俩互相搀扶着，紧紧地揽住对方，就像小时候睡在一张床上一样。“为了爸爸，我们得坚强起来，”鲁帕说道，伸手擦去妹妹脸上的泪水，然后又用纱丽一角擦了擦自己的眼泪。“妹妹，来吧。”鲁帕紧握住卡维塔的手，领着她走进卧室。

卡维塔走了进去，父亲伸着脚坐在床上。卡维塔第一眼注意到的就是他凹陷的脸庞。父亲的脸完全陷了进去，凸出的颌骨勾勒出一张纤瘦的脸，比卡维塔记忆里的还要瘦削。卡维塔冲向父亲，在床边跪了下来，头抵着父亲的双脚。透过床单，卡维塔能感觉到父亲嶙峋的双腿。突然，卡维塔感觉有一只熟悉的手在抚摸自己的脑袋。

“我的孩子。”父亲嘶哑地说道。

“爸爸？”卡维塔满怀希望地抬起头，看着父亲。“您还认识我？”卡维塔坐在父亲身边，轻轻抓起父亲无力的双手。

“当然了，闺女，爸爸当然认识你了。”

卡维塔注意到父亲的眼神黯淡无光，也许在他眼前的只是一片模糊的影子。

“鲁帕，乖女儿，你妈妈去哪里了？告诉她我想见她。”父亲说这话时仍然望着卡维塔。卡维塔往后缩了缩身子，突然明白了。父亲不仅没有认出自己，而且也不知道母亲已经去世了。卡维塔不知道该做些什么，这时候鲁帕坐在了床的另一侧。

“爸爸，这是卡维塔，她今天刚回来，她从孟买过来的！”鲁帕强装做兴高采烈的样子。

“卡维塔？”父亲重复了一遍，听见鲁帕的声音，扭头看着鲁帕。“卡维塔，女儿，你过得怎么样？”父亲抬起手摸着鲁帕的脸蛋。“你知道你妈妈在哪里吗？”

鲁帕像哄孩子一样，轻柔地说道：“爸爸，我已经跟您讲过啦。妈妈走了。她病了很久，现在已经走了。周六举行葬礼。”

卡维塔看见父亲憔悴的脸上闪过一丝恍然大悟的神情，看不清东西的眼睛里流露出痛苦的悲戚。父亲向后靠在枕头上，闭上双眼，嘴里默默祈祷。卡维塔也闭上了眼睛，眼泪悄悄地夺眶而出，从脸庞滑落。她抬起父亲的手，亲了亲。

“卡维，别太难受了。别看我天天都在这里，他有时候都认不出我来。”鲁帕说道，说罢举起一个银制餐盘，递给卡维塔。

鲁帕说这话虽然是想安慰卡维塔，但却让卡维塔更受伤，因为卡维塔明白自己不能在这里陪伴家人。“好吧，我知道了，没事的。”卡维塔只好这么说道，用布把餐盘擦干。

“这段日子对他来说太难熬了，妈妈也去世了，仿佛连最后一点活下去的动力都没有了。我不知道葬礼会对他造成多大的影响。幸好你在这里，给我们带来了力量。”鲁帕伸出胳膊，抱住妹妹，用湿润的手按了按卡维塔的肩膀。

姐姐竟然能那么老练地处理这些事情，能够照顾到每个人的需要，打理好家里的事情，准备葬礼，卡维塔对此惊讶不已。而卡维塔心里只有对失去父母所感到的绝望：母亲去世了，而父亲也不认识自己，渐行渐远。似乎这个家庭正在她脚下分崩离析。她环顾四周，惊奇地发现屋子的墙还没有倒，还毅然挺立。她真的不知道，如果没有了父母，自己在这世上还能做些什么。即使离开达哈努已经十五年了，卡维塔还是觉得自己是父母庇护下的小女孩。她经常因为表现得像个小孩而告诫自己，姐姐那么坚强，可自己却表现得那么自私。

“贾苏和维贾伊什么时候来？”鲁帕问道。

“后天吧。”卡维塔又从鲁帕手里接过一个盘子。她没有告诉鲁帕，可能只有贾苏一个人过来了。

51 印度的母亲

2005年，印度，孟买

阿莎

阿莎坐在《印度时报》办公室的桌前，桌上摆满了笔记。文件堆里放着两张桑贾的留言便笺。自从两个星期前第一次去过珊迪孤儿院之后，阿莎就经常想到桑贾，不过还不想给他打电话。在文森特大街的公寓楼里的发现让阿莎感到既羞愧又疑惑。阿莎都不知道该怎么跟自己解释，更不用说对别人了。她不想见桑贾，不想在桑贾面前再重复一遍自己的经历。

今天，阿莎一直在努力抄写自己的采访稿。不过她没心思抄，满脑子都是米娜那天在达拉维说过的话——印度母亲似乎并没有把母爱平等地给予孩子。阿莎走到那个连接《印度时报》数据库的终端，在搜索栏里输入了“印度，人口出生率”，搜出了一千多条结果，但完全看不懂。阿莎缩小了搜索范围，在搜索框里加入“女孩和男孩”，结果搜到了十二篇文章。

她打开搜出来的第一篇文章。这篇文章是联合国在1991年发布的报告，里面讲了印度女孩的出生率是如何逐年下降的。文章里附着的线形图说明了印度女孩出生率呈直线下降趋势，也显示了男女性别比例严重失调。下一篇文章批判了小型B超机在印度的泛滥。这种小型廉价的机器让那些肆无忌惮、丧尽天良的人更容易走村串乡。他们专门靠给孕妇鉴定胎儿性别赚取不义之财。虽然印度政府早在十年前就已明令禁止使用B超鉴定胎儿性别，但是这个问题在印度仍然猖獗肆虐，结果导致了有性别选择的堕胎。阿莎以前对这些问题简直闻所未闻。

第三篇文章讲的是印度争取女性权利问题系列的一部分，里面提到了印度焚烧新娘的习俗和因嫁妆而频发的杀妻案件，并且还提到了残杀女婴的问题。阿莎刚扫了一眼就看不下去了，她合上眼睛，把文章关掉。阿莎只觉得腹中翻江倒海。她强打起精神，决定再读一篇文章，想找到点振奋人心的东西。她找到一篇关于某个加拿大慈善家的简介，这个慈善家在印度全国范围内建立多家孤儿院。阿莎看着照片上身着纱丽的老年白人妇女。这个老妇人四周围着一群印度小孩，孩子的脸上都绽放着灿烂的笑容。照片下面写着一句引文说道，不鼓励外国人从这些孤儿院领养儿童。

阿莎从数据终端前的椅子上站了起来，回到自己的办公桌前。她看见自己的电脑屏幕停留在雅修达的镜头上，就是贫民窟那个剃着光头的小女孩。可怜的小雅修达生活在达拉维的凄惨悲苦之中，但却是那么活泼，那么满怀希望。雅修达笑得那么灿烂，完全感觉不到虱病的侵扰，也不知道自己永远没有上学的机会。*如果我当时留在印度的话，我的生活也是这样吗？*几个月来，阿莎一直都对米娜辉煌的记者生涯欣羡不已。她也一直羡慕普丽娅定期美容和购物的生活方式。不过，阿莎现在明白了，自己如果当初留在印度的话是不会过上她们那种生活的。要是当初留在印度，她的生活就会跟雅修达和她姐姐比娜一样——充其量不过往印度的数据库里再加上一个数字而已，不过是又一个没人在乎的小丫头而已。这些女孩会有怎样的未来？她们会不会和自己采访的那个带着伤痕的女人一样，从童年到结婚生子，一辈子都生活在达拉维？她们会不会幸运一点，走出贫民窟，最后就像史瓦济路出租宿舍里的那两个妇女一样，整日围着丈夫、孩子和没完没了的家务打转？

一直以来，阿莎都觉得自己因为失去亲生父母而遭受了巨大损失，失去了毫无条件的爱、良好的理解，还有天然的亲情。*这就是我所谓的损失吗？我失去的是一个暗淡无光、毫无机会的人生吗？*阿伦·德什潘德的那番话又回荡在阿莎耳畔。*幸运的孩子会被收养走。*阿莎回想起自己在加利福尼亚的童年，自己的儿时卧室比达拉维的贫民窟房子还要大上一倍，想到了自己的哈珀学校校服，想到自己能接受“常春藤”学校的教育。阿莎多年来一直质疑自己的养父母。现在看来，他们可能帮助了自己。

乌莎。她的亲生母亲是爱她的，所以还给她起了这个名字。

阿莎盯着屏幕，看着雅修达脖子上挂着的细线，想起了这个小女孩那天着迷地玩着自己的戒指。后来，米娜跟阿莎解释说，在贫民窟长大的孩子能见到首饰，但是绝对不会拥有首饰。阿莎想到，自己的亲生母亲一定很爱她，所以送给她一只银镯。

她是个勇敢的女人。她那时候肯定特别坚定地要把你送到这里来。亲生母亲是深爱着她的，要不然不会从农村一路跋涉，把她送到孤儿院。亲生母亲是爱着我的，她太爱我了，所以才会把我遗弃。

阿莎的亲生母亲深深地爱着她。

母亲是爱她的。

阿莎拭去脸上的泪水，强忍着看完采访比娜的全部过程，想要从中找到一线希望。看着屏幕上的自己，阿莎觉得自己当时是多么麻木不仁呀，竟然还问雅修达为什么会把头发剃那么短，还问比娜为什么不去上学。帕拉格当时并不是有意妨碍她采访，而是想给这些女孩留下一些颜面。雅修达的生活虽然凄惨，不过与后面出现的那个残疾女孩相比，还是要幸福得多。那个残疾女孩在屏幕上出现了，阿莎就跟那天现场采访时一样，赶紧把脸转过去。后来，她才慢慢地把脸转向屏幕，凑过身子，专心地看下去。她不记得自己见过这个女孩的脸。这个女孩的脸上竟然还挂着笑容，她母亲也挂着笑脸。这个母亲正准备上路，要背着没有腿脚的女儿走两公里的路去上学，她看起来还是那么幸福。她怎么还感觉这么开心呢？

在接下来的采访中，那个穿着绿色纱丽，身上带着伤痕的妇女除了在阿莎给她五十卢比时闪过一丝笑容外，剩下的时间里根本就没有笑。该死！我当时怎么就没有多给她一点钱呢？她要赚钱养活自己的三个孩子和酗酒的丈夫。我当时要是多给她一点钱的话，没准她就可以有一两个晚上不用去妓院卖淫了。屏幕上，这个女人的两眼呆滞，没有丝毫活力。阿莎查了查自己的采访笔记，想起来这个女人和自己同岁。为了照顾家庭，这些女人甘愿做出牺牲，甚至不惜出卖自己的肉体，这确实超乎了阿莎的想象。阿莎草草写下几笔，然后把采访录像往回调了调，重新再看。这次看的时候，她认真地看着谈话时的妇女，听她们讲述自己每天都为家庭做些什么。另外一个想法从天而降，闯入阿莎的脑中。达拉维最真实的故事就是这些母亲的故事。她们的脸庞是这些出生在贫困和苦难中孩子的希望。阿莎截取了一张那个残疾女儿母亲微笑的画面，粘贴到另一个新文件里。阿莎在这张截图上打了几个字的图释："希望的脸庞：在城市贫民窟中挣扎求生"。

阿莎开始打字，想把这些女人的勇气书写出来。她的指尖飞快地敲击键盘，不想放过脑中流淌的思绪。她飞快地瞥了一眼电脑屏幕上的时间，这才意识到已经快七点了，马上就要下班回家了。但阿莎全身上下都跟打了激素似的，就像以前每晚在《每日先驱报》上夜班一样。她知道自己必须继续写下去，哪怕熬夜也在所不惜。她一边敲击键盘，一边拿起电话，夹在肩膀和头之间。迪瓦史接了电话。

“好呀，我是阿莎。请告诉太太今晚我不回去了。我在办公室工作，明天再回去。”阿莎语速很慢，一个一个词地说着，生怕迪瓦史听不明白。阿莎一晚上都在奋力工作，直到初稿成形，这才趴在桌子上休息。

第二天上午，米娜来到办公室，阿莎已经等在那里了。“我的天呐，瞧瞧你的气色，太差啦。你昨天晚上一整夜都在这里吗？”

“是啊，不过这算不了什么。听着，我想回一趟达拉维，还得再采访几个人。”

“什么，难道这次你要采访男人？”米娜摘下太阳镜，把手提包丢在办公桌上。

“不，还是想采访女人。更确切地说，想采访有孩子的女人。”

米娜挑了挑一边眉毛。“听上去很有意思。”她坐了下来。“说说看。”

“嗯，我本来想把重点放在孩子身上。我把采访看了一遍又一遍，觉得特别沮丧，因为孩子出生在这么差的环境，他们没法选择，也没法改变这样的环境。太可怜了，但光报道这些还不够。可是如果换个角度看问题，通过妈妈的视角来写这篇报道，那就完全不一样了。能发现她们的勇气和坚忍，还有人类精神的力量。”

“我喜欢这个角度，”米娜附和道，在椅子上转着身子。“这个角度很好，但听好了，阿莎，我现在忙得很，不能陪你去了。”

“那帕拉格呢？”

米娜耸耸肩。“那你得自己去问他。”

在去达拉维的路上，阿莎向帕拉格说了说这次采访的主题。之前阿莎也不确定，帕拉格会不会出于职业责任或者仗义精神一起过来。“嘿，说真的，我很高兴你能一起过来。”他们走下出租车时，阿莎对帕拉格说道。像其他印度人一样，帕拉格微微点了点头。“你应该也知道，其实我对这里不太熟。我真的很需要你的帮助。”阿莎发现帕拉格露出了微笑，于是决定不再说这些。

达拉维住满了女人，大部分是照顾孩子的母亲。有很多人愿意接受采访，但是阿莎只想找到她认为合适的采访对象。她沿着小路一直走，好不容易才找到第一个想要采访的女人。那女人安静地坐在棚屋外面，在水桶里用力搓洗衣物，三个孩子在她身边玩耍。阿莎向女人行了合十礼，等到帕拉格征得女人的同意后，才打开了摄像机。阿莎轻轻地对帕拉格说了几个问题，然后让帕拉格自由和女人交谈，自己则退后几步，认真拍摄起这次采访。女人回答了几个问题后，邀请他们进屋。阿莎和帕拉格都得低头弯腰才能走进去。阿莎看见屋里的地上摆着两张很薄的铺盖卷，铺盖中间的墙上挂着带框的相片，相片里是一对老人。阿莎知道，这样的照片里一般都是已经过世的家人或先辈，一般都会饰有鲜花，但这个相框却只装饰着枯萎的花环，旁边还飞着嗡嗡乱叫的苍蝇。房间的角落里摆放着一个小神龛，神龛前面还插着香。拍完屋内的环境后，阿莎关掉了摄像机。她让帕拉格感谢女人能抽空接受采访。帕拉格翻译完后，回过头看着阿莎。

“她问你想不想喝点茶。”阿莎朝这个一贫如洗的女人微笑了一下，接受了她的好意。上次来采访的时候，阿莎还觉得这么做既不舒服又于心不忍。“好的，谢谢你。能喝点茶真是太好了。”女人泡茶时，他们俩就坐在屋外。阿莎教这个女人的孩子玩拍手游戏。

接下来的采访也都大同小异，一次比一次简单。他们和女人们聊生活、孩子，以及她们对未来的期许。受访者邀请他们进屋看看，还拿出茶和小吃招待。阿莎让帕拉格把所有接受采访的母亲名字都记了下来。等他们肚子饿了想吃午饭时，报道的大纲已经在阿莎的头脑中形成了。“我们俩真是天衣无缝的搭档。”阿莎伸出手，要和帕拉格击掌相庆。帕拉格犹犹豫豫地伸出手，击了一下掌，脸上露出了微笑。

“嘿，你喜欢吃什锦蔬菜咖喱吗？”阿莎问道。

午饭过后，帕拉格需要去别的地方完成另一份工作，所以他表示愿意在去火车站之前帮阿莎叫一辆出租车。阿莎看见前面的角落里有一个男人在出售鲜花和花环。

“没事，”阿莎对帕拉格说道，“我在这里再多待一会儿。”

帕拉格看着阿莎，挑了挑眉毛，回头看了看阿莎身后的贫民窟，想提醒一下阿莎。要知道，阿莎还从来没有单独在达拉维待过呢。

“你走吧，我不会有事的。”阿莎开玩笑般地推了推帕拉格的肩膀。帕拉格走后，阿莎来到花摊，买了五个花环，然后走到买冰激凌的地方，买了一打雪糕冰棍。接着，她又回到贫民窟，一直走到今天上午采访的第一个女人那里。女人正往衣绳上晾晒衣服。阿莎拿出两个花环，指了指女人的小屋。女人的脸上慢慢泛起了笑容，她从衣服下弯腰走过来，接住阿莎的花环，然后双手合十，低下头。阿莎也笑了，又给了她三支雪糕。阿莎回到路上，准备去找另一户人家。离开的时候，她听到了身后孩子们欢快的笑声。

阿莎以同样的方式把剩下的花环和雪糕送给了其他妇女——没有说话，没有翻译，也没有照相。把东西都送完后，喊了一辆出租车，爬到后排座位上坐下。终于可以歇歇脚了，阿莎这才感觉膝盖一阵刺痛，都是昨晚熬夜的后果。来印度后，阿莎一直都觉得自己的头发变得油腻了，今天比平时还要油腻许多。她想着一到家就用香波好好洗洗头发，肯定会特别舒服。她想起小时候，每天早上妈妈都会耐心地给她梳洗头发，而且自己还可以看着卡通片。一边看《兔八哥》，一边抬头看看自己凌乱的头发被梳成了两条整齐的小辫子，一会儿就可以梳着辫子上学了。每天这个时候，小阿莎都很开心。

最近，阿莎经常会回想起这样的时光。她每次举行生日聚会，妈妈总是花上一整个上午准备蛋糕和冰激凌，甭提多麻烦了。小时候每到复活节，妈妈就会把小区的孩子都叫到院子里参加寻蛋比赛。每一年，妈妈都会在沙箱的同一个角落里给阿莎藏上特别的复活节彩蛋。还有这台相机，尤其是这台相机。虽然爸妈都不希望阿莎当记者，不过还是妈妈首先绕过这个弯子，最终妥协了。阿莎当初选择离家很远的地方上大学，没有选择医学预科，而是选择了英语专业。她的很多次选择都遭到父母的反对，但是每一次都是妈妈妥协。虽然自己一次次违背妈妈的意愿，有时甚至是故意气妈妈，不过她从来没有怀疑过妈妈对自己深深的爱。想着想着，阿莎想到了离开美国之前跟妈妈怄气的情景，想到来到印度之后每次跟妈妈聊天都是敷衍了事。想到这些，阿莎悔得肠子都青了。

直到下午晚些时候，阿莎才回到办公室。虽然昨天熬夜的

困乏开始向阿莎袭来，她还是没有办法休息。她又看了一遍采访录像，开始动笔写稿子。她一直坚持工作到故事的梗概成型。她从头到尾重新检查了一遍，仰靠在办公椅子上。虽然还需要更多的材料和繁杂的编辑工作，不过故事的雏形已经有了，而且是个很独特的故事。阿莎闭上眼睛，脸上慢慢露出了笑容。她累得筋疲力尽，现在只想和一个人说话。于是，她拿起电话，拨通了妈妈的号码。阿莎一直打了四次才打通，“妈妈？”阿莎说道，“嗨，是我。有人在吗？爸爸？”阿莎等了一会儿没人接，于是接着重拨。她又试着打妈妈的手机。还是没人接。真奇怪啊。阿莎挂断电话，靠在旋转办公椅上，伸展了一下胳膊，打了一个长长的哈欠。她觉得实在累得不行了。真得睡一会儿了，明天再打电话吧。

㊾ 没有印象中的好吃了

2005年，美国加利福尼亚州，门罗帕克

克里希

克里希拿起话筒，开始拨号，还没说话就挂断了。他坐到餐桌旁。见鬼，*我有什么好紧张的呢？*他刚在波士顿开完会，在回来的航班上，他就一直寻思要跟萨默说些什么，现在竟然连拿起电话的勇气也没有。他的行李箱还在门厅里开着，厨房餐柜上放着一摞需要回复的信件。回家之后，克里希就一直在接听电话留言。一长串的电话留言里，竟然没有一条是萨默的，这让克里希感到很失望。

他深吸一口气，重新拨通了电话。电话铃音响了两声后，萨默在那头拿起了话筒。

“嗨，是我，”克里希说道，“我打电话是想告诉你一声，我回来了。”

“哦，好的。那么咱们周日见？”萨默问道。除了每周他们俩按时给阿莎打的连线电话外，克里希还独自给阿莎打了几次电话，对女儿寻找亲生父母表示支持。上次打电话的时候，阿莎刚刚去过孤儿院。不过，在电话里，阿莎听起来不太爱说话，对于克里希的询问也是马马虎虎地应付。克里希第一次为这件事情紧张不安，担心阿莎找到自己的亲生父母可能会影响自己与阿莎的关系。他第一次理解了萨默的担忧，知道这件事情为什么会让她寝食难安。阿莎再过几个星期就要回美国了。下个周末，将是他们最后一次往印度给阿莎打电话了。克里希不知道女儿会带着什么样的消息回来，也不知道这将会给家庭带来怎样的影响。他急切渴望能在阿莎回国之前与萨默和好。阿莎回来的日子一天天临近，酝酿已久的渴望与悔恨在克里希心头沸腾。虽然已经五十五岁了，克里希又开始笨手笨脚地“追求”起自己的妻子。

“对呀。嘿，你知道吗，我刚刚去拿了这趟印度之行的照片，我想你应该很想看一看。”克里希又深吸一口气。“也许我什么时候能过去看看你，要不……明天晚上……你有空吗？可以一起吃个晚饭吗？”电话两头都陷入沉默，克里希紧紧闭上双眼，想再说点什么更好听的。

“克里希，明天下班以后我约了人，得进城一趟，”萨默说道，然后顿了一下，接着说道，“我的乳房X线照片不太正常。也许没什么事，但是为了以防万一，我预约了活体检查。”

“噢，”克里希赶紧抓住机会。“嗯，为什么不让我开车送你去呢？检查完之后我们可以一起吃饭啊。”

电话那头又沉默了许久。萨默开口道："好吧，我约的是下午四点。"

"那我三点钟过去接你。"克里希挂断电话，在厨房台面上乱七八糟的东西里翻找，最后终于找到了相机。他又拿起电话，拨通了当地冲印店的电话。

"你好，冲印存储卡里的相片最快要多久？"

萨默钻进车子时，朝克里希微微一笑。他们匆匆地吻了一下，算是打了个招呼。克里希发现萨默气色很好，脸蛋闪闪发光，无袖上衣露出了她健硕的胳膊。

"加州太平洋医院。"萨默一边说，一边系上安全带。

克里希最后一次驱车带妻子去那家医院是因为萨默流产。一想到那段时间，克里希不由得坐立不安。他转向280号公路，朝旧金山方向开去。这条路是双车道的高速公路，车速更慢些，路边的景色也更漂亮些，萨默总喜欢走这条路。克里希瞟了一眼萨默，看见她正盯着窗外郁郁葱葱的小山。

"我发现腋下有一个小硬块，"萨默说道，回答了克里希想问又不敢问的问题。"上上周洗澡的时候。我敢肯定只是个囊肿，但是考虑到我的家庭病史，还是去查查吧。我上周拍了乳房的X光片子，医生说看到了一块异常的东西。"

"那个医生是谁？"克里希问道，"你有那张X光片吗？我可以让吉姆来看看……”

“谢谢，但是没必要了。我自己看过那张片子，还问了问其他医生的意见。我想保险起见，还是去做个活检吧。”萨默的声音很平静，既不担心，也不紧张，这和当年她急着生孩子时可不一样。

“谁来给你做活检？迈克是加州太平洋医疗中心很有经验的医生，可以问问他谁是这方面的专家。”

萨默转身看着他。“克里希，”她温柔但坚定地说道，“我不需要你帮我解决这个问题，只要在那里陪着我就可以了，好吗？”

“好吧。”克里希用力握了握方向盘，感觉手掌都沁出了汗水。他伸手打开空调，努力想保持冷静，可风险因素一直在脑中闪烁，就像电视屏幕下方滚动的新闻头条一样。白人、五十多岁、没有生过孩子、母亲有乳腺癌：这些因素都会增加萨默患病的风险。具有讽刺意味的是，唯一有利的因素竟然是多年以来都困扰他们的，那就是萨默早在二十年前就闭经了。

“我跟你说过了吗？上周你还没回来时，我收到了阿莎的电子邮件。她去了一个叫象窟的地方。”

“象窟。是啊，我跟她说过要她一定去那地方看看。”克里希笑了笑。“这个地方位于港口的一个小岛上。都是些很古老的洞窟，岩石上有很多雕刻，是游客的必去景点。我没带你去过那里吗？”

“没有吧。那里好像有很多猴子，会跳到游客身上，跳到他们肩膀上要吃的。阿莎给我发了张照片，她正在喂猴子吃香蕉。看上去她玩得很高兴。这让我想起她小时候的样子。还记得她小时候多喜欢动物园的猴子吗？”

“嘿，看，”萨默说道，“雷德咖啡屋，这么多年了，真不敢相信竟然还在开张，你能相信吗？”萨默指着窗外白色的小木屋说道。他们以前住在旧金山时，周末就会去那里吃汉堡。

克里希勉强挤出一丝微笑。“是啊，真不敢相信。差不多都有……二十多年了吧？”

“我们搬走已经二十……七年了。天呐，比阿莎年岁都要大了。我们带她来过这里吗？”

“唔，应该还没有吧。我们领养她时，已经能吃点更高级的东西了。”说完，他们俩都哈哈大笑。雷德卖的食物很油腻，确实没什么特别之处，但是只需要花不到五美元，他们俩就能饱餐一顿，为两个人节省微薄的薪水做出了重大贡献。开怀大笑的感觉真好，克里希觉得肩膀的肌肉也没有那么紧张了。

来到医院后，萨默填好了前台的表格，克里希发现萨默齐膝的裙子下露出矫健的小腿。他真想立刻走过去，撩起萨默的头发，在她脖子后面亲上一口。不过，他没这么做，而是跷起二郎腿，拿起一份杂志。过了几分钟，萨默坐到克里希身边，瞥了一眼他手里的杂志。

“《好管家》？真没想到你还对下班后晚餐的炸鸡饭感兴趣呀？”萨默看了看克里希正阅读的文章戏弄道。

克里希放下杂志。“我这是有点走神了。”

“把照片拿出来让我看看吧。”萨默说道。

“照片？”

“对呀，你去印度时拍的照片呢？”

“这个呀，我想我刚才落在车上了吧。”

“塔卡尔大夫在吗？”一个护士在候诊室里喊道。

克里希猛地一抬头，还以为在喊自己呢。萨默把手轻轻地放到克里希的手上。“这次不是叫你呢，塔卡尔大夫。”萨默笑着说道。她拍了拍克里希的手，然后跟着护士走了。

在等待期间，克里希想到了最坏的情况：乳房切除手术、放射性治疗、化学疗法。虽然乳腺癌患者的生存概率很大，不过克里希接触的病人实在太多了，他知道疾病选择打击对象时经常会很不公平。那些脾气不好的病人往往死里逃生，而那些善良的病人却往往过早死亡。这些善良的病人常常会给他送甜点，还从自己的菜园摘西红柿送他。死亡率的平均值不会考虑这个人该不该死。不会有事的，这不会发生在她身上。起码不是现在。

这几个月来克里希一直都很煎熬。他现在尽量不在家待着，因为一到家就会想起跟萨默在一起的日子。萨默厨艺一般，做出的饭也不是很可口。不过克里希以前从来都没有想过，自己下班回家后竟然会怀念起萨默准备的饭菜。平时萨默一到晚上就喜欢把自己的衣服胡乱放在床头，现在看不到萨默凌乱的衣服，克里希也觉得不自在起来。还有早起。现在克里希还是每天早起准备去给病人做手术。不过在沐浴穿衣时，他很明显地感觉到萨默不在床上。出门去冰冷的手术室工作前，克里希找不到可以亲吻的人，下班回家也没了盼头。没有了萨默，克里希的生活和工作都变得平淡无味。

克里希站了起来，在等候室里踱来踱去。他每次从接待台前走过，那个女人就会低下头，不再张望。萨默把钱包放在克里希这里了，这时包里的手机响了。克里希讨厌这样的等待。他不禁想到自己也曾无数次走进等待室里，向病人家属宣布很不幸的消息。就在昨天，他还告诉一个比他岁数大的女人说她丈夫已经脑死亡了。他安慰这个女人，叫她赶紧把家人叫来，向躺在呼吸机上的丈夫做最后道别。

“道别？他还没死呢，不是吗？”这个女人用深信不疑的口气回答道。

克里希一直都搞不明白，为什么有些病人家属在病人大脑早已丧失功能，身体动弹不得的情况下，还要死死坚持维持病人生命。现在他终于明白了。因为这一切说来就来，令人猝不及防。前一刻你还跟自己妻子在汽车里有说有笑，不一会儿，你就会在医院等候室里听到很坏的诊断结果。完全猝不及防。人类大脑的神经奇妙无比，功能十分强大。虽然克里希也一直对人类大脑的奇妙赞叹不已，但是自己的大脑还是无法接受这样的消息。病人只有在管线和机器的帮助下才可以维持生命，但毕竟这些家属还能看到深爱的人。病人仍然怀抱梦想：参加女儿的婚礼，含饴弄孙，与爱人白头偕老……现在，克里希也明白了，虽然当初是萨默自己希望离开，他也不应该那么轻易地就放手。

萨默回来了，坐到克里希旁边。“还顺利吧？”克里希问道。萨默点点头。克里希接着说道：“刚才你的手机响了。”

“哦，很有可能是我的瑜伽教练。我还从来没有缺过周二的课呢。”克里希担心自己说话把握不好力度，所以只是点点头。“对了，还得谢谢你，”萨默把钱包放到大腿上，“谢谢你今天能陪我一起过来。你能陪我，我很高兴。”

“应该的，我不陪你，还能陪谁呀？”克里希捏了捏萨默的膝盖，把手放在上面。“检查结果什么时候能出来？”

“大夫说会抓紧处理。可能一两天就会出结果吧。”

不知怎么了，一阵莫名的冲动涌上克里希的心头，他的喉咙一下子哽咽了。“走，咱们离开这个地方，”克里希说着搂住萨默的肩膀，身体和萨默紧紧地依偎在一起。“今晚带你出去吃饭，在这个美妙的城市里，你想去哪儿咱就去哪儿。你随便挑个地方吧。”

旧金山的春天难得像今天这么晴朗，这么阳光明媚。克里希和萨默两人坐在雷德咖啡厅前的露天餐桌旁，可以一览前方的海

湾大桥。萨默的头发像平时一样束在脑后，微风吹过，发丝拂过她的脸庞。

“没有印象中的那么好吃了。”萨默一边吃着用纸包裹着的汉堡，一边说道。微笑让她看起来仿佛年轻了十岁。

“都过去几十年了，我看是咱们的口味变了吧。”克里希说道。

“还有我们的新陈代谢系统。我敢说，这些薯条明天一早就会排泄出去。”萨默说着轻轻地笑了出来。

“你知道吗，亲爱的，你现在看起来好极了。”克里希说道。

“你是说我看起来不像是得了癌症吗？”

“不，我是说你看起来很健康。健康、强健。你现在练起瑜伽了？”

“嗯，练瑜伽的感觉真不错。我还拉着我妈妈一起练呢。自从上次做完手术后，她老人家举胳膊都费力，而且拿东西也困难了很多，她简直都快崩溃了。你也知道，我妈妈这个人凡事都喜欢亲力亲为。”萨默说道，“所以我拉着她跟我一起在这里上了几节课，然后给她买了一些光盘让她在家里自己练。这有助于伤口的细胞组织愈合，她的活动能力和精力也提高了不少。”

“那真不错。”

“瑜伽练习让妈妈变了很多，我和给她治疗的肿瘤医师都觉得这太难以置信了。我还给斯坦福大学的期刊写了篇文章，讲的是练瑜伽对乳腺癌患者的健康很有益处。女性健康中心要我给患者开个研讨会。我想让妈妈也加把劲，跟我一起练习瑜伽。后来我放幻灯片，妈妈就能跟着片子做瑜伽的动作。”

“有你照顾，你妈妈可真是幸运啊，”克里希说道，“我们都很幸运。”他冲萨默微微一笑，自己爱上一个坚强、聪明、自信的女人。这个女人现在终于展露出好久没见但又似曾相识的一面。过去几个月来，*萨默变化很大吗？还是我这些年来太不关注她了？*不过，似乎不只是萨默改变了。他们之间的交流也今非昔比了。不管是因为时间的缘故，阿莎的离去，还是对活体检查的恐惧，克里希觉得似乎有一束光照亮了他们，把隐藏多年的一切都照得闪闪发光。这就如同克里希站在手术台旁的探照灯下，眼前的景象也许会有些不悦，但至少知道该怎么处理了。

萨默笑了笑，玩弄起脖子上的项链。克里希一下子反应过来，以前萨默常常用这样的手势隐晦地挑逗自己。于是，他们分居后头一次不再讨论什么疾病、死亡和恐惧，而是讨论起分居后各自都做了些什么。萨默告诉克里希自己在意大利的自行车之行，还谈了谈诊所里的人事变动。克里希告诉萨默，自己马上要参加网球俱乐部的锦标赛，还有家里的热水器坏掉了。他们俩都不约而同地刻意回避关于女儿的话题。克里希的照片还一动不动地放在车里。他们在外面坐了很久，扔出去的残羹剩饭也被海鸥啄食得差不多了。天气已经转凉，夕阳也勾勒出远处大桥熠熠生辉的轮廓。

“我们该走了。”萨默双手抱胸，身体瑟瑟发抖。

很快车子就开到了家，而克里希这才缓过神来，自己一直是一个人住。车子停在车道上，他们两个人坐在车里，就像一对年轻的高中生恋人。克里希关掉引擎。“听着，你……你……想在这里留一晚上吗？”克里希竟然有些羞怯不安。“我知道，我们还有很多事情没……”

萨默的两根手指按在克里希的唇上，微微一笑道：“好的。”

早上醒来时，克里希睁开双眼，看见萨默阳光般的秀发绽放在枕头上。他叹了口气，感觉有种难以把持的冲动，就像当初刚刚坠入情网一样。他轻轻地起身下床，生怕吵醒萨默。克里希走下楼梯，这才发现自己走了一周，冰箱里还是空空的，心想得赶紧跑去商店买些早点。他倒满咖啡壶时，发现电话答录机的红灯闪个不停。是母亲从印度打来的电话。她在留言里没多说什么，只是叫克里希赶紧回印度。虽然电话线路不太好，但克里希还是隐约觉得，家里肯定出事了。

⑤③ 家事

2005年，印度，孟买

阿莎

阿莎打车从《印度时报》办公室回家，在车上不知不觉就睡着了。到达目的地后，司机只好把阿莎叫醒。阿莎付了钱，走进大楼。她已经有三十六个小时没合眼了，之前发生的事情恍若隔世——写稿，编辑，拍摄，达拉维那些女人的面庞在她脑中闪过。阿莎提醒自己，别忘了上午给妈妈打电话。她打了个哈欠，敲了敲公寓门，等着门后响起迪瓦史熟悉的脚步声。她从口袋里掏出桑贾的名片。一言为定。既然已经写出了完整的报道，她上午也会给桑贾打个电话。阿莎等了一会儿，听到屋里传来了一些声响，伸手拧了拧门把手，发现门没有锁。她走进屋子，放下包，跨过门厅前随意乱放的各式凉鞋，径直向客厅走去。客厅里传来阵阵窃窃私语的声音。谁会这个时候登门造访呢？

达迪玛坐在长沙发上，两边各坐着一个女人，脸上都流露出关切的神情，手里拿着玫瑰花纹的瓷茶杯。达迪玛低着头，不过不用看她的脸，阿莎就知道一定出什么事了。“这是阿莎，是我美国的孙女，”达迪玛抬起头时说道，“不好意思，先失陪一下。”达迪玛站起身，拖着步子走向阿莎，抓起她的手。

“没事，没事，快去吧。”拿着茶杯的女人一边客气地说道，一边摇晃着脑袋。

达迪玛默默地走进阿莎这一年来生活的小屋，坐到床头，示意阿莎坐到她跟前。“孙女呀，你达达吉的大限已经到了。他昨天躺下来打盹时走了，在睡梦中安静地走了。”

阿莎捂住嘴巴。“达达吉……他……”阿莎四处张望，最后盯着屋门。“现在在哪儿呢？”

达迪玛轻轻地握住阿莎的双手。“宝贝，你达达吉已经被人抬走了。他昨天就走了，走得很平静。”

*昨天，就在我……上班的时候？*达迪玛的声音轻柔而有力，不过阿莎还是看到了她老人家红肿的眼角，什么都不用说了。阿莎低头看看放在大腿上的手，两双手紧紧地握在一起：达迪玛的手指瘦削，松弛的皮肤下露出青色的血管；自己的手看上去年轻而结实。等到手上的泪水干了以后，达迪玛更加用力地握着阿莎的手，用嘶哑的声音呢喃道：“阿莎，我得要求你做件事情。你爸爸是家里的长子，但是他没办法过来尽孝道了，所以你必须担起他的责任。达达吉火葬的柴堆必须得由你来点燃了。”达迪玛

稍微顿了顿，用不容置疑的口吻接着说道，“这是你不可推卸的家族义务。”

阿莎不敢相信自己的耳朵。没错，家里的男性家长去世的话，葬礼应该由长子来主持。不过，即使长子不在身边，也应该有其他男人来代劳——叔伯、朋友、堂表兄弟，乃至左邻右舍的男丁皆可。阿莎来到印度之后，如果说只学到一样东西的话，那就是男人，不管关系有多远，一定会继承关乎荣耀的角色。阿莎从达迪玛的眼神中看出她老人家决心已定。达迪玛已经把阿莎拉进了家族的圈子，就好像阿莎一直是家族一员似的。达迪玛对待阿莎疼爱有加，但也少不了历练。不容推卸的家族义务。*我的家族*。阿莎跟这个家庭的人以前从未谋面，一年前才刚刚通过话。这些人在午夜跑到机场接她，领着她参观自己早已看烦的名胜，教她穿印度服装，教她放纸风筝，还教她品尝各种新鲜食品。虽然她跟这些人没有一点血缘关系，但是却亲如一家。这一家人对她的关怀真可谓无微不至。

现在轮到阿莎回报的时候了。阿莎哽咽着点头应允。

几缕晨光射进窗户，外面的鸽子吵醒了阿莎。即使在今天这么特殊的日子，阿莎依然能够听到阳台上鸽子啄食的声音和咕咕的叫声，这些鸽子都在达迪玛撒下的鸽食中间来回穿梭。遵照达迪玛事先的指示，阿莎起床沐浴更衣。

达迪玛正坐在桌旁，盯着窗外，不过她今天没有喝茶。“早哇，宝贝。过来，咱们得去换件衣服。祭司很快就要过来了。”阿莎紧张地走进后面的卧室。刚一进去，她的目光就落在达达吉的那一侧床上。床上放着两件纱丽。达迪玛拿起一件绣着窄边的浅黄色纱丽，递给阿莎。“你达达吉要是还在世的话，肯定想看着你穿上人生第一件纱丽。穿上裙子和衬衣，我来告诉你怎么套上纱丽。”

床上的另一件纱丽是朴素的纯白色。根据传统，印度的妇女在守寡之后，就只能穿这种颜色的纱丽了。没有绚丽的色彩，没有珠宝和脂粉的修饰，这种素朴表达了她们对亡夫的哀悼。祖母既能够坚持传统，但又能不拘泥于其中，这让阿莎赞叹不已。在来印度之前，如果这种自相矛盾的情况发生在父母或者其他人身上的话，阿莎肯定会认为他们虚伪做作，十分招人反感。不过，一年来的经验告诉阿莎，这个世界原比她想象中的要复杂得多。她的初衷是找寻自己的亲生家庭，不过却在领养自己的家庭找到了家的感觉。阿莎来印度时，对自己的亲生父母一无所知，对自己的未来十分肯定，现在正好反了过来。

达迪玛的纱丽衬衣是按照生过孩子的妇女身材设计的。阿莎穿在身上，当然会觉得太过宽松。阿莎提议说要穿一件合身的T恤衫，达迪玛一开始很犹豫，不过最后还是答应了，还承认T恤衫挺好看的。“我真想不通，为什么我们这些地道的印度人就不穿T恤衫呢？”达迪玛一边给阿莎穿纱丽，一边喃喃自语道。

“这样的话，我们就不用露着自己老态的小肚子了。”达迪玛帮阿莎穿好衣服后，阿莎看看自己的影子，不禁吃了一惊。纱丽不仅突出了她的好身材，而且出奇的舒服。

祭司过来了，他们都坐到客厅里商量着火化仪式怎么举行。阿莎的肚子饿得咕咕叫，不过达迪玛已经交代过，她在火化仪式前不能进食。当达迪玛告诉祭司说，帮助他举行仪式的人是阿莎时，遭到了祭司的强烈反对。“萨拉太太，您不会是想要亵渎您亡夫的灵魂吧？您还是找一个男性亲属吧。”

阿莎看见祖母的表情疲惫，于是抢在祖母开口之前回答道：“尊敬的祭司，这个是我们家自己的事情。由我来点燃火葬的柴堆，这既是我达迪玛的意愿，同时也是我个人的意愿。这也是我们整个家族的决定。”

等走到火葬现场，达迪玛和阿莎发现那里已经聚集了成百上千的人。有几十个穿着医生制服的医院工作人员。阿莎看见了尼米夏、普丽娅和宾度等一众堂姐妹兄弟，还有几个叔叔和一些今年夏天刚见到的亲戚。桑贾也来了，跟他的家人站在一起。桑贾的两只眼睛跟阿莎的眼睛一样通红。阿莎还看见了很多附近的邻居，甚至还有那个每天都过来送菜的菜贩子。米娜、尼尔和帕拉格等一些来自《印度时报》的工作人员也赶了过来。这些前来吊唁的人都俯身低头，双手合十地慰问达迪玛。有一些人甚至一躬到地，触摸达迪玛的双脚。这是印度最为尊敬的礼节。

达达吉的遗体用白布包裹着，就躺在跟阿莎差不多一样高的柴堆上面。祭司开始吟唱了，阿莎站在他旁边专心地听着。祭司把手放进盛着圣水、稻米粒和花瓣的容器中，然后撒到柴堆上，并且示意阿莎跟着照做。没过一会儿，阿莎就在祭司绵绵不绝的吟诵声中平静下来，渐渐淡忘了自己的身边还围着那么多人。

最后，祭司用古吉拉特语跟阿莎说了几句话，指了指油灯的火焰。阿莎眼眶湿润，看了一眼祭司布满皱纹的脸，往前迈了一步。她拿起火把，用油灯点燃，然后小心翼翼地朝柴堆的一头凑去。阿莎握着火把，手微微颤抖，直到小小的火焰点燃了柴堆。

阿莎放下火把，往后退了退，看着火焰慢慢吞噬了柴堆，最后吞噬了祖父盖着白布的遗体。透过闪烁的火苗，阿莎望着堂姐妹兄弟和叔叔的脸。*我的家族*。一家人全来了，唯独缺了爸爸。不过阿莎知道，爸爸也希望自己能在这里。克里希曾经跟阿莎说过，*从某种程度上来说，婚后的家庭比你出生长大的家庭更重要*。阿莎伸手握住达迪玛粗糙的手，握得紧紧的，泪水顺着脸庞滑落。

54 异常平静

2005年，印度，达哈努

卡维塔

“你知道这里有这些东西吗？”卡维塔举起折了角的1987年版《星尘》杂志。

“不知道。妈妈要这些杂志做什么？她大字都不识一个啊！”

“我也不知道。也许她喜欢杂志上的图片？”卡维塔翻阅起破破烂烂的电影杂志。“啊！看这身衣服，太土了。噢，我的天哪。”

鲁帕走向卡维塔，踮起脚看看刚才卡维塔翻过的金属柜子。“天哪！这里有上百本！”鲁帕笑着拿出一沓捆在一起的杂志。

“真不敢相信她竟然会花钱买杂志，还是关于宝莱坞的杂志。妈妈可是很节俭的人啊，她连一粒糖都舍不得丢。真不知道她留着这些杂志干什么？”卡维塔说道。

“谁知道妈妈还是个大影迷呢！”鲁帕把杂志整齐地堆放在床上，放在母亲的纱丽旁边。

“噢，能开口笑笑感觉真好。自从回家后，我就光顾着哭了。”卡维塔冲姐姐淡淡地一笑，又觉得愧疚起来。

“是啊，今天早上很难受，对不？看到爸爸那个样子？”鲁帕指的是今早村中央举行的火葬仪式。她们的父亲跪了下来，一看见母亲躺在柴堆上，就抹起了眼泪。他放声大哭，骨瘦如柴的身体剧烈晃动。谁也没法安慰他。看到那种难以自抑的痛楚和痛彻心肺的绝望，卡维塔实在无法承受。她不知道哪一幕更让自己心碎——是盖上白布的母亲，还是一旁歇斯底里的父亲。幸好还有贾苏在身旁，卡维塔才聊以慰藉。卡维塔像个小孩哭哭啼啼时，贾苏粗壮的胳膊有力地揽着她。朦朦胧胧中，他们都站在那里，看着最后一点余烬熄灭。祭司用小铲子把最后的灰烬收好，装在一个铜容器里，交给了家人。他们回家后，父亲就一言不发，茶饭不进。接着，卡维塔和客人寒暄拥抱，简短地解释了一下维贾伊没法回来的原因，而其实她却想大声喊出来。*不，我的儿子虽然不在这里，但是用来买这些金盏花花圈的钱，还有买这些腰果奶油糖的钱……都是我儿子的钱。*

“嗯，”卡维塔点点头，“很难受。真高兴他现在能睡着了。也许他慢慢失忆也是种福气。也许等他醒来时，就什么都不记得了。”

“不幸的是，似乎这一段是他唯一的记忆了，他忘不了母亲。不过，这真的很甜蜜，”鲁帕说道，“想想看吧，他们结婚时，妈妈才十六岁，爸爸也只有十八岁。他们在一起走过了半个世纪的风风雨雨。爸爸可能都记不住跟妈妈在一起之前的事情了。”

卡维塔点点头。她的喉咙又哽咽了，不知道该说什么话来回答姐姐。

今天早上，河面出奇的平静。水面的微波羞怯地与晨曦翩翩起舞。几束阳光照亮了水面，与深暗的水底形成鲜明的反差，就像暗色纱丽上金光闪闪的丝线。卡维塔把脚趾伸进光滑的河岸泥土里，想象着在这片深水中漂流会是什么感觉。自由自在，无忧无虑，只是不停地漂啊……漂啊……最后消失得无影无踪。

卡维塔也很清楚，虽然母亲的骨灰躺在身边的铜罐子里，但灵魂已经不复存在了。可是今天，她还是希望母亲能在这个罐子里留下一点灵魂。今天早晨是如此宁静，妈妈如果泉下有知，肯定特别欣慰。卡维塔拿起骨灰罐，双手捧住罐底。“妈妈。”卡维塔柔声说道，然后笑了笑，她觉得肯定是妈妈的灵魂才让今天早上如此宁静。只有自己做了多年的母亲之后，卡维塔才意识到母亲的呕心沥血——有意地躲到家庭生活的背后，默默无闻地付出。卡维塔把妈妈的骨灰罐捧在大腿上，仿佛依然能感觉到母亲的气息。如果当妈的垮了，整个家就完了。

“妹妹？”鲁帕走到卡维塔旁边，头上恭敬地披着纱丽。“妈妈已经准备好了。”说完，鲁帕微微地点了一下头，示意站在竹筏旁边的船夫准备下水。

“好吧，咱们走。”卡维塔慢慢站了起来，不想晃动骨灰罐子。他们向等在岸边的船夫走去。这个船夫看起来就好像是两栖动物似的。他周身上下只穿着一件缠腰布，裹着臀部和大腿，裸露在阳光下的身躯显得格外结实。他站在齐腰的河水里，在地上和水上都一样舒服自若。船夫的四肢并不粗壮，但却肌肉发达，能够在水中自如穿行，然后跃上竹筏。船夫站在竹筏中央划着篙，鲁帕和卡维塔则坐在竹筏两头，四目相望。船夫将竹篙插入水中，小心翼翼地划行着。卡维塔想象着水底的其他骨灰，那些被深爱的人撒入河底的骨灰——父亲、母亲、姐妹、子女，等等。最后，他们来到河中央，船夫像插枪头似的把竹篙插入水底的泥沙之中。这时，太阳已经升起，橙黄色的阳光温暖了他们的脸颊和脖子。

她们本来可以叫上一个祭司过来的。在她们抛洒母亲骨灰时，可以让祭司吟诵宗教颂词。不过，卡维塔和鲁帕都希望她们两姐妹能够单独跟母亲道别。她们还一致认为，最好别让父亲跟着过来。上个月母亲的火葬仪式刚过去两天，父亲就又开始询问母亲的去向。她们也不知道这是因为父亲的脑筋不好使了呢，还是因为他想故意逃避丧妻的痛苦。不管父亲怎么问，她们都哄骗说妈妈去邻村姨妈家串亲戚了，明天就回来。实际上，她们的姨妈也早在几年前就过世了。不过，她们的父亲并不在乎这样的事实。相反，这个解释能让他平静一天。等到第二天早上，父亲再次询问的时候，她们只是重复这个谎言而已。就这样，撒谎变得越来越简单。日复一日，父亲的生活回归了常态，不是抱怨家里的吊扇转得太慢，就是嫌早茶太淡。几天后，贾苏回孟买去了，卡维塔则决定在家多待上几天，好完成母亲的葬礼仪式。

卡维塔打开铜罐盖子，把罐口朝向鲁帕。虽然对于只有女儿的家庭来说，葬礼上不分等级先后，不过卡维塔还是表示出了自己对姐姐的尊敬。鲁帕把手伸进窄小的罐口，抓起一小把骨灰。她慢慢地张开手指，掌边上的骨灰随着清风飘散。接着，她张开手掌，稍微倾斜，直到灰烬飘落水中。这些骨灰刚开始还能浮在水面，顷刻间就不见了踪影，与河水融为一体。

卡维塔把手放进骨灰罐，来回挥动着手，慢慢将骨灰撒落水中。平时擀面烙饼的时候，她经常用这个动作撒面粉。姐妹二人看着骨灰在水面消失，然后鲁帕又把手伸进了骨灰罐。她们俩就这样你一下，我一下，轮流抛撒，直到母亲的骨灰几乎撒完。鲁帕和卡维塔不需要任何语言交流，两个人一起把骨灰罐举到水面上翻转过来，将骨灰罐里的骨灰倒得一干二净。紧接着就是一阵沉寂。鲁帕首先打破了沉寂，抽泣起来。刚开始只是很轻的啜泣，然后越哭越伤心，浑身上下也跟着颤动起来。卡维塔伸出一只胳膊抱住姐姐。接着，另一只手也跟着抱了上去，搂住哭泣的姐姐。姐妹二人看着水面，直到母亲的最后一丝骨灰消失得无影无踪。

55 这就是家人

2005年，印度，孟买

阿莎

“这里的咖喱浓汤味道很不错。”桑贾坐在卡座的另一头，双手交叉，谨慎地放在桌上，目不转睛地盯着阿莎。

在达迪玛的坚持下，阿莎同意今天和桑贾一起吃顿午饭。虽然桑贾马上就要去伦敦了，但自从火葬仪式后，阿莎就不愿意离开奶奶半步。现在阿莎坐在一家豪华酒店的餐厅里，没有化妆，扎成马尾辫的头发也没洗，她在男性朋友面前从来没有这么随意过。阿莎合上层层叠叠的菜单。“好吧，我就要那个了，”她说道，“桑贾，印地语中‘乌莎’是什么意思？”

正在看菜单的桑贾把头抬了起来。“乌莎？意思是……黎明。为什么问这个？”

“黎明，”阿莎重复了一遍，望着窗外。“这是他们给我取的名字。我的亲生父母只留了我三天，就把我送到了孤儿院，但却给我起了个名字，叫乌莎。”

桑贾放下菜单，往前凑了凑身子。“你找到他们了？”

阿莎点点头。她还没把这件事告诉别人。一旦自己说出已经知道的事实，那这一切就会不容置疑地成为她人生的一部分了。“我找到他们了。我们没有面对面地见到对方，但我找到他们了。”

服务生走了过来。桑贾给自己和阿莎都点了菜，把服务生打发走了。

“他们的名字是卡维塔·麦钱特和贾苏·麦钱特，”阿莎继续说道，“他们住在锡永的公寓楼里。”阿莎停了停。“他们还有个儿子，叫维贾伊。可能比我小一两岁。”阿莎想看看桑贾有什么反应。桑贾点点头，示意她继续说下去。“他们把我遗弃之后又生了个儿子。他们留下了他，因为是个男孩，而且……”

“你又不知道当时是不是因为这个原因。”

阿莎有点生气地看着桑贾。“拜托，我又不是三岁小孩。”

“可能会有很多种原因。也许那时候他们养不起孩子，也有可能是因为他们住的地方不安全。或者，也许他们很后悔把你送走，所以又要了一个孩子。阿莎，你不可能猜透别人的心思。”

阿莎点点头，转了转手腕上的银镯子。“她从孟买北面的村子过来，走路得走几个小时。她一路奔波来到这座城市，就是为了……”阿莎的声音渐渐弱了下来，觉得嗓子有些哽咽。

“……为了把你送到孤儿院？”桑贾替她把话说完。

阿莎点点头。“她把这个给我了。”阿莎捋了捋手腕上的镯子。

“他们把该给的都给你了，”桑贾说道。他伸过手来，抓住阿莎的手。“现在你知道这些事了，心里有什么感受？”

阿莎盯着窗外。“我还是小女孩时，写过一些信，”她说道，“这些信是写给我亲生母亲的。我在信里告诉她我在学校上什么课，交了哪些朋友，喜欢看什么书。我写第一封信时应该只有七岁。我让养父把信寄出去。我记得他的眼睛里流露出悲伤的神情，对我说，‘阿莎，真抱歉，爸爸不知道她在哪里。’”阿莎扭过头，看着桑贾。“后来我长大了，信的内容也变了。我不再写自己的生活，而是开始问问题。她是卷头发吗？她喜欢玩字谜游戏吗？为什么要把我送走？”阿莎摇了摇头。“问题太多了。”

“现在，我知道了，”阿莎继续说道，“我知道自己从哪里来，知道有很多人爱我。我知道要是换一种生活，肯定不会有现在这么好。”阿莎耸耸肩。“我知足了。有些答案需要我自己去寻找。”阿莎深吸一口气。“你知道吗，我这双眼睛是遗传了我的生母。”阿莎笑了笑，眼睛有些湿润，闪闪发光。她把头靠在卡座上。“我希望能有什么办法让他们知道我很好，但又……不打扰他们的生活。”

服务生走了过来，把两碗汤分别放在桑贾和阿莎面前。阿莎这才发现自己早就饥肠辘辘了。过去这几天里，她好几宿都没有好好睡觉，忙着张罗爷爷的火葬仪式，吃得也很少。阿莎喝了一口汤。他们俩都一言不发地吃了起来。

“知道吗，我去孤儿院时，发现在我被领养之后，奶奶给孤儿院捐过一大笔钱，”阿莎说道，“孤儿院外面的牌匾上有我们家族的姓，不过奶奶从来没跟我提过。这是不是很奇怪呀？”

桑贾耸了耸肩，摇摇头。“我觉得不奇怪啊，很好理解嘛。她觉得自己欠了人情债。”桑贾发现阿莎茫然的表情，继续解释道，“因为你啊。她很感激你的到来。”

阿莎低头看了看自己的双手。“真的吗？”

“那当然了。在这里这种情况很普遍。我爷爷在他老家的村里捐建了一口井，他想用这种方式来报答那些帮助过他的人。”

阿莎深吸一口气。“想到这些人这些年为我做的，我就觉得太幸福了。有些事情可能我以前不知道，现在也还不清楚。没有他们的努力，就没有今天的我。他们是那么爱我，甚至有些人之前都不认识我。”

桑贾笑了笑。“这就是家人。”

“知道吗，我一直觉得和养父母没有血缘关系，所以有些隔阂。我过去总觉得缺少了些什么。但是现在……他们真的为我付出太多太多了，虽然我们没有一点血缘关系。他们这么做，只是因为……因为他们心甘情愿。”阿莎用餐巾擦了擦嘴巴，甜甜一笑。“所以，我应该欠下很多人情债了。”阿莎又深吸一口气。“而且还应该向我的养母道个歉才行。”

“说起来，你还欠我一份研究报告呢，等弄完了别忘了给我呀。我到时候把你的报道发给英国广播公司的朋友。你要是出了名，那你可就欠我一个大大的人情了。”桑贾说着眨了眨眼睛。“最起码你也应该到伦敦去看看我。”

“看情况吧。”阿莎笑了笑。“对啦，明天你能陪我一起去做一件事情吗？我要去珊迪孤儿院，想给那里送一些东西。”

56 远涉重洋

2005年，印度，孟买

萨默

萨默转头看看旁边座位上的克里希，望了望窗外空旷的天空。表面看来，克里希不过是一个穿着得体、受过良好教育的专家，正准备回国探亲，跟飞机上的其他印度人没有什么两样。不过，萨默却可以看出表面之下的细微不同：克里希平时紧绷的两颔今天却是松弛的。低垂的上眼睑使他栗色的眼睛看起来比平时要小，而且他今天的目光也有些呆滞，微微颤抖。萨默了解丈夫，他平时很少有这种表情。他平日在手术室里都表现得胸有成竹，在网球场上专注入神，在其他场合也很矜持。

萨默凑过身子，把手放在克里希手上。这时，克里希的眼睛依然盯着窗外，不过已经湿润了。克里希握住萨默的手，十指交叉。他搂住萨默，就好像没有萨默自己就没法活下去似的。这种感觉跟昨天夜里的感觉一样。昨天晚上是他们两个连续分居六个月后第二次同床共眠。他们俩忙乎了一整天，安排机票，办理签证。克里希一直都表现得镇定沉着。不过，昨天晚上，他们把行李箱都收拾好放到客厅，打电话约好出租车后，痛失慈父的克里希就像小孩一样在萨默怀里号啕大哭。

萨默毫无疑问会跟克里希一起回印度。昨天早上，克里希叫醒萨默，把爸爸去世的消息告诉了她，萨默立马提出要陪克里希一起回去。萨默不想让克里希开口问她，而且看起来克里希对此也很感激。她必须心系家庭，萨默现在已经深深地明白了这一点。

克里希和萨默在当地的午夜时分抵达孟买。他们叫了一辆出租车回家，一个仆人把他们引进门去。他们刚刚打了个盹，天就亮了。等他们两个人走进客厅时，萨默看见婆婆头发稀疏，两鬓斑白，比以前苍老了许多。克里希一躬到地，抚摸母亲的双脚。萨默还从来没有见过丈夫以前跟谁行过这么大的礼。克里希和母亲抱在一起，用古吉拉特语说了几句话。母子二人在早餐桌上边吃边喝，说话不多，而且声音很轻。

“亲爱的，我们还有一些银行的文件没有处理呢。”达迪玛对克里希说道。克里希点点头，看看萨默。

“好的，你们忙你们的吧。我在这里等阿莎起床。”

萨默打开阿莎的房门，看见她正在熟睡，头发蓬松地散在枕头上，呼吸均匀而深沉——乍一看，女儿要比离开美国时要成熟了一些，不过看起来还跟以前看过无数次的熟睡丫头一样。萨默轻轻关上房门，回到客厅。她看看手表，然后拿起手机，拨通了电话。

“您好，化验室还开着门吗？我是萨默·塔卡尔大夫。我打电话是想咨询一个乳房活检的检查结果。”萨默向电话那头转述了化验大夫的姓名，拼读了一下自己的姓名，答应先不挂机。然后，萨默盯着桌布，用指尖描着桌布上的鲜花图案。过了几分钟，电话那头终于有人回话了。

“好消息。活检的结果是阴性。大夫说是个良性囊肿。您只需要坚持定期体检，每年做一次乳房X光检查就行了。

萨默闭上眼睛，轻声吐出了回应。“噢，感谢上帝。大夫，谢谢您。”她放下电话，双手撑头。

“妈妈？”

萨默转过身，看见阿莎穿着长衫睡衣，头发凌乱不堪。“阿莎，宝贝。”萨默站起身。阿莎一头钻进妈妈张开的怀抱。

拥抱过后，阿莎往后挪了挪身子，看着萨默。“妈妈？怎么了？刚才您这是在和谁说话呢？”

萨默轻轻抚摸着女儿的头发，发现已经长了几英寸。“快来这里，宝贝，我得告诉你些事情。”萨默拉起阿莎的手，她们一起坐在桌子旁。“首先我想让你知道，我很好。前段时间做了个活检，因为乳房里有个硬块，但结果出来了，是良性的。所以都没事啦。”

阿莎仍然皱着眉头，眼神凝重而热切。

“我真的没事，”萨默摸了摸阿莎的膝盖，说道，“宝贝，能见到你真好。”

阿莎一跃向前，胳膊钩住萨默的脖子。“噢，妈妈，您真的没事吗？良性的？”

“嗯，良性的。”萨默抓住阿莎的手，捏了捏。“你过得怎么样啊？”

阿莎一屁股坐在椅子上。“妈妈，我真的很想您。您能来这里，我真是太高兴了。”

“当然啦，”萨默笑道，“不来这里，我还能去哪儿？”

“我知道这对达迪玛来说也很重要，”阿莎说道，“她不想表现出来，但这段时间很难熬。晚上我都能听见她在房间里的哭泣声。”

“她受到的打击肯定很大，”萨默说道，“相濡以沫差不多五十年的丈夫，就这样说没就没了。”

“都五十六年了。印度独立后的那一年，他们就结婚了，”阿莎说道，“她是个了不起的女人。我从她身上学到了很多。这里的每个人都很棒。知道吗，在这里我竟然有三十二个堂兄弟堂姐妹！好极了，好得不得了。”

萨默笑了。“那你的项目进行得怎么样了？”

阿莎眼中闪烁着光芒，她挺直了身子。“您今天想和我一起去印度时报社吗？我可以给您看看我的报道。”

萨默跟着阿莎穿过迷宫一般的新闻编辑室。看到女儿在这样的环境下应付自如，萨默不禁暗暗赞叹。

“米娜？”阿莎终于停下脚步，敲响了一扇门。“我想给你引见一下我妈妈。”

办公室里娇小的女人立刻从椅子上起身。“啊，这就是大名鼎鼎的塔卡尔医生。没少听阿莎夸奖您。今天能见到您，真是荣幸之至。”

米娜伸出手，萨默握了握。能作为阿莎的母亲受到肯定，萨默心里美滋滋的。

米娜转身看看阿莎。“你给她看过了吗？”

阿莎微笑着摇摇头。

“去拿过来吧，”米娜说道，“我这就把灯关上。”

“我们把在贫民窟的采访都拍下来了，”阿莎一边解释，一边把笔记本电脑放在米娜的桌子上。“我把精彩的部分挑了出来，做了个短片。”三个女人都聚在一起，盯着电脑屏幕。

等灯光再次亮起时，萨默说不出话来，被刚才看到的短片深深地打动了。阿莎在最不可能的地方找寻到了一片希望。在贫穷绝望的贫民窟，她给大家展现了母爱的伟大。这足以让所有的观看者都为之动容。短片的最后，阿莎感谢所有为这部片子做出贡献的母亲，把她们的名字一一列在了后面。屏幕上最后出现的名字不是别人，正是萨默。

米娜先开口说话了。“《印度时报》下个月将以特别报道的形式刊发她的文章，会署上阿莎的名字，还会刊登照片。”米娜伸出胳膊搂住阿莎。“您女儿绝对是个天才。我期待她迈出下一步。”

萨默微微一笑，自豪之情油然而生。*克里希是对的。来一趟印度对阿莎很有好处。*

“我下一步想做的事就是吃午饭。妈妈，您准备好了吗？”

“这个地方很不错，”萨默轻声说道。桌上铺着一层白色台布。“看上去是家新店？”这家餐厅的菜单看上去就像是从佛罗伦萨运来的。

“是啊，这家餐厅在我来印度前刚刚开业，”阿莎说道，“他们请了地地道道的意大利厨师，而且这里离住的地方又近，所以每当吃腻了印度菜，我就跑过来换个口味。”她们点了沙拉和意大利面，然后大口大口吃起面包篮里的食物。

“那么，爸爸告诉您那件事了吗？”阿莎问道。

“没有啊。”萨默感觉胃里抽搐了一下，脑中把所有可能的事情都过了一遍。“什么事啊？”

“我碰见了一个小伙子，叫桑贾。”阿莎用欢快的语调说道，“他很聪明，很幽默，长得也很帅。而且他的眼睛是深棕色的，您能想象得出来吗？”

“嗯，可以吧，”萨默摇了摇头。“帅死了。”她们一边哈哈大笑，一边吃饭聊天，把分开这几个月的笑容统统补上。

服务员端上提拉米苏蛋糕时，阿莎开始向萨默道歉。“妈妈，”她说道，“我很抱歉，我……离开家之前的事情都是我不对，真对不起。我知道您很不容易……”

“宝贝，”萨默打断了阿莎的话，探过身来，“我也很抱歉。我能看得出来，这一年你过得很好。你做的事情让我很自豪。你似乎学到了很多，而且这么快就长大懂事了。”

阿莎点点头。“您知道吗，”她轻声说道，“来到这里之后，我才知道原来凡事都比看起来要复杂得多。我很高兴来到这里，了解我出生的家庭，了解自己的出身。印度这个国家真是不可思议。它给了我一种家的感觉，这让我感到很高兴。不过这个国家也有很多事情让我受不了，您知道吗？”阿莎说完看着萨默。“这话听起来是不是有点让人受不了？”

“没有啊，宝贝。”萨默用手背摸摸阿莎的脸庞。“我想我是可以理解的。”萨默说道。萨默说这话并不是在哄阿莎，她确实可以理解。正是印度这个国家赐予了她生命中最重要的两个人——克里希和阿莎。不过，当萨默试图对抗这个国家在她生活中的影响力时，却一手酿成了生命中最大的动荡与不安。

57 清晨祈祷者

2005年，印度，达哈努

卡维塔

沿着粗糙的石阶每往上爬一个台阶，都能唤起卡维塔往昔的回忆。虽然卡维塔和贾苏已经有二十多年不在这里住了，可是卡维塔脚下的感觉就跟从来没有离开过这里一样。过去二十多年来，卡维塔回过几次达哈努，也回过这座婆家人依然居住的房子，但是卡维塔以前从来没有过这种感觉。可能是因为现在所处的时间吧，正值拂晓时分，村庄还一片寂静。过不了一会儿，四面八方就会传来村民活动的声音。也可能是因为所处的季节，现在这个时节的常青梧桐树开满了花朵，空气中弥漫着宜人的花香。也有可能是因为卡维塔这次是自己孤身回来的吧，她既不是要来探望婆家人，也不是要带着维贾伊来探视儿时的家园，只是自己孤身回来而已。也有可能是受自己的情绪影响吧，毕竟昨天刚在河上跟妈妈做了最后的道别。

清晨，保姆还没有醒，卡维塔就早早从娘家的院子走了出来。她匆匆洗了澡，从庙里拿了点东西：一支酥油蜡烛、一根香、一串檀木珠子，还有黑天[①]吹笛的小铜像。她只是想到家外面做会儿礼拜，她喜欢在新鲜的清晨空气中敬神。手里拿着这些东西，走出家门，卡维塔就径直向旧家走去。她的婆家人一般都还得再睡上一个小时才会起床，所以没有人会看到她。

站到石阶的台上，卡维塔在以前的老地方铺开破旧的垫子。一切准备妥当后，她跪倒在地，面朝东方。接着，她把自己带来的东西一件一件地摆出来：黑天放在正中央，蜡烛放在右边，香放在左边，珠链则放在正前方。每一个动作都很娴熟，做的次数多了就觉得很自然了。卡维塔划着一根火柴，把蜡烛点燃。她把香头放到火焰上引燃，接着来回稍微晃动一下，直到香头冒出昏黄的亮光。仪式结束后，卡维塔坐在脚跟上，慢慢舒了口气，仿佛这口气已在心中积郁了许多年。

卡维塔放松了一下肌肉，盯着火焰发呆，直到呼吸恢复平稳。焚烧酥油和香的气味扑入鼻中，她有一种熟悉的感觉。这时，她看见远处的太阳爬出了地平线，枝头也传来鸟儿的啼啭。她闭上双目，拾起地上的珠链，用手指一颗一颗地捻着，嘴里轻声地吟诵着。卡维塔感觉胸口压着一块大石头，直扎心房。不过，她同时又感觉一阵空虚。她的心头脑海被一阵强烈的空虚感压抑着，深深地默哀自己所失去的一切。

---

① 印度教诸神中最广受崇拜的一位神祇，被视为毗湿奴的第八个化身，是诸神之首。——译者注

母亲离世将近一个月了，可是卡维塔昨天才刚刚撒完她的骨灰。她本以为自己会悲痛一番，却发现母亲的过世让她变得无所适从，这是她始料未及的。卡维塔离家已经多年了，离开娘家的时间更早。虽然她早已过了几十年的成人生活，可是母亲的去世让她感觉一下子又成了无助的小孩。陈旧而凌乱的思绪在心头泛滥：发烧时，额头上母亲那清凉的手；插在头发上的茉莉所散发的芬芳。

手指捻着檀珠

额头抚着一只清凉的手

香烛的气味和茉莉的芳香

现在，卡维塔也正在失去自己的父亲。她能感觉得到，父亲正离自己渐行渐远。但有些时候，卡维塔觉得离父亲的精神世界会更近一步，而更多的时候只是觉得父亲与自己很遥远。三天前，卡维塔用勺子给父亲喂米布丁时，父亲叫了一声“蕾莉塔”。听到这个名字，卡维塔顿时热泪盈眶。二十五年没有人这么叫她了，只有父亲才会这么叫。想到这里，卡维塔又啜泣起来，回想起父亲嘴唇嗫嚅出那一声“蕾莉塔”时的样子。

蕾莉塔

手指捻着檀珠

额头抚着一只清凉的手

香烛的气味和茉莉的芳香

许多年前自己离开这里，离开家人，是正确的决定吗？如果当初没有这么做，可能结局会截然不同。他们为了维贾伊才这么做，可到头来，却还是失去了他。失去维贾伊后已经过去了多长时间？那个原来和堂兄弟追逐打闹的小男孩，现在究竟成了什么样子？这一路走来，他的纯真都跑到哪里去了？维贾伊这个名字的意思是“胜利”，可是在他身上究竟发生了什么？

胜利

手指捻着檀珠

蕾莉塔

额头抚着一只清凉的手

香烛的气味和茉莉的芳香

二十多年前，卡维塔在这里失去两个女儿，有一个甚至都没有来得及起名字，刚生下来就死了，还有一个是自己的宝贝乌莎。一想到乌莎，卡维塔心里就隐隐作痛。自从生下乌莎后，卡维塔就没有一天不思念她，没有一天不为失去她而痛心疾首，每天都为了驱散空虚的悲戚而祈祷。但是上天没有聆听她的声音，或者上天还没有原谅她，因为心痛一丝一毫也没有减少。

乌莎

手指捻着檀珠

胜利

额头抚着一只清凉的手

蕾莉塔

香烛的气味和茉莉的芳香

卡维塔已经背井离乡二十年了，先是失去了两个女儿，然后是儿子，现在又轮到自己的父母。相比这些残忍无情的事实，唯一稳定发展的就是自己和贾苏的婚姻。是的，这一路贾苏也犯过错误，出过昏招，但是丈夫已经变成了一个好男人。他们披荆斩棘，学会了把遗憾和悔恨扔在一旁，遏制这些消极影响，不让它们毁了自己的生活。他们相濡以沫，共同成长，就像两株互相偎依的大树。等到他们自己时日无多的时候，也许卡维塔和贾苏也会感到不枉此生。他们也会拥有父母之间那样忠贞的爱情，这种爱超越时空，至死不渝。

即使现在是个成年人，卡维塔也有很多事情不知道。她不知道女儿现在身在何处，不知道维贾伊怎么会走上歧途，不知道父亲今天或者明天会不会认出自己，不知道没有了母亲清凉的手自己还能不能走下去。卡维塔唯一清清楚楚知道的事情，那就是她必须悉心照料父亲几天，然后收拾行李，坐上去孟买的火车，回家见贾苏。

58 临别礼物

2005年，印度，孟买

阿莎

“妈妈又把我一个人丢在尘土中了。”阿莎弯下腰，开始解鞋带。

父亲和达迪玛坐在桌子旁，正在享用第二杯茶，这是他们每天早上的习惯。“孟买污染得这么严重，你妈妈刚来一个星期，一下子肯定适应不了，”克里希说道，“看着吧，等回到空气清新的加利福尼亚，她肯定比你跑得快。”阿莎坐在克里希身旁时，他揉了揉阿莎的肩膀。

“对于一个老女人来说还真不错。”萨默说道。她擦了擦脸，伸手去拿桌子中央的水罐。

“迪瓦史，拿点柠檬汁来！”达迪玛转身朝厨房大喊了一声。迪瓦史走了过来，手里拿着一杯冰冻的鲜榨酸柠檬和甘蔗汁，放在了萨默面前。这种饮料制作起来费时费力，很不容易。

不过自从萨默喜欢喝之后，每次萨默和阿莎晨跑结束，达迪玛都会准备一杯。“你怎么可以说自己是老女人呢！那我该成什么啦？”达迪玛哈哈大笑。

萨默抿了一口饮料。“啧啧，真好喝。谢谢您，萨拉。”

达迪玛朝一边摆了摆头，站起身来，说要失陪一下，留下他们一家三口。

“这么说，你已经完全戒掉咖啡了，妈妈？”阿莎问道。

萨默点点头。“头两个星期很难，但现在我发现，喝点水啊、饮料什么的也能保持清醒，而且我一点都不想念咖啡因。”

“妈妈，您现在看起来可真强健，我都有点不敢相信了，”阿莎伸手摸了摸妈妈结实的胳膊，说道，“您现在是不是在练习举重呀？”

“练了一点点，不过主要还是练瑜伽。我在……诊所附近发现了很棒的瑜伽练习班。”

“啊，瑜伽？没准我也该去练练瑜伽，正好把在奶奶家长的肥肉减掉。我妈现在看起来真棒，您说是不是，爸爸？”阿莎转身对克里希说道。

“可不是嘛，”克里希答道，他跟萨默两个人会心一笑。“当然了，你妈妈看起来确实很强健。”他从后面抱住萨默，吻了一下她的头。“你知道吗？你妈妈还在医学期刊上发表了一篇文章呢。”

“您发表文章了？”阿莎问道。

“对呀，怎么样？现在咱们家可不是只有你一个人会写东西了。”妈妈笑着说道。

“达迪玛，您真的不去了吗？我一定会为您保密的。”阿莎挑动一只眉毛，笑着说道。她往床上的大行李箱上塞进一摞叠好的衬衣。

“算了，算了，宝贝。你达达吉的遗体火化还不到两个星期呢。我除了去庙里是不能出家门的。再者说，飞机场是像我这样的老太太去的地方吗？我只会碍事，给你们添麻烦。”达迪玛冲阿莎笑着说道，“不用担心，尼米夏会带你们去的，普丽娅不是也要去吗？”

“嗯，”阿莎回答道，使劲拉上塞得满满当当的行李箱拉链。“他们过几个小时就来了，不过我还是希望您能跟我们一起去。”

“你可得快点回来看看，宝贝。明年就回来吧，怎么样？说不准普丽娅会同意在明年的结婚旺季结婚呢。”

“这个我可不知道，达迪玛。我看不大可能吧。”阿莎笑了笑，坐到行李箱和奶奶中间。一阵言欢之后，她们陷入了沉默。阿莎低头盯着地板，看着祖母那苍老而粗糙的双脚。就是这双脚，在过去的几个月里陪着阿莎走过了漫长的道路。达迪玛捋了一下阿莎耳后垂下的一缕发丝，阿莎闭上了双眼。她只觉得鼻子一酸，泪水流了出来。

“宝贝。”达迪玛把一只手放到阿莎双手上，另外一只手抚摸着阿莎的头发。阿莎一边哭，达迪玛一边重复着这个简单的动作。

“我不知道该怎么感谢您。我真不敢相信自己竟然花了二十年才来到这里。”阿莎上气不接下气地深吸一口气，接着说道，“在来这里之前，我本以为自己早就弄明白了，不过我以前犯了太多错误。我觉得自己实在太无知了。”

“啊，宝贝，”达迪玛说道，“这就是成长。我们的生活总是不断地在改变，生活总是教给我们许多新的东西。看看我，现在都已经七老八十了，才开始学着怎么穿衣服才漂亮。”阿莎勉强地笑了笑。“这下倒提醒我了，我还有点东西没给你呢。”达迪玛说着站了起来，向自己的卧室走去。

“达迪玛，算了！”阿莎赶紧说道，“我刚刚才把行李箱关上。”阿莎倒在床上，露出了笑容，用手背擦拭眼泪。

“大不了你就再多拿一个行李箱。”达迪玛说着步出了房间。等到她回来时，手里拿着一只纸箱子。她走到床头，挨着阿莎坐下，然后从箱子里拿出布满尘土的厚书，递给了阿莎。

阿莎抚摸着海军蓝的封面，看见上面几个烫金的大字《牛津英文字典》。“哇，这本字典肯定得有五十年的历史了吧。”

“比五十年还要久远呢，”达迪玛说道，“这部字典是我毕业时爸爸送我的。大概得有……得有六十年了吧。我跟你说过他可是个‘亲英派’。我当年辅导学生的时候，觉得这部字典挺好用的。我知道，你将来做的事业肯定比我要有出息。把这部字典放桌子上，看到它的时候，就能想起我对你充满信心。当年，我爸爸对我就信心满满。”

阿莎点点头，泪水又开始在眼角积聚起来。“我会的。”她呢喃道。

“还有一件东西呢。”达迪玛递给她一个蓝色天鹅绒的方盒子。阿莎轻轻翻开盒子上的小扣，打开用铰链连在上面的盒盖。看见盒子里放的东西后，她不禁吓了一跳。盒里放的是一副配套的首饰，镶着鲜艳绿宝石的黄金饰物：一条项链、一对耳坠和四只镯子。阿莎惊得嘴巴微张，抬头看看奶奶。

达迪玛耸耸肩。“我这么大把年纪了，要这些首饰有什么用呢？我以后再也不会参加婚礼了。这些首饰都是我结婚时在婚礼上戴的。”

“哦，达迪玛，您难道就不想自己珍藏吗？”阿莎疑惑不解地看着奶奶。

达迪玛摇摇头。“根据我们的习俗，我应该把这些东西传给我的女儿。我现在想把这些东西都给你。你达达吉也是这个意思。”阿莎看着眼前光彩照人的珠宝首饰，点了点头。“而且，你戴上这些首饰后，看起来很漂亮，”达迪玛一边说，一边拿起一只耳坠戴到阿莎的耳垂上。“让别人看看你的眼睛有多美。”祖孙二人抱在一起，达迪玛轻声问道，“宝贝，你打算把在孤儿院打听到的事情告诉爸妈吗？”

她们松开对方，阿莎抹了抹脸，说道：“等到家了再告诉他们吧。我不知道他们，尤其是妈妈会怎么想，但是他们有权知道真相。”

达迪玛用枯瘦干燥的双手捧住阿莎的脸颊。“嗯，宝贝，我们都有权了解真相。

㊾ 重燃希望

2005年，印度，孟买

萨默

萨默正在收拾行李，这时候响起了敲门声。“请进。”她扭头喊了一声，以为敲门的是阿莎。

没想到进来的却是克里希的母亲，她拿着一个大盒子。“好呀，亲爱的，我有几样东西要给你。”

“噢，克里希刚刚下楼跟一个邻居道别去了。”

“没关系，”萨拉一边说，一边把一大捆用白色薄布包好的东西放在床上。“这些跟他没关系，是给你一个人的。”

萨默把行李箱挪到一边，坐在床上。这一大捆东西摆在自己和婆婆中间。萨拉解开捆东西的绳子，摊开白布，露出整整齐齐一摞饰有珠宝的纱丽。

“我想让你收下这些。其他的我会捐给慈善机构，但是我想把这些——我在各种婚宴上穿过的纱丽传给家人。”萨拉摊开双手，手心朝下，放在这一摞纱丽上面。“我知道你不穿印度服饰，所以你可以把它们当做床罩或者其他罩布，怎样都行，我不会介意的。”萨拉笑道。

萨默摊开最顶上一件深橙色的纱丽，轻轻抚摸柔滑的丝绸，还有纱丽边缘华美的装饰。纱丽的颜色令人暗暗称奇，跟落日的颜色一模一样。“要用来做床罩就太可惜了。我很想穿上这些衣服，但是我不知道该怎么穿，但是……”

“阿莎可以教你。”萨拉咧嘴大笑，这一笑嘴角边的皱纹更明显了。

“谢谢您，我知道这些纱丽多么珍贵。我保证会好好保管它们的，”萨默说道，觉得胸口一阵澎湃。“真的很感谢，而且……我很感谢您在这过去一年里对阿莎无微不至的精心照顾。”

萨拉的手搭在了萨默的手上，“没有人可以取代母亲，但是我努力为你照顾好她。她是个很特别的姑娘。我从她身上能看到很多你的影子。能把她培养成才，你应该感到自豪。”

“谢谢您，”萨默热泪盈眶地说道。门吱呀地响了一声，克里希走了进来。“不过，这可不光是我一个人的功劳，这您也知道，”萨默大笑道，朝门口摆了摆头。“也该夸夸您的儿子。”

“是啊，请夸夸我吧。这次我又做什么了？”克里希问道。

“没事，什么事情也没有。来，坐吧，”萨拉说道，“我有些东西要给你。”

萨默抱着那一摞纱丽，走向房间的另一侧，而克里希坐在了萨默的位置上。萨默正琢磨要不要离开房间，好让他们母子俩聊聊私房话，这时萨拉对他们俩说话了。

“我知道你们可以在那里找到很多水域，就在你们住的加利福尼亚州，对吧？”萨拉问道，“也许你们可以找到一个好地方，找到一个你们爸爸喜欢的安静地方。”她把装着骨灰的小罐交给克里希。“那时你们就可以把这个撒了。”

在房间的另一头，萨默看见克里希接过罐子时肩膀微微下沉。

“到时候我们会在这里的海域撒一点，但是……”萨拉下巴突出，眼睛炯炯有神地盯着儿子，“但是他很自豪你能去那里。”

“还有，这个也是给你的，虽然有点旧了，但还能用。”萨拉从盒子里拿出一个破旧的听诊器。

萨默马上就认了出来。上一次来印度时，克里希的父亲每天都挂着这个听诊器。他和听诊器形影不离，甚至经常挂着听诊器就坐到餐桌旁吃饭了。现在克里希工作时几乎用不上听诊器，几乎好几年都没用过了，但是他明白这份礼物的重要意义。

“您确定要给我吗？您不想留着……”克里希一边说，一边把听诊器翻了过来。

萨拉闭上双眼。“是的，亲爱的，我确定，他把遗愿说得很清楚了。”

他们在候机室里等航班，离登机还有一个小时。趁此机会，克里希喝着最后一杯自认为正宗的印度茶，阿莎和萨默则抿着柠檬味的苏打饮料。

“妈妈今天早上教了我瑜伽的拜日式，”阿莎对克里希说道，“您应该加入我们。您这样回家以后肯定会肌肉僵硬酸痛，而我们就没事。”克里希笑着摇摇头，然后又看起了报纸。

“知道吗，我考虑明年参加一个为期两周的瑜伽训练营。”萨默说道。

“真酷，在哪里？”阿莎问道。

“迈索尔[①]。”

克里希抬起头，和阿莎对望了一眼，然后两个人齐齐地盯着萨默。“迈索尔……印度？”克里希吃惊地问道。

“没错，”萨默回答道，“就是印度的迈索尔。那里有个很大的瑜伽训练营。我已经和瑜伽教练说过了，她觉得我现在的水平已经差不多了。”萨默脸上缓缓地绽开了笑容。萨默第一次来印度是为了阿莎，这一次是为了克里希，也许下一次就是为自己了。“也许我们一家人可以一起过来。”

“对，”阿莎说道，“那样就太好了。”

---

① 印度南部一城市，位于班加罗尔西南。——译者注

“除了你，”萨默伸手拍拍克里希的小肚子，“你要是想跟上我们娘俩，就一定得保持好身材才行。”这句话把一家三口全逗笑了。

阿莎往上伸伸胳膊，打了一个哈欠。“我可不想坐这趟航班，”她说道，“二十七个小时？我们还从来没有一起待过这么长时间呢。”说着，阿莎指了指左边椅子上的萨默，又指了指右边椅子上的克里希。

“嗯，不见得吧，”萨默开口了。克里希透过双面镜片的眼镜看着萨默，阿莎也皱眉瞥着妈妈。“我记得大概在二十年前，咱们不是就已经坐过同样的航班了吗？”

克里希咯咯笑了起来。阿莎也笑了，玩笑般地拍打了一下妈妈的肩膀。

萨默躺在飞机座位上，望着窗外，看见孟买的万家灯火慢慢消失在黑暗的夜色之中。在萨默旁边的座位上，阿莎已经睡着了，她的枕头和脑袋都搁在萨默的大腿上，两只脚架在克里希的大腿上。虽然夫妇俩也都想睡上一会儿，可萨默知道克里希跟自己一样，都不想吵醒阿莎。萨默握住克里希伸过来的手，放在阿莎身上。阿莎睡在他们中间，这个姿势跟他们第一次从印度回美国时一模一样。

⑥⓪ 真是做了一件好事

2009年，印度，孟买

他拿出手里攥得皱巴巴的纸片，仔仔细细看了又看，想要确认纸上写的东西和门上挂着的红色标牌是否一样。他害怕自己会弄错，所以拿着纸片和门上的标牌来来回回对照了好几遍。待他确定无误，才伸手按下了门铃，门内传出尖利的铃声。在等待开门的工夫，他用手掌抚摸门旁的铜牌匾，手指感受着凸字的棱角。门突然开了，他赶紧把手缩回去，把另一张小纸片交给了来应门的女人。那女人看了看那张纸，抬头扫一眼来访的男人，后退几步，领着他进屋。

那女人轻轻地侧了侧头，示意他跟着穿过门厅。男人用手摸了摸衣服，确认衬衫已经牢牢地扎在啤酒肚下的腰带里，接着又捋了捋灰白的头发。那个年轻女人走进一间办公室，把纸片交给里面的人，然后指着椅子，示意男人坐下。接着，他走进办公室，坐了下来，十指紧扣。

“我是阿伦·德什潘德。”桌子后面那个戴着窄边眼镜的男人说道，“您就是……麦钱特先生？”

“是的，”贾苏清了清嗓子，“我叫贾苏·麦钱特。”

“我知道您在找一个人。”

“嗯，我们，我和我的妻子——我们不想找麻烦。我们只是想要打听一个二十五年前送到这里来的一个小女孩的下落。她叫乌莎·麦钱特。我们想知道她现在是不是……过得还好。我们想知道她的下落。”

阿伦问道：“麦钱特先生，您为什么直到今天才过来呢？为什么过了二十五年之后才过来呢？”

贾苏觉得自己肯定脸红了，赶紧低头看着双手。“我妻子，”他轻声说道，“她现在身体不太好……”贾苏想到卡维塔正躺在床上，高烧不止，在恍惚迷离之中不停地呢喃，“乌莎……珊迪……乌莎……”贾苏刚开始还以为萨默是在为自己祈祷呢，直到有一天晚上，卡维塔紧紧攥住贾苏的手，说道，“赶紧去找她。”贾苏给鲁帕打了一个电话，这才知道二十五年前事情的真相，才明白卡维塔这是叫自己去做什么。想到这里，贾苏找到了合适的回答。“我想了却她的一桩心事，要不然就来不及了。”

“当然可以。不过，您必须明白，我们首先会考虑保护孩子。即使他们已经长大成人，我们也会首先保护他们。但是，我还是可以把我所知道的事情告诉您。”说着，阿伦从抽屉里拿出一个文件夹。“几年前，我曾经见过这个女孩。她现在叫阿莎。”

“阿莎，”贾苏说道，缓缓地点点头。“那么，她现在仍然住在附近吗？”

阿伦摇摇头。“没有，她现在生活在美国。她当年被一个美国家庭收养了，夫妇俩都是医生。”

“美国？”贾苏先是大声说了一遍，不敢相信自己的耳朵。等缓过神来，他又轻声说了一遍。“美国。”一丝笑容在他脸上慢慢绽放。“嗯，你刚才提到了医生？”

“她的养父和养母都是医生。她自己是个记者，最起码她上次来的时候还是记者。”

“记者？”

“没错，她给报纸写文章，”阿伦说着从桌子上拿出昨天的《印度时报》。“实际上，她的材料里还有一篇她自己写的文章呢。这是她回美国后寄给我的。”

“啊，太好了。”贾苏慢慢地连连点头，伸手去接阿伦递过来的报纸。就在这一刻，贾苏比任何时候都希望自己能认识字。

“您知道吗，她几年前曾来这里找过你们。”阿伦说道。他摘下眼镜，擦拭镜片。

“来……找我？”

“来找你们俩呀。她很渴望知道自己的亲生父母是谁。十分渴望。而且锲而不舍，十分坚决。”阿伦换上眼镜，斜眼往前看着。“麦钱特先生，您是不是在找寻什么特别的东西？您想要得到什么？”

贾苏微微苦笑一下。他想得到什么呢？当然了，他是为卡维塔才来的这里，不过也不全是。去年的时候，警察让贾苏去接维贾伊出狱，贾苏当时冲着儿子大喊大叫，掌掴了他一下，把他推到墙上。维贾伊不屑地笑了笑，让父亲以后不用再管他了，还说下一次再入狱的话，朋友会过来保释他。卡维塔上个月卧病不起后，维贾伊只回来看过她一次。贾苏轻轻摇摇头，低头看看报纸上的文章。“不，我什么也不要。我来这里只是想看看她现在怎么样了。我生活中有一些无法引以为傲的事情，可是……”贾苏的泪水涌了出来，他清了清嗓子。“……不过，这个女孩做得很出色，不是吗?

“麦钱特先生，”阿伦说道，“还有一件事情。”他从文档里取出一个信封，递给贾苏。“您想让我给您读一下上面写的是什么内容吗？”

吃完止痛药后，卡维塔稍微舒服了一点。她躺在床上睡着了，看起来很安详。贾苏坐在床边的椅子上，握住卡维塔虚弱的手。

卡维塔感觉到有人碰她，激动不安地睁开眼睛，舔了舔干燥的嘴唇。她一见是贾苏，便笑了笑。“贾苏，你回来了。”卡维塔轻声说道。

“我去那里了，小鸟。”贾苏本来想要慢点说的，可是话到嘴边就停不下来。“我去了珊迪孤儿院。那里的人知道咱们的女儿。女儿现在叫阿莎了，她在美国长大。她的养父母都是医生，她现在给报纸写文章——看，这就是她的报纸，这篇文章就是她写的。”贾苏在卡维塔面前晃动着报纸。

“美国。”卡维塔有气无力地呢喃出这两个字。她闭上双眼，两行泪水从脸庞滑落，滴进耳郭。“离家好远啊。这么长时间了，她总是离我们那么远。”

“你真是做了一件好事，小鸟，”贾苏轻抚着卡维塔梳成圆髻的头发，粗糙的手指抹去她的泪水。“想想看，如果……”贾苏垂下眼睛，摇了摇头，双手握住卡维塔的手。他把头靠在两个人的手上，忍不住哭泣起来。“真是做了一件好事。”

贾苏又抬起头看着卡维塔。“卡维，她来找过我们，她留下了这个。”贾苏把信递给了卡维塔。卡维塔脸上露出微弱的笑容，瞥了一眼信纸。这时，贾苏开始凭着记忆背诵起来：

“我的名字叫阿莎……”

译后记

造化弄人，撼不动人间亲情

故事发生在1984年的印度，农村妇女卡维塔接连生下两个女婴。由于当地风俗，生女儿不仅不能帮助家庭做农活，将来出嫁更是需要大笔财物做嫁妆。为了家庭不至于破产，丈夫和婆家人一心想要男孩。第一个女儿刚出生就被丈夫贾苏狠心夺走，交给家人活埋了。饱受丧女之痛的卡维塔在得知自己的第二胎仍是女儿后，历尽千辛万苦把女儿送进孟买的一家孤儿院——珊迪孤儿院，并说服产婆瞒着丈夫说女儿夭折了。她给女儿起名乌莎，并把自己的一只镯子戴在孩子身上。

然而，就在大洋彼岸的美国加利福尼亚州，克里希和萨默这一对医生夫妇正为无法生育而苦恼。克里希出身于孟买的一个显赫家庭，后留学斯坦福大学，与志同道合的美国姑娘萨默喜结连理。但是，萨默却因为身体原因无法生育。机缘巧合的是，克里希的母亲正好是珊迪孤儿院的捐助人。这对跨国夫妇飞回孟买，历经波折，从珊迪孤儿院收养了一个小女孩，管她叫阿莎。而这个女孩就是小说的主人公乌莎。虽然收养成功，不过此次印度之旅也让萨默对孟买产生了一生的偏见。自此二十余年，她再未涉足这个国度。

幸运的是，贾苏和家里人终于如愿以偿地看到卡维塔生下了儿子——维贾伊。虽然嘴上不说，不过贾苏在亲手把自己的第一个女儿交给堂兄活埋之后一直噩梦缠身，寝食难安。在生孩子的问题上，贾苏的父母对卡维塔百般刁难，贾苏与父母的关系也暗自紧张。由于农村经济疲敝，贾苏带上妻儿赴孟买谋生。夫妻二人艰苦耐劳，勤勤恳恳，在吃尽苦头之后终于摆脱贫民窟生活，在孟买的花花世界谋得了一份生计。不幸，儿子维贾伊不用功读书，与社会不法分子厮混，最后锒铛入狱……

主人公乌莎在美国过着安逸的生活，父母对她的照顾无微不至。不过由于自己天生相貌与众不同，只具有养父克里希的体貌特征，所以从小都和爸爸更加亲近，与母亲之间总是存在隔阂。萨默自从有了女儿，心灵便有了寄托。不过，她又害怕会失去这份爱，所以总是想按照自己的模式来塑造女儿。同时，萨默不仅自己不去印度，也刻意不让阿莎回印度，对她的出身也是讳莫如深。

乌莎从记事起就对自己的身世充满了好奇，一直苦苦追寻，想要刨根问底。虽然生活安逸，不过她总是觉得自己不够完整，总是好像缺少什么。身世不明也让她感觉一丝自卑，常常暗自神伤，并且不断地给自己的亲生母亲写信。她把这些信件和生母给她戴的镯子藏进养父送给她的一个小石盒里，每次打开都伤感失落。她爱自己的养父母，不过养母越是想控制她，想按照自己的模式来塑造她，她就越是叛逆。虽然养父母都是医学世家，也一心想让女儿继承家族衣钵，走行医之路，不过阿莎从小对文字感兴趣，致力于做一名出色的新闻记者。高中毕业后，乌莎不顾家人反对，报考了远离加利福尼亚的布朗大学，来到美国东海岸。自此，阿莎与养母之间的矛盾日益激烈。克里希和萨默两人在工作上的差距日益加大，本来掩藏在甜蜜生活中的文化冲突也日益展露，围绕着女儿的话题之间的夫妇关系也开始危机四伏。唯有当女儿在家时，两人关系才勉强维持表面的和睦。

命运的巧合使得乌莎（阿莎）在大学期间（2004~2005年），获得奖学金赴印度一年进行采访，而且去的地方恰恰就是孟买。虽然萨默千方阻挠，无奈克里希暗中同意，所以乌莎的印度之旅得以成行。乌莎来到印度后，在养父的家人，特别是奶奶的呵护之下感到了无尽的亲情温暖。虽然二十年来第一次回奶奶家，不过乌莎却深得奶奶疼爱。在对达拉维贫民窟的采访中，乌莎被那里的凄惨生活所震撼。达拉维的妇女和女童的生活更是触目惊心，深深刺痛了乌莎的心灵。但是乌莎对自己身世的渴求却依然难以忘怀，想方设法从奶奶处打探自己生身父母的消息。

阿莎离开后，克里希与妻子关系紧张，动辄恶语相向。原来，乌莎离开不久，克里希就私下订好了机票。多年来，由于妻子反对，他也没有回过故里。对祖国和家人的思念与日俱增，故而与萨默“摊牌”要回印度。要强的萨默不堪忍受一而再地被家人骗，断然决定分居。

乌莎见养父孤身来印度，喜出望外。在众人的帮助和《印度时报》先进的人口信息库帮助之下，乌莎终于知道了自己的身世，并找到了养父母的住所。乌莎对亲生父母的感情认知也是一波三折，她本来抱有美妙的幻想，以为亲生父母当时是因为养不起孩子才不要自己。当得知自己还有一个弟弟时，她顿时恨上心头，觉得父母是在与弟弟的选择中决定抛弃自己的。但是，转念又想到孤儿院长描述母亲当时步行从农村来到孟买把自己托付给孤儿院时的情景，又想到自己身上的那只镯子对于亲生母亲来说也算是贵重之物，她联想到贫民窟采访中的所见所闻以及印度重男轻女的恶俗，回想自己在美国安逸富足的生活，万千思绪涌上乌莎的心头。她既感觉到亲生母亲那深沉凝重的爱，也感受到她当时的无奈与勇敢，同时也感觉自己是多么的幸运，养母对自己的千万疼爱历历在目，想到自己的种种叛逆，心中悔恨也是一言难尽……

只有在失去以后，才知道珍惜。克里希和萨默分居后，两个人都很要强，谁也不肯低头。多年同窗学习，加上几十年夫妻生活毕竟非比寻常。两人都想念对方的好，心中隔阂冰释，都渴望重归于好。最终，由于克里希父亲过世，一家三口团聚印度，亲密更比当初。萨默也终于丢掉了多年来对印度的偏见，与克里希的家人实现了和解。最后，重归美国……

2009年，也就是乌莎被抛弃到孤儿院的二十五年后，卡维塔病入膏肓，口中不断念着乌莎、乌莎、乌莎……贾苏这才知道，原来自己的二女儿并未夭折，而且可能尚在人世。故事的交接点又回到了珊迪孤儿院。院长问明来意后，把几年前乌莎来孤儿院打探身世的原委都告诉了贾苏，并且拿出一份刊有乌莎当年文章的《印度时报》，这篇文章专门讲述贫困家庭母亲的事迹。院长好心地把乌莎的文章读给了大字不识的贾苏，贾苏回到家后，将情况告诉身患重病的卡维塔。贾苏不仅解开了自己多年的心结，还了了妻子的一桩心愿。造化如此弄人，贾苏一直把儿子维贾伊当成自己的骄傲，一直觉得自己当年扼杀女儿的做法禽兽不如，但也不失为一件出于家庭考虑的事情。可是万万没有想到，儿子不仅不争气，而且很不孝顺，真正值得骄傲竟然是自己的那个“莫须有”的二女儿……

小说故事平实，作者以自己独特的视角将美国、印度两国生活联系在一起。在展现两国文化差异的同时，更多的是对伦理和人间亲情的探讨。生活的悲惨有时能泯灭人性，贾苏弃女的故事在印度农村司空见惯。但是生活的富足也并不是生活的全部，每个人都有割舍不掉的过去，有自己的根。克里希早年留美，在加州成家立业，但最终无法割舍自己固有的印度文化印迹，割舍不掉对故里，对家人的热切情怀。书中提到印巴分治时，特意提到克里希外公全家从卡拉奇举家迁到孟买后，克里希的外公就跟变了一个人似的。同样地，贾苏到加州之后，虽然适应了美国生活，但是美国毕竟是异国他乡。乌莎从小衣食无忧，但是对自己的身世却充满了深深的好奇，并不惜处处与养母翻脸。她从一生下来，就已经打上了深深的身份印迹，她也有自己割舍不掉的情怀。

小时候，我们每个人都曾对自己的来历充满好奇，经常会问妈妈自己是从哪里来的，而家长则会开玩笑说我们是从石头里面蹦出来的。寻根溯源，是人类永远的情怀。

夫妻关系也是小说探讨的话题，夫妻之间隔阂和冲突在所难免。卡维塔和贾苏一直都有矛盾，但是贾苏是爱卡维塔的，他知道自己弃女不对，所以寝食不安。为了保护妻子，为了儿子能有一个美好的未来，他勇敢地离开世代生存的农村，立志做个顾家的好男人，而他确实也做到了。卡维塔对贾苏有爱有恨，但更多的是爱，是对丈夫的依赖和信任。克里希和萨默这两个来自不同文化背景和家庭出身的人能够结合，本身就属不易，长相厮守二十余载，风雨同舟，更是难得。克里希一直都没有抛弃自己是印度人这个观念，不愿意在妻子面前屈服，更易于与同是印度人出身的女儿相处。而萨默则觉得自己是个牺牲者，她把自己的全部都献给了克里希和乌莎，所以才会过于把持，患得患失。克里希是印度人，养女是印度人，跟自己既没有血缘关系，也没有共同的体貌特征，所以总觉得自己是这个家庭的局外人，心理得不到平衡。他们一家人的和解出现在印度也在情理之中。正应了中国一句老话：等到失去了才知道宝贵，才学会去珍惜。数月的分居使他们夫妇二人既有时间进行自我反思，也有时间重新审视婚姻生活。于是，他们便纷纷想到对方的种种好处，相思日笃，重归于好自是水到渠成。

人间真情，体现最深的就是两个家庭对乌莎的爱。亲生父母，尤其是卡维塔那勇敢、无私的爱曾让译者潸然泪下。尤其是卡维塔生产第二天，就光脚徒步冒险去孟买，她无暇顾及身体上的种种痛苦，满心只有一个念头，给女儿以生的希望……萨默也是爱女笃深，她想要把最好的都给女儿，而从不考虑自己的得失。从她在斯坦福大学的求学经历，我们知道萨默也是个有理想、有追求的女人。她从小就受身为名医的父亲熏陶，追求卓越，立志成为一代名医。可是，为了让女儿接受好的教育，她不惜放弃优厚的工作，甘心被埋没在小诊所里。她想把最好的都给女儿。没错，她是想按照自己的模式来塑造女儿，想让她学医，可是，当女儿选择去东海岸读书的时候，她也没有横加阻挠。相反，她知道女儿一心想当记者，在度假中，她注意到女儿渴望得到一台数码录像机的时候，她毫不犹豫地给女儿挑了一台最好的相机，并作为生日礼物提前给女儿送去。她反对女儿去印度，但是当知道女儿非去不可时，我们看看她是怎么做的：大包小包给她准备行李，特意准备了一大堆随身药品，生怕自己有什么准备不到的地方。克里希的母亲虽不是主要角色，却是一个灵魂性人物，堪称完美女性的化身，体现出了宽大伟岸的慈爱和智慧。不只这些，小说里面对贫民窟母亲的描写也诠释了母爱不分贵贱，那个为了养活子女到妓院卖身的女人的母爱同样伟大。

译　者

2011年5月于外交学院